漫步百年哈尔滨

阿成
著

Strolling through
Centenary Harbin

北京联合出版公司
Beijing United Publishing Co.,Ltd.

图书在版编目（CIP）数据

冰雪与烟火：漫步百年哈尔滨 / 阿成著. -- 北京：北京联合出版公司, 2025.6. -- ISBN 978-7-5596-8235-2

Ⅰ.I267

中国国家版本馆 CIP 数据核字第 2025KF7326 号

冰雪与烟火：漫步百年哈尔滨

作　　者：阿　成
出 品 人：赵红仕
责任编辑：管　文
特约编辑：西　离

北京联合出版公司出版
（北京市西城区德外大街 83 号楼 9 层　100088）
北京联合天畅文化传播公司发行
北京美图印务有限公司印刷　新华书店经销
字数 200 千字　787 毫米 ×1092 毫米　1/32　9.25 印张
2025 年 6 月第 1 版　2025 年 6 月第 1 次印刷
ISBN　978-7-5596-8235-2
定价：49.80 元

版权所有，侵权必究
未经书面许可，不得以任何方式转载、复制、翻印本书部分或全部内容。
本书若有质量问题，请与本公司图书销售中心联系调换。
电话：010-64258472-800

中央大街上松浦洋行旧址

这幢建筑的生动造型、丰富的轮廓,总是给人一种舒畅的、雅致的感觉。站在这幢建筑面前是一种享受啊,是对这座城市建筑历史的别一种阅读。

圣·索菲亚大教堂

早年哈尔滨的版图并不大,每当圣·索菲亚大教堂的钟声一响,全城便被钟声所笼罩了。这来自"天堂"的音乐是何等地激动人心啊。

松花江边的"江畔餐厅"

江南的这座"江畔餐厅",是一幢俄罗斯风格的建筑,高高的人字形雨塔,雕刻精美的门柱,叠成花饰的屋檐,以及栅栏齐腰的凉亭,仿佛一座克雷洛夫童话寓言里的小木屋。

哈尔滨火车站旁的"圣·伊维尔教堂"

在某种意义上说,建筑不仅仅是作为一种建筑存在的,也不仅仅是作为一种建筑艺术呈现给它的后人,它们同时也是一段历史的见证,是我们前辈人生命的见证,欲望的见证,情感的见证,还有理想达成或者幻灭。

老道外民居

我想,总有一天,城市里的人们一定会像德国哲学家海德格尔说的那样,"人人都栖息在诗意的大地上"。

**老道外南头的"中华巴洛克建筑",
现在的纯化医院**

美国朋友凯文,曾跟我说,他认为哈尔滨的道外老房子是非常独特的。他说,你到那里会感觉到时间停滞了,在那里能看到100年前的哈尔滨。他觉得那儿的古老的中国式街道、民宅都非常有趣。他认为道外才是真正的哈尔滨。

中央大街北头的烤地瓜摊

我们大家都别活得太累了,也别太折腾自己了。人生毕竟是短暂的。

是啊,我非常钟情于这些街路,是这些街路上的风,街路上的雨,街路上的月亮和街路上的雪,使我度过了许多艰难时日。

道外南十四道街清真寺前的早市儿

若想对一座建筑,一条街道有深厚的感情,首先要有一颗纯净的心,一段不凡的经历。不然,你始终也不会走在城市里,而仅仅是走在欲望之中……

说在前面（代序）

　　无论是公干还是旅行，去哈尔滨一定要去松花江看看，如同到法国一定要去塞纳河，到英国一定要去泰晤士河，到德国一定要到莱茵河一样。河流从来都是一座城市的源头。松花江就是哈尔滨人的根，是孕育这座城市的摇篮。

　　虽然哈尔滨是一座新兴的城市，但她却背负着千年的历史、百年的城市文明。这一页页厚重的历史是蘸着松花江水写就，滋润、鲜活、迷人、强悍，不屈不挠又风情万种，读来不仅荡气回肠，更有万千的感慨。是啊，松花江就在你的脚下，一泻千里。更迭着人间的岁月，改变着城市的容颜。哈尔滨人深情地称它为——母亲江。

　　哈尔滨是一座洋气的城市，无论是城市的布局还是城市的建筑，堪比法国的巴黎、英国的伦敦、奥地利的维也纳、德国的慕尼黑、俄罗斯的莫斯科。可以说这座远东的城市是中西文化的集大成者。城市里所有的建筑、街道、音乐、饮食，风情与民情，风度与气度，无处不在闪烁着舶来文化的光彩，凸显着国粹的包容与接纳的宽广品格，使得哈尔滨在全国众多的城市当中，甚至在全世界的大城市中是那样的卓尔不群。

　　秋林的大列巴、红肠，马迭尔的冰棍，老鼎丰的核桃酥，女人的呢裙，雪地中的长靴，随风飘动的绒围巾，风度翩翩的呢帽，老仁义的蒸饺，张包铺的热包子，塔道斯的罐焖羊肉，北来顺的烧

冰雪与烟火：漫步百年哈尔滨

卖，老厨家的锅包肉……这些元素融合在一起，构成了一幅多姿多彩的民俗风情画。

松花江这条穿过城市的河流既有天然的丰润，又浓妆淡抹地展示着当代新艺术的风采。松花江不仅仅是哈尔滨历史的书写者，也是哈尔滨这座城市繁荣与昌盛的见证者。哈尔滨人不仅为拥有松花江而感到骄傲，也为自己是哈尔滨人而感到自豪。

上天的馈赠：湿地

松花江两岸连天的湿地，是上天无私的馈赠，是哈尔滨人永恒的财富，更是哈尔滨人纯洁的伴侣、心中的挚爱。百年以来，这无垠的湿地是哈尔滨人心灵的家园。

在这里，你才能嗅到风的味道、水的味道、植物的味道和泥土的芳香。无论是鹅黄色的迎春，还是爽肺的新绿；无论是成阵的柳烟，还是悦目的桃花，紫色醉人的丁香。这所有的一切都使你更加热爱生活，珍爱生命。

在这里，你才能找回曾经遗失的潜能，从而珍惜自己，敬重自然。是湿地的环境，让你意识到充电与充氧是何等的重要。

的确，斗室里的冥想和创造，远不如在湿地里的沉思与斩获更加卓绝与杰出。还是回望一下历史吧，人类伟大的发现与发明大都是源自人在大自然中的沉思与启发。

是啊，在这里，你才能发现昔日的失误与偏差，才能找回渐行渐远的友情与亲情，才能感受到人生路上曾经的帮助与呵护是何等的珍贵。

到了这里，在氧气的笼罩之下，在大自然的氤氲之下，你的心

说在前面(代序)

胸因此而自广,不由然地放下枷锁与包袱,一身轻松,带着湿地的清爽与圣洁一起上路,去追索人间的沧桑正道,成为一个堪大用之才。这时候,你霍然间会有所醒悟,会发现湿地才是智者的伴侣,是一剂催发进步与发展的良药。的确,这一切都是湿地对你慷慨的奉献。

在这里,阳明滩、河漫滩、金沙滩、银沙滩,滩滩都在你身边绕,江心岛、太阳岛、龙王岛、河神岛,岛岛都在你身前过。江鸥是湿地上翻飞的音符,雨燕是湿地上悠扬的旋律,一叶扁舟划开了万顷金色的波涛,一缕清风舞动着百亩的翠绿,天、地、人的唱和之中,红轮西坠,星汉渐齐。夜幕之下,湿地上的滋水似万缕银丝,跃水的鱼儿俨然条条金梭,正悄然地编织着湿地的故事,湿地的梦。这水墨画一样的湿地不仅是城市的灵魂啊,也是城市的神奇所在。哈尔滨人与湿地联手,在自然的整合与人工修饰当中,让自然更天然,让天然更嫣然,成为这座城市无与伦比的杰作。

音乐与城市

对于哈尔滨人来说,音乐与城市从来都是一对面目姣好的孪生兄妹。回望这座城市的历史,在20世纪30年代,这里就组建了中国第一支交响乐队,尽管乐队成员大都是来自俄国的流亡者,但是,他们演奏了世界上所有的经典歌剧,让生活在这里的哈尔滨观众第一次零距离地欣赏到了贝多芬、巴赫、舒伯特、施特劳斯创作的不朽的天籁之音。哈尔滨也是中国城市当中第一个为歌唱家灌制唱片的城市,第一个成立音乐和艺术学校的城市,第一个拥有电影院的城市。可以说,哈尔滨是中国的音乐第一城。

在这里，音乐是真诚的倾诉，是人世间最纯洁、最优美的交流，弥漫在心头的忧愁在美妙的音乐中随风散去了，滞留在胸中的烦恼在夜莺般的歌唱中也消失殆尽。生活和生命在音乐的沐浴之下，变得美轮美奂，生机盎然。

在这里，音乐更是一种唤醒，是冲锋的号角，它使得铁蹄下的民众成为雄狮，在昂扬的歌唱中"逐日寇，复东北，光华万丈涌"。

在这里，音乐是一种陶冶，它让你的灵魂沉醉，让你的才情迸发，让爱与你如影随形。

在这里，音乐是赞美诗，它将月亮化作一艘航天的船，让迅疾的风成为奔驰的骏马，让一则则民间神话逐渐地成为现实。

的确，音乐正在改变我们的生活，吉他、小号、萨克斯、钢琴、小提琴、手风琴，民间的小乐队，阁楼上的琴声，音乐殿堂里的盛大演出，这所有的一切，都成为这座城市的优美秉性和另一种记录。

音乐响起来了，你的心随之飞翔起来，飞到童年，飞到青年，飞到小巷里，飞到栅栏院，飞到学校的小礼堂，飞到姹紫嫣红的花丛中，飞到了那个难以忘怀的年代，去追随刻骨铭心的爱，去拥抱火热的生活。

背着乐谱夹的孩子正匆匆地走在学琴的路上，这是这座哈尔滨城市永恒的风景，是所有孩子的梦想与追求。孩子们从父辈手里接过这圣诗般的传承和希冀，去追寻与完成几代人的梦。是啊，你难说在这些孩子当中，哪一个不是未来世界的伟大音乐家、歌唱家，哪一个不是哈尔滨音乐精神的传承者。

在这里，音乐是一座友谊的桥梁，在偌大的城市舞台上，正在

说在前面（代序）

向来自五洲四海的亲朋好友们，展示着世界上最优雅的乐章，让所有的携手与合作在优美的旋律中，款款展开，开花结果。这，就是音乐的力量。

在这里，路是有旋律的，树是有旋律的，水是有旋律的，建筑是有旋律的，冰和雪也是有旋律的。教堂的钟声响起来了，城市大幕正在徐徐拉开，也拉出了每一个人心灵的乐章，或者是在哈尔滨绚烂的春天，或者是在凉爽的夏天，或者是在金色的秋天和银色的冬天。

哈尔滨是永远的音乐之城。

城市格局

南岸上的群力，资深的老秋林，圣·索菲亚大教堂，中央大街，防洪纪念塔，伏尔加庄园，盛大的哈夏音乐会，北岸上的太阳岛，夏日的室内冰灯园，偌大的科技园区，女作家萧红故里，尚志的宏大碑林，五国城的故事，红红火火的哈洽会，驰名中外的雪博会，湿地节、啤酒节、春龙节、植树节，构成了一幅多彩的哈尔滨文化长卷。

南岸，依然保持着东方小巴黎的文化品格，而北岸，却在着力地凸显当代欧美建筑的精髓。被外国友人称为"中国味儿"的道外区，将关东文化、江南文化、商旅文化、建筑文化，乃至民风民俗、京剧国粹、评书弹唱，重新整合，在纯中国韵味的欣赏与击节之中，那往日的温馨，往日的鲜活，往日的亢奋，往日的梦想，一一奔来眼底，沁入心中。温故而知新，老谱新词儿，依然将道外人，将哈尔滨人对今天的好生活、好心情、好环境，和对未来的憧憬、未来的追求，唱得有滋有味，有板有眼，有声有色。

的确，哈尔滨不仅是中国绝无仅有的妙不可言的避暑之城、文化多元的青春之城、风情醉人的友好之城，也是一座让八方来客感到心悦与心仪的经贸洽谈平台。夏风在这里不仅是清新的、清香的，也是凉爽的。这凉爽的夏风啊，是上天对哈尔滨人，对来自远方的朋友最为慷慨的款待。

啤酒之爱

在这座城市里，迎来送往，佳节盛宴，总要有百年品牌的啤酒环候。这已是哈尔滨人约定俗成的百年风尚。硕大的啤酒杯，金色的液体，只要看上一眼便怦然心动而情不自禁了。的确，啤酒不仅是朋友相逢时不可或缺的饮品，更是开心、豪爽、热烈、高兴的使者。而白酒的斟酌，红酒的矜持，无论如何都无法与啤酒相媲美。

在这座城市里，啤酒更贴近普通百姓的心情，啤酒不仅是真诚的朋友、永远的伴侣，还是液体的春风、流动的音乐，更是拨动朋友们心弦与新生活共舞、与时代共舞的桥梁。

只要把啤酒杯端起来，总能演绎出许多人生的好故事，结识许多新朋友，让你的人生路花团锦簇，笑口常开。

啤酒将你的忧愁、你的烦恼、你的困惑、你的成绩和自豪、你对未来的憧憬和对姑娘的爱，分享给每一个朋友，让喜悦成为大家的喜悦，让烦恼成为酒饵，一扫而光。在啤酒的滋润下，不仅仅心花怒放，还有好运相伴。

无论是生啤酒还是熟啤酒，无论是干啤酒还是冰啤酒，"老哈啤"是哈尔滨人的最爱，还是世界的新宠。哈尔滨人真是口福不浅啊。在郊游中、在节日里、在聚会上，都放下身上所有的行囊吧，

说在前面（代序）

来！朋友，干一杯！

如金似银的冰雪

哈尔滨是一座不畏严寒的城市，哈尔滨人爱冰雪，对冰雪有着深厚的感情，他们盼冰雪如同盼春天一样，虔诚而急切。可以说，冰雪是他们一年中最富创造精神、最具艺术气质，也是世界上时间最长的盛大节日。

冰雪与这片神奇的土地结伴而行已有万年的历史，在千百年来，尤其是百年来，在新世纪的岁月里，雪下的哈尔滨正在发生着翻天覆地的巨变，火出圈儿的"尔滨"，你能说这一切不是冰雪的奉献、冰雪的鼓舞、冰雪的催发吗？

冰灯雪雕是艺术品，在哈尔滨它更是人们对新生活的一种表达，对生命的赞美，对未来的憧憬，对幸福的追求。看吧，冰雪大世界的所有营造，都是在放飞哈尔滨人的深情，他们的爱和他们的欣赏，展示着他们对美的追求和对冰雪的崇拜。

的确，若干届冰雪节让哈尔滨人积累了丰富的经验，培育出了无数的冰雪艺术家。可以说，每一届冰雪节，每一件冰雪艺术作品，都向世人展示着哈尔滨人的进步、哈尔滨人的追求、哈尔滨人的心胸和哈尔滨人的爱，更展示着哈尔滨的自豪与自信。

随着一届又一届哈尔滨冰灯游园会一路办下来，冰灯艺术迅速地发展，早已不再是灯的原意了，已经开始搞冰小品、冰建筑、冰山、冰大厦了。现在，哈尔滨的冰雪节成了世界四大冰雪节之一（日本札幌的冰雪节，加拿大的冬令节，挪威的"奥斯陆滑雪节"），让世人瞩目。

是啊，漫天的大雪是天地的杰作，万里的冰封是城市的另一种历史。在冰雪中成长的城市，自然有冰的坚韧、雪的柔情和冰雪一样无限宽广的胸怀。

雪，还是孩子们最亲密的朋友，温馨的雪人和稚嫩的雪作，让他们在创造中，与雪之精灵有了零距离的接触与沟通。于是，雪人成了他们终身的召唤，一生的朋友。

冰雪还造就了奥运会上来自哈尔滨的众多的世界冠军，速滑、花样滑、高山滑雪，每一项都有喜人的斩获。是冰雪给了他们这所有的一切，机会、荣誉和光荣。

腊鼓催年，在冬季，在腊月，冰雪便成了一种呼唤。这时节，远方的儿女，异乡的漂客，不辞辛劳，不畏严寒，赶回冰城，回到雪乡，与家人一块儿守岁，共度除夕。

哈尔滨不仅是哈尔滨人的骄傲，也是全中国、全世界、全人类宝贵的精神财富。这里是我的家乡，更是所有热爱生活的人挚爱的精神家园。

这本《冰雪与烟火：漫步百年哈尔滨》文集，几乎记录了我在这座城市生活了大半个世纪的所见、所闻、所感、所思。我曾经说过，我是这座城市的一名记录者，这并非来自官方的授意，因此这本书所表达的、所记录的一切，都是纯粹的个人视角，也难免会有一些不周全或者错误的地方。我随时随地聆听您的教导。

聊备一格，是为记。

2024 年 2 月

目录

一 城市史诗

- 3　流浪的神
- 5　儿时的哈尔滨
- 7　哈尔滨的"老票房子"
- 9　滨江关道
- 10　犹太老房子
- 12　天赐的太阳岛
- 15　哈尔滨往事

二 多彩的松花江

- 20　蓝色的松花江
- 26　金色的松花江
- 29　黑色的松花江
- 32　黄色的松花江
- 34　白色的松花江

三 漫步城市的街道

- 40　中央大街的前世今生
- 48　斯大林大街
- 53　龙脊上的大直街
- 56　沼泽上的新阳路
- 61　老画儿似的道外六道街
- 67　饮食一条街
- 71　钟声回荡的友谊路
- 75　尚志大街
- 79　兆麟街往事
- 82　漫步哈尔滨城

四 教堂之国

- 92　圣母领报教堂
- 100　圣·尼古拉教堂
- 103　圣·索菲亚大教堂
- 109　昔日的教堂

五 哈尔滨人与音乐

- 114　音乐之城的故事
- 116　康季莲娜乐器店
- 118　哈尔滨之夏音乐会诞生逸事

六 冰雪散记

- 126　银色的城市
- 127　冰戏
- 130　像鹰一样飞
- 132　雪市
- 134　去雪乡
- 137　冰城俗话
- 138　冰灯雪雕的故事
- 140　迷人的冰雪运动
- 142　道不尽的中央大街
- 144　雪域之居拾遗
- 147　冰封的江面上

七 香喷喷的哈尔滨美食

- 152 中央大街洋餐馆逸事
- 156 流亡的侨民
- 160 来一大杯啤酒
- 165 大列巴
- 169 漫话老都一处
- 172 雪都冰棍史话
- 174 范记永饺子小传
- 176 品尝范记永水饺
- 179 实惠的得莫利鱼
- 182 迷人的大碴子
- 186 阿城杀猪菜
- 189 大马哈鱼小传
- 193 永远的大拉皮
- 196 老侯家的杀生鱼

八 过大年

- 203 吃年
- 206 冰天雪地过大年
- 209 春节买花
- 211 个性化的春节
- 213 断肠最是春节味儿

九 逸事

- 219 傅神针的传说
- 222 泡澡之乐（1）
- 225 泡澡之乐（2）
- 228 维权的道台府
- 233 江帆之城
- 235 迷人的铁路小二楼
- 239 仰望教育书店
- 244 颐园街1号
- 249 伊万的秋林公司
- 253 中华巴洛克式的老房子
- 257 马迭尔的传说
- 261 梦中的江沿小学校
- 264 哈尔滨市花
- 266 去萧红故居

- 269 后会有期（后记）

一 城市史诗

  哈尔滨这座城市的品格与气质很别致，是一座洋味颇足的浪漫都市。其实，早在20世纪初，欧美旅人就称哈尔滨是"东方的莫斯科""远东的小巴黎"了。在当今看客的浏览之中，也不难发现如此文化背景的"渊源"：100多年前，那些躲避战乱的中外流亡者错将他乡当故乡，按照故国的面貌来营造哈尔滨，以缓解刻骨的思乡之苦。暑去寒来，就是这样，哈尔滨成为一座被外来文化"异化"了的漂亮城市。

——题记

一 城市史诗

流浪的神

　　追根溯源，100多年以前，在哈尔滨这片辽阔的土地上，到处都是参天蔽日的榆树。所以我称哈尔滨是"榆树之都"。那时候，总有数以千万计的乌鸦栖息在大海般的榆树林之上。当地的土著始终将乌鸦奉为神明。美丽传说中的神鸟——乌鸦，是白色的。因在一次森林大火中，乌鸦为了保护当地的土人，它们的羽毛被森林的烟火熏成了黑色。从此，乌鸦成了真正的乌鸦了。这个火中涅槃的故事，同印第安人有关乌鸦的传说如出一辙，这就难怪有些学人说印第安人曾是中国人的后裔。而现在，只有在松花江跑冰排的时候，人们才能看到在冰面上徘徊的乌鸦。过去，乌鸦曾是这儿的神，现在它们已是无家可归的流浪者了。

　　哈尔滨这座城市的另一个称谓是"大墓场"或"快乐的坟墓"。19世纪末，一位来这里考察的俄国工程师斯·叶阿说，这里的"每棵树下都是一座艺术的陵墓"。的确，这座城市的每一棵老榆树下都是一座先人的墓碑。这里的先人死后都要埋葬在榆树下——乌鸦之神的脚下。他们死后，魂灵不仅可以得到神鸟的庇护，还可以与神对话、交流，与神同在白山黑水的上空翱翔。所以，死亡在这里是快乐的，是一出凄美绝伦之舞。

　　当地的史学家们对"哈尔滨"一词有十几种"破译"。有学者说，在满语中的哈尔滨是"晒网场"或者"小渔村"的意思。除此之外，我还在学术论文中了解到其他关于"哈尔滨"的含义，除了

"黑色的河滩",还有"阿勒锦"(即"光荣或梦想")、"扁洲"以及后来的"天鹅"说,等等。遗憾的是,这种种的"论文"与"研究",于扼腕之中,总觉得缺少先人灵魂中的那种神秘的色彩,亦鲜有灵动的翅膀,这该是文化上的悲怆与无奈吧。

"哈尔滨"是一个文化之谜。

一 城市史诗

儿时的哈尔滨

哈尔滨的香坊区已不是上个世纪末的香坊区了，现在动力区也归到了它的麾下。但是在哈尔滨的建城历史上，有一个绕不开的建筑，就是地处老香坊区的田家烧锅。

"田家烧锅"翻译成大白话，就是"老田家烧酒厂"。它的正规名字叫"永兴德"，开设在清咸丰年间。1805年，田保辉和田炳辉兄弟俩由吉林榆树的田家屯来到哈尔滨的香坊。这一对能干的富有创业精神的兄弟俩，在这里不计昼夜，不畏寒暑，一下子开垦了300多垧的荒地，并盖了草泥房，开了酒厂，在这儿扎下根来。90年之后，1895年（光绪二十一年），田家烧锅已经是远近闻名了。因此有人称香坊是"田家烧锅镇"。

1898年4月23日，光绪二十四年，中东铁路考察队第四班员工希特洛夫斯基技师，率领20个职工和50名哥萨克士兵来到了田家烧锅的大车店。他们此行是为修筑中东铁路做准备的。接下来，中东铁路建设局全体官员在总工程师伊格纳齐乌斯和第九区区长西尔科夫率领下，乘坐布拉格维斯申克轮船，从松花江逆流而上，于6月9日，即俄历的5月28日，到达哈尔滨"码头"。希特洛夫斯基把中东铁路建设指挥中心就安在了田家烧锅。当时的田家烧锅已经不是那种简陋的草泥房了，而是一组充满着浓郁中国古代民居建筑韵味的大院。为了强占地盘，沙俄不仅"盘"下了田家烧锅，还在1898年6月抢先在一个简陋的席棚里开办了"华俄道胜银行"。

5

这家银行不仅是世界上最简陋的银行,也是哈尔滨最早的一家外国银行。华俄道胜银行的第一任银行行长叫加伯里耶勒。

紧接着,他们又在军官街(现在的香政街)建了那座圣·尼古拉教堂,司祭叫乌拉夫斯基。1900年,田家烧锅被俄国人放火烧毁,"田家烧锅"亦随火而逝。先前,在田家烧锅附近有一家李姓的线香铺子,挂着"香坊"二字的木匾招牌,非常显眼。于是"香坊"便成了这儿的新地名。

1901年,刚到哈尔滨的德国人,立刻跟俄国人合作在香坊的小北屯开办了一家俄德合资的"哈盖麦耶尔·留吉尔曼"啤酒厂。由于俄国人越来越多,啤酒的需求量也越来越大,在1903年到1905年间,德商相继在哈尔滨建立了斯布列巅卡酒厂、巴巴利啤酒厂和梭忌奴啤酒厂。

田家烧锅很快成了明日黄花,但啤酒却成了当今哈尔滨人的最爱。

一　城市史诗

哈尔滨的"老票房子"

今天，仍被后人津津乐道提起的哈尔滨"老票房子（老站）"，其实早已经消失了。先前的哈尔滨"老站"），建于1903年（1904年竣工），已有100多岁的年龄了。欧拉利娅·萨克里斯坦说："从19世纪末到20世纪中叶，火车站纯粹是运送旅客的地方。随后，它逐渐变成了人们聚集的场所，甚至为人口的发展做出了贡献，因为它把来自不同国家的人联系在一起。火车站还使城市结构发生了巨大的变化。"的确如此。可以说，哈尔滨"老票房子"是这座城市的另一个强势的起点。

哈尔滨的"老票房子"是一座典型的俄罗斯新艺术运动的产物，是由俄国建筑师基特维奇设计的。在这个车站修建之前，作为临时的"票房子"，仅仅是一两幢木板房，旅客大都是修建这条铁路的工程技术人员以及护路的军人、工人和他们的家属，不买票，仅凭证件就可以了。所谓的车站站台，不过是胡乱铺着木板和石头的烂泥地，没有广播，也没有钟敲，火车开车或靠站全凭"站长"吹哨子和用嗓子喊。老火车站建成后，它不仅成了哈尔滨这座城市的正式门户，也是"俄罗斯新艺术运动"建筑艺术在哈尔滨落脚的一个重要标志和始发点。

建成后的老哈尔滨火车站，是一座长长的、二层的建筑，正面有两个立柱作为它的主体建筑的大门，并被一个弧形的墙连接着。上方是一个个椭圆形的巨大的玻璃窗，下面是一进一出的两扇大门。

这座火车站像是一个抽象化了的老式火车头，两边则是被艺术化了的车厢，它们连接的方式，包括它弧形的屋顶，似乎都在有意无意地表现着这一点，给人一种浪漫的感觉。车站的内部分为五个大厅，分三个等级的候车室。一等候车室只接待高等的特殊旅客，二等候车室是洋人候车室，三等候车室是中国人候车室。车站内除了售票处、站长室、警察室、行李房、问事处、医护室、广播室之外，还设有食堂、旅馆、酒吧、商店等部门。整个老火车站建筑呈黄颜色，在寒冷的哈尔滨会给旅人一种温馨的感觉，从而使人忘掉寒冷。

这期间，还有一件重大事件需要提及。1909年10月26日上午9时，在哈尔滨老火车站的月台上，朝鲜义士安重根开枪击毙了刚下火车的日本内阁首相伊藤博文，酿成了一起轰动世界的"爆炸性"大案。

哈尔滨摩登主义建筑风格的老房子，除了老火车站，还有著名的教堂、造型雄伟的办公楼、风姿各具的文化宫、生动活泼的学校建筑、古老绮丽的医院和多种类型的住宅等。像建于1900年的哈尔滨铁路医院、建于1906年的莫斯科商场、商务学堂、电话局、督办公署，以及早在1899年在哈尔滨香坊建的第一座圣·尼古拉教堂，圣母领报教堂、阿列克谢耶夫教堂和圣·索菲亚大教堂等，如果你仔细地揣摩这些建筑就不难发现，它们都体现了摩登主义的重要特点。所以，从整体的发展潮流上看，它们都是哈尔滨这座城市新艺术运动的成果。更为有趣的是，它已经成为本城文化品格的组成部分，成为一种努力保持的风度，并滋润着市民们的审美追求。

一 城市史诗

滨江关道

哈尔滨的道台府于2005年开始计划重新修复，并突破重围，把它从鳞次栉比的棚户区的"掩护"中唤醒，给它沐浴更衣，让它粉墨登场。

据相关的资料介绍，早在1899年，清政府就在哈尔滨设立了中东铁路交涉局，专管地亩、通关、征税、司法等事宜，行使政府职权。1903年，中东铁路通车后，特别是1905年《中日会议东三省事宜条约》中规定要把哈尔滨辟为国际性商埠，这样道外的设治管理问题就成为刻不容缓的事情。于是，在1902年，吉林将军长顺奏请设立哈尔滨关道，但未得到清廷的允准。1905年，吉林将军达桂会同黑龙江将军程德全，再次奏请添设哈尔滨关道，并奏请以候补知府杜学瀛试署，才得到清廷批准。1905年10月31日，清政府批准在道外设立滨江关道，专办"吉江两省铁路交涉事宜并督征关税"，正式由曾任吉林哈尔滨铁路交涉局会办的杜学瀛出任第一任道台。清朝的"道"是介于府与县之间的机构。由相当于府一级的官员——道台治理，兼管行政司法。但是，更关乎主权。

新修复的滨江关道的府衙仍位于哈尔滨道外北十八道街老地上，坐北朝南，依然是纯粹的中国古典式的建筑风貌，公堂之上高悬的"滨江关道"的横匾仍旧赫然醒目。

犹太老房子

一座城市总是由两部分组成：新人和老人，新建筑和老房子。在20世纪初，由于欧洲的一些国家的排犹政策和两次世界大战的因素，流亡到哈尔滨的东欧和俄国犹太人就多达2.5万人，使得哈尔滨一度成为东北亚犹太人最大的侨居城市。当时，犹太人的身影几乎遍布了这座城市的每一个角落，每一个行业。直到今天，人们仍然可以看到当年犹太人居住过的老房子，朝拜过的犹太教堂，经营过的商家、银行、工厂、学校、医院、图书馆、报馆、旅馆，等等。通过这些老房子，你会得到一个印象，即当年犹太人几乎是这座城市的"主力军"。

黑龙江省档案馆现存有大约1400卷犹太人档案，包括个人档案和宗教公会档案。它们大部分是用意第绪语、俄语写成（少数为英文、日文写就）。这些档案记载着犹太人在哈尔滨的生活历史，其中很多至今还不曾被学者打开研究过。这些文化遗存具有极其珍贵的研究价值，有一些（估计）还是世界上独一无二的。

这样看来，我们现在所知的哈尔滨犹太人的情况仅仅只是冰山一角。

当年，哈尔滨的经纬街可以说是一条犹太人街，那里曾经是犹太人聚居的地方。这条街上最令人瞩目的犹太新教堂建于1918年，是东北地区最大的一座犹太教堂。这座教堂建得气势宏伟，敦厚庄严，是犹太建筑当中杰出的艺术品。犹太教堂的厚重与结实几乎成了犹太建筑的一个突出的特点。这一特点的凸显,似乎在表明一种矢志不渝的坚强信念。这种建筑形体是在向世人表明其信仰的牢固不可动摇,同时也表明其信徒们具有同样的品格、同样的意志。

当犹太人离开这座城市的时候,这座犹太教堂也随即停止了宗教活动。而今,这座犹太教堂已被哈尔滨市政府修复,成为一家博物馆。

天赐的太阳岛

松花江北岸上的太阳岛,虽然同属哈尔滨这座城市,但它总是矜持地与繁华的城市中心保持着一段距离,保持着一种天籁的品格、静思的个性、潇洒的风貌与超凡的神韵。特别是在红阳西悬、霞涛万顷之际,看客们从南岸隔江望去,在那轮巨大如血的晚阳之下,太阳岛如同熔化了的玛瑙泼地,与偌大的天宇瑰丽地融为一体,不分彼此。此时此刻的松花江,成了一条闪烁着亿万颗宝石之光的金色逝水,与舟帆、翔鸥、岛屿构成了一幅人间奇景。江南的老少看客会感到太阳岛确有天堂的气派和博大的襟怀。霎时间凝望之人便有脱胎换骨之感了。

"太阳岛"不仅是天赐之名,也是一个充满着美学与哲学意味的神奇箴言。与公元前小亚细亚半岛上流行的雅木布拉斯小说《太阳国》(赫利奥波利特)有同样的象征意味。因此,多少年来,太阳岛始终是哈尔滨人心灵的圣地,精神的憩园,想象与遐思的翅膀,诗歌与爱情的乌托邦。于是,到松花江边观赏太阳西浴的壮观景色,就成了这座城市市民最神圣的享受和圣洁的精神洗礼。中外的伟人、名人,在途经这座城市的时候,也同样会站在江之南岸,凭栏眺望这一人间胜景,默默无言地放飞自己的心语于茫茫大海之前,感慨一个民族的卓越品质和大自然的神工鬼斧。这些人当中有周恩来、刘少奇、瞿秋白、邓颖超、罗章龙、李立三、朱自清,还有悻悻离哈的学人胡适先生……

我想，哈尔滨人之所以既务实又浪漫，既自信又谦逊，既豪爽又慎思，大抵与这一水之隔的太阳岛不无关联。风土与人情，自古以来就是互为词曲，情同手足，既是文脉也是血脉。

太阳岛上从来不缺少宗祠庙堂、名人墨痕之类。这正是她的特别之处、不俗之处，更是她的天籁品格之一。从一开始她就呈现出了开放的姿态和包容的品质。她虽然不是名山名刹，但她却是大自然的一个缩影，本真地沟通着普通人与上苍的情感。她的神奇是自然的神奇，她的风情是自然的风情，她的梦想是自然的梦想，她的魅力是自然的魅力。而大自然永远是人类的图腾，本土的魂灵。因此，她不仅构成了这座城市的精神，而且还赋予了哈尔滨人以清新之风、活力之风和超凡之风。

到哈尔滨不看太阳岛的落日景观，终是一桩绝大的憾事。

年轻的时候，有很长的一段时间，我几乎一天不落地去江边观看岛上胜景，江上落日。我也曾多次买舟过江到太阳岛上休息。偶尔也坐在那个中型客轮似的江上餐厅里眺望着隔江的城市。先前，这座江上餐厅叫"米娘阿久尔餐厅"，它顶部的栏杆和铁链使它更像一只停泊在岛上的西洋客船。当年，那些旅居哈尔滨的外国侨民避暑度假，就坐在这个江上餐厅上，一边喝着冒着白沫子的乌卢布列夫斯基生啤酒和梭忌奴牌冰啤酒，一边欣赏在江面上远行的客轮和驳船，欣赏着从江南亚道古鲁布水上餐厅出发的千帆赛艇（后改为游艇俱乐部。岛之东侧，是那座将自己的影子倒映在江汊之中的圣·尼古拉教堂。

…………

每年的秋日，再忙，我也要过江去太阳岛一次，在那里选一静处小坐。一脸怡情，仰头追看天上南飞的雁阵，目送大江之上的千里帆樯。或者沿岛缓缓踱步，观赏秋日下的树木花草。偶尔，也能看到一位身着米色的、全英式猎装的炮手，带着轻快的猎狗从我身边神气地走过。夕阳金灿灿的，晃得人睁不开眼睛。准备夜钓的渔翁正在收集柴草，准备在夜半三更时笼火驱蚊、取暖。荡在江汉中的舢板已成黑色的剪影了，夏季的绿色也变成了老紫与杏黄。身置其中、心置其中，花香袭人、草气袭人，阵阵簇簇，姹紫嫣红地泊入心界，再由双眸漫至寥廓的西天，那一刹那，让我顿然悟出，太阳岛所以为极乐的人间仙境，其实尽在一个"静"字上，静思与静境才是人间的极品，才是人生莫大的享受。南国的楼台亭阁，西北的古刹寺院，固然可成一赏，但比之造化无涯的"天籁之境"——太阳岛，终是稍逊一筹。

一 城市史诗

哈尔滨往事

20世纪初,哈尔滨这座洋里洋气的城市并不大,城市的模样很像当代德国莱茵河畔的法兰克福:在街边长椅上休息的洋绅士,在街角花摊上卖花与买花的洋女士,在圆桶式报亭看外文报纸的瑞士或犹太侨民,在"玛达姆"的大茶炉那儿边取暖边拉"巴扬"(手风琴的一种)的俄国流浪汉……

那个时代,这座城市的雪特别大,单体式的、围有矮栅栏的平房比较多,而且树林多,乌鸦多,鸽子多,但行人少,其中差不多一半是外国侨民、教士、嬷嬷、醉鬼……

早年的记忆中,那种蓝白相间的有轨电车是在堆积的"雪壕"中叮叮当当行驶的。行驶当中,有轨电车的"衬景"在不断地变换着:圣母守护教堂、天主教堂、基督教堂、圣·尼古拉教堂、莫斯科商场、秋林洋行、敖连特电影院、浪漫主义的老火车站和霁虹桥,等等,当一座教堂的钟声响起后,城市里所有教堂的钟都相继敲响了,并在城市的上空连成一片,真是一座音乐之城啊……

朱自清先生1931年秋到过哈尔滨,他在给叶圣陶的信中说道:"道里纯粹不是中国味儿,街上满眼都是俄国人,走着的,坐着的,女人比哪儿似乎都要多些,据说道里俄国人也只有十几万,中国人有三十几万,但俄国人大约喜欢出街,所以便觉得满街都是……这种忙里闲的光景,别处是没有的。"

不过,当年的道外区却是纯粹的中国风格,它不仅是这座城市

的发祥地，也是长城内外来此谋生的中国商家、平民的暂居地。这个区的建筑多是山东、河北风格的青砖黑瓦的小楼和大院。一轮西坠，南腔北调，东街西巷，红茶烧酒，煎饼大葱，豆包火烧，若是来了一封家书，那是全院的节日。道外人的日子过得总是有滋有味。

松花江上的太阳岛，并不是那种名胜所在地，但它却是城市的天堂、精神的驿站。太阳岛先前曾是清廷呼兰水师的一个营盘，雾霭之中，桅杆耸立，江鸥低飞，刀兵晃动。到了20世纪初，这个幽静的野营、野钓、野浴、野炊之丛林绿地上才有了那幢漂亮的米娘阿久尔江上餐厅（年轻时我在那儿喝过生啤酒）。遗憾的是，1997年2月4日，一场大火把它化成了灰烬。现在那个地方仅仅是一条随江而走的空空弯路，在这里看流水，赏轻舟，送驳船，逝者如斯之慨自然是少不了的。

当年，这座城市的街道有一半是外国名字，像涅科拉索夫大街、果戈里大街、科洛列夫斯卡亚街、特维列夫斯卡亚街、塞凡斯托佰尔斯卡亚街，以及蒙古街、高丽街、比利时街，等等，倘若用这些街道的名字做一个儿童式的拼图游戏，大抵可以拼出早年哈尔滨的风貌来。

....

当年，我和我的父辈就居住在新阳路一侧的安和街上，记得那条街先前叫西藏街（为什么叫"西藏街"呢？西藏人到这里来过吗？）也叫过吉别斯街。那里聚居着许多流亡的俄国人。但更早的时候那里还是一片沼泽，芦苇连天，鸿雁满荡，妖冶的荻花上，一只蜻蜓落着沉思。那条早已消失了的正阳河就是从这里流入一泻千里的松花江的。

当代喜欢凭吊故土的学人把这里称为"城市的肾"。

几度春风之后,在碎石簇拥下的新阳路上出现了一条铁轨,红黄相间的有轨电车从荒草中驶了出来,这对哈尔滨来说是具有划时代意义的。那时,有轨车路两边仅有两三幢楼房和一座小型的基督教堂,以及一些零零散散的单体式平房。实在是美不胜收。

20世纪60年代,新阳路要建一条无轨电车的路,附近淳朴的居民们都很高兴。无轨电车在20世纪60年代的居民眼里,是共产主义之电气化的先驱。大家都自发地、义务地参加挖路基的劳动。那条路筑得很精,市民和专家们都特别固执地认为,跑无轨电车要挖很深很深的路基才行。我也在参加义务挖路基的大军之中。

二 多彩的松花江

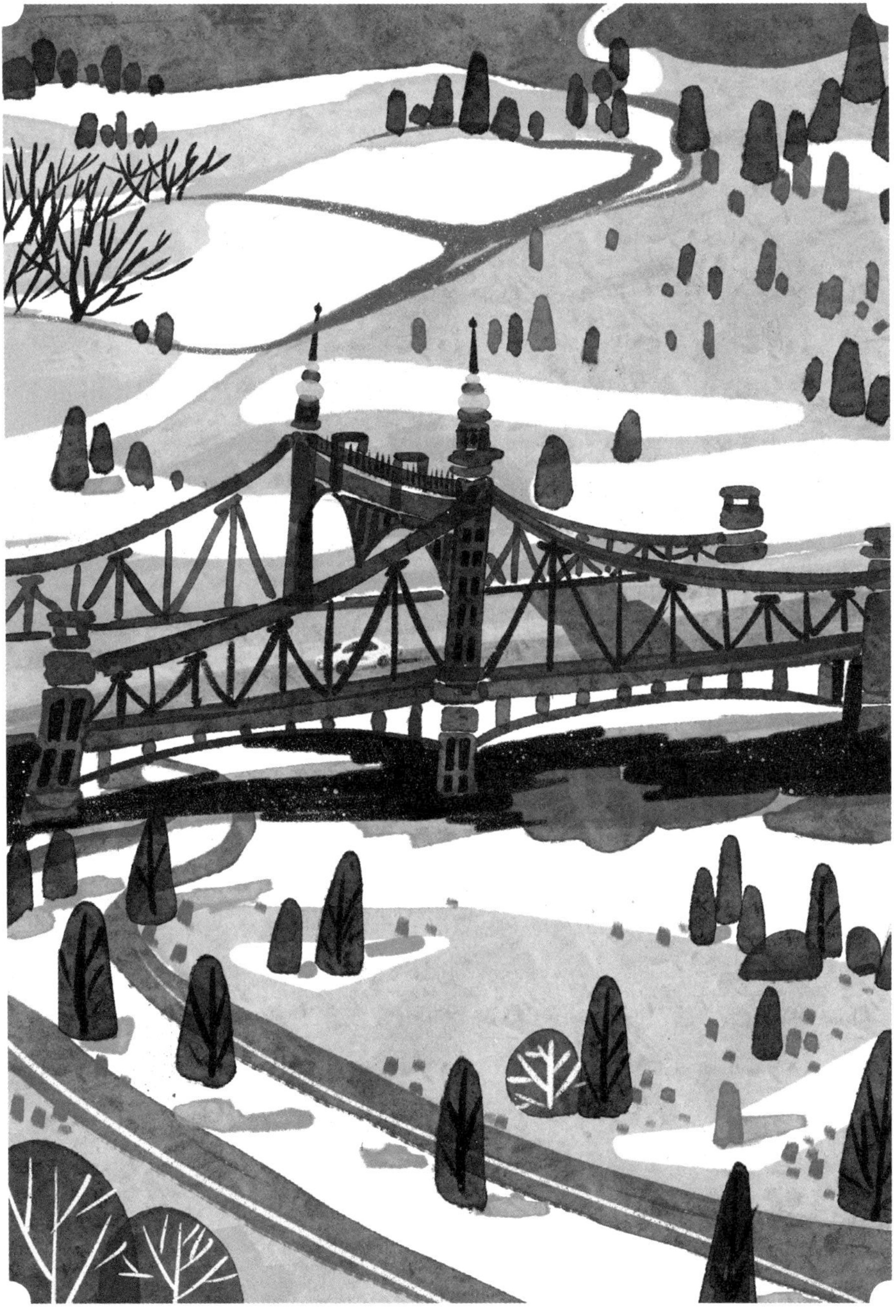

蓝色的松花江

春天了,开江风又刮起来了,其势大焉,刮得洋铁的房盖哗啦啦地响。冰封了一冬的松花江就是要仰仗这剽悍、浩荡的春风,才能将封在江面上的厚厚冰层解开。

这凌厉的春风通常要刮上三天三夜,冰封的江才能解开。解开的冰排们,一块块缓缓地相互摩擦着、冲撞着,向下游层层叠叠地浮去。哈尔滨的老百姓将这种开江的状态,叫"文开江"。

武开江则不同。武开江是一种颇有杀气、颇有气魄的开江景观。

武开江的出现,一定是冰封的松花江上游先期已经开江了,大量的冰排从上游浮冲过来,它们像势如破竹的军队一样,浩浩荡荡开进哈尔滨,而这一段的江面还在冰封着。于是,无数块偌大的冰排前赴后继,在这里一层叠一层地堆积起来,而且越堆越高,远看,像起伏的山峦一样,后继的浮冰们越攀越险,如同冷酷的、白色的岩浆,如同一把把刺天的利剑。这些堆积起来的冰山,有的有几层楼高,正在利用它们锐不可当的强大推力,缓缓地向前移动着,很快就要逼近那座松花江大铁桥了。为了防止冰山把江桥撞毁,切断了城市的南北大动脉,于是,就会有专人,像特技演员、像身怀绝技的勇士一样,跳到冰山上去,选择好一个个冰眼,安放上炸药,将冰封的江面炸开。冰塌水涌,冰山沉落下去了,江含冰凌,一泻而过。

二 多彩的松花江

对付这种冰山，更早的时候要用大炮轰，轰碎那些可怕冰山。这样的事通常是在清晨进行。当城市的居民听到砰砰炮响的时候，就知道，今年是武开江了。无论是文开江，还是武开江，总会有好奇的人们，不畏春寒，早早地去江边观看这一奇景。

在砰砰的炮响之中，那漂来浮冰的、遥远的、神秘的松花江源头，激发了我的向往之情。

几年前，我如了愿，去朝拜松花江的源头。

通往朝拜长白山天池的盘山路，千回百旋，如同登天之路，极为险峻。而那位转业兵出身的司机，却在陡峭的盘山路上把车开得像飞起来一样，俨然苍鹰翱翔在盘山路上，在云里雾里时隐时现地盘旋着，让一车朝拜天池的人个个胆战心惊起来。

萦绕在长白山峰周围的阴云一直很浓。司机说："我说各位，到了山顶啊，十次有九次是看不到天池的，云遮着，没办法。"一车人听罢全沉默了。

临近山峰有一处停车场。大家唉声叹气地下了车，再往上爬一二百米就可以到顶峰上的天池了。

脚下的山体是那种差不多酥了的火山岩，每踏一脚，就会有一束黑色的酥沙像瀑布一样向山下滑去，不仅滑，也很险。爬到山顶，凹在山峰之内（或说环抱在山峰之内）的偌大天池果然被一层灰色的云雾遮盖着。

我站在山顶上，迎着山风，双手合十，在心中默默地祈祷起来。几分钟之后，覆盖在天池上的云，像舞台上的幕布一样慢慢地拉开了。环立在山顶上的朝拜者们全都欢呼起来，喊着：天池，天池……

天池在一环犬牙交错的山峰侍卫下，随着天上流曳的云，宁静地向朝拜者变换着它特有的奇异的蓝色。这便是松花江的源头之水啊。难怪松花江被称为"天河之水"。

…………

夜里，连绵不断的长白山下起了雨。山林里的雨极大、极密、极清凉，雨声也极响。这样的雨小的时候我见过、听过、闻过、淋过。40多年过去了，再次亲历，感慨良多矣。

我穿着雨衣在雨中的林子里走着。我需要亲历，我渴望特别的感觉。弥漫着雨气、树气和岩石气、泥土气的森林中，有许许多多的沟壑，纵横交错，每一条沟壑里都汹涌着奔腾的激流，然后它们在山下汇集成大河——它们就是松花江的源头呀。我在雨中的森林里，在无数条沟壑之水的奔腾中，感到了一种无与伦比的神圣。

…………

雄浑的松花江一泻千里，日夜不歇地来到了"天鹅的故乡"——哈尔滨。正是这条大江孕育了这座城市，孕育了这座城市的古老文明。松花江是哈尔滨的母亲，也是生活在这座城市的人们的图腾。

早年的哈尔滨人，以渔猎为生，他们像神奇的蒲公英一样，在黑龙江大地上漂泊不定，择水、择猎、择牧、择季而居。他们的形象很棒：一匹骏马、一杆猎枪、一副行囊，背后是水汊纵横的大草原，是滔滔而逝的松花江，一轮巨大的血色晚阳卡在地平线上，浮在飞逝东行的江水中，马上的汉子，木舟上的男人或女人，英姿勃勃像剪影一样，永恒着一段历史的神秘与灿烂。

先前，我就住在松花江边，离江水不过百步之距，登斯楼或凭

二 多彩的松花江

窗眺望，或把酒临风，总有不尽的感慨。我常在松花江边散步。走在松花江边就走在流动的历史里了。人与江水，是一种永生的情缘啊。

早年，在这条穿越城市的松花江九站一带，是一条俄国人修建的环形铁路，在那附近还设立了临时火车站。到了夏天，这里几乎成了东西欧流亡者的天堂。他们在江边野浴，野炊，野餐，拉手风琴，跳舞，搞划艇比赛，而那些当地的中国人，大都是为他们服务的人。

江边的沙滩上，到处都是一柄柄的阳伞，阳伞下铺着油布，躺着几乎赤身裸体的外国男女……

多少年以后，这些洋人有的死去了，有的回国了，他们差不多都走了。梁园虽好，毕竟不是久恋之家。人生百年总要九九归真。但是，他们在江边野餐的风习却传给了当地的中国人。在20世纪六七十年代的夏日里，这座城市的人们常在江边合家野餐，江鸥、阳光、沙滩，享受天伦之乐，延续着先行者未尽的愉悦……

上溯到19世纪，清代的渔夫们就在哈尔滨段的松花江岸边，建造了一个长1000米、宽500米的鳇鱼圈，这个地方在我念中学的时候还有，那是一条巨大的水泡子，就在道外区景阳街北头的江边，市工人体育场东面，那儿已经成了一个天然的游泳池，许多不敢到大江里去游泳的人，就到这里来戏水。但是，尽管这里的水很浅，我的一个小学同学还是淹死在这里。这个鳇鱼圈有一个很大的、设有栅栏的通江口，这使得鳇鱼圈始终保持着活水，适于圈养捕到的大鳇鱼。通常，一条大鳇鱼有上千斤重，小一些的也有五六百斤。在鳇鱼圈的旁边盖有看鱼房，供轮流照看、喂养鳇鱼的人居住。入冬后，将冰层凿破，将放养的鳇鱼拖出来，慢慢冻死，然后，按照官府指定的日期送往拉林衙门。运送鳇鱼的车都要插上一面黄旗，表示是给皇帝专送的，而沿途的地方官员必须出来迎送，一路上所有的车马行人都要给鳇鱼车让道，任何人不能破坏一片鱼鳞。鳇鱼必须在每年的除夕之前送到京城，绝对不能耽误了皇帝正月初一的祭祀用。只有鳇鱼安全送到之后，才算完成了一年的鳇鱼差。而今，松花江瘦了，再也看不到那么大的鳇鱼了……

松花江的两岸，各有一座临江的餐厅，它们都是非常有名的冷餐馆。江南的那座"江畔餐厅"，是一幢俄罗斯风格的建筑，高高的人字形雨塔，雕刻精巧的门柱，叠成花饰的屋檐，以及栅栏齐腰的凉亭，仿佛一座克雷洛夫童话寓言里的小木屋。在芬芳的青年的时代，我常和意气风发的青年朋友在这里大杯大杯地喝啤酒。

呜呼，岁月如梭而已。

侨居这个城市的外国人度夏有两个去处，一个是一面坡，另一个就是江北的太阳岛。太阳岛附近水域盛产松花江特产之一的鳊花鱼，当地的满族人称鳊花为"太牙"，即"太阳"的谐音。这些外国人在这里野浴与打猎。

江对岸的那家有名的餐厅，先前叫米娘阿久尔餐厅，一共两层，由绿、蓝、乳白和碣石色组成。顶部的栏杆和彼此勾连的铁链，使它更像一只停泊在岛上的西洋客船。这座建筑突出来的一个一个单间，坐在那里面可以环顾三面的景色。这是一家供游人吃冷饮的餐厅。在它附近有商亭，卖烟卷和汽水等，还有中国人在出租舢板船。江南的亚道古鲁布水上餐厅后改为游艇俱乐部，一群失意的知识分子在那儿下围棋、喝啤酒，看从黑龙江过来的大型客轮

二　多彩的松花江

（当年，张大帅曾下令禁止外国船只在松花江上航行）。它的东侧，是那座顶部紧贴在江边的、有两个"洋葱头"的，并将自己的影子倒映在江汊之中的圣·尼古拉教堂。这座教堂建于1900年，教堂内的四壁都是神像，遗憾的是现在它们已经消失了。

难怪100多年前，俄国人曾想把哈尔滨改为松花江市。

在蓝色的江边，常有一些妇女在那儿洗衣服。不远处是一条像一个箱子穿起来的挡沙船。记忆里的天气很好，乳白色的江鸥在附近飞翔着。在江边游泳、晒太阳的顽皮青年，躺在沙滩上学着各种乐器，演奏着《哎哟，妈妈》《往日的爱情》《鸽子》。他们演奏得真好。有人在学萨克斯，有人在学巴松，有人在学小号和架子鼓……非常欢乐。

他们喜欢这样的生活。

在江边的一隅，偶然间我看到一对年迈的夫妇，用两块旧砖搭了一个简陋的野灶，然后，将拾来的残枝败叶续到野灶中点燃，野灶上坐着一个黑黝黝的小铝锅。开始，我以为他们是在吊鱼汤，秋鱼肥呀。近前一看，他们是在用油煎着豆腐和蔬菜。两个年迈的老人在绚烂的秋阳下，一脸天籁，与远天近水构成了极大的和谐。这让我有万分的感动。

是啊，谁愿意生活在没有传统，没有操守，没有童心的城市里呢？

金色的松花江

在我的印象中，松花江的沙滩是金色的：蓝天、白云、沙滩，这三种元素构成了夏日松花江的逸美风情。

小时候，我常在松花江边的沙滩那儿玩。我发现，在阳光的照耀下，沙滩上有无数枚微小的片状颗粒在闪闪发光。

旁边的一个邋遢的流浪汉告诉我："闪光的是金云母。"

当时，我怀疑他说的话。我认为，所有的流浪汉都是莫名其妙的呓语者。

后来，那个流浪汉的话得到了证实，在沙子中闪光的物质的确是金云母。只是它们太微小了，小到人们根本无法把它们收集起来，变为自己的财富。

我曾经做过这方面的努力，在火热的沙滩上汗流浃背地收集着。但是，失败了，的确，它们太微小了，如同尘土，江风一过，它们就像金色的小虫一样飞走了。

又有乳白色的欧式客轮从江上驶过了，看航行的客船，也体味到了生命的流逝……

记得在念中学的时候，学校组织学生去大顶子山野游。曙光初照，欧式的客轮徐徐地行驶在松花江上。很多同学都到船的甲板上观看渐渐远去的城市风光。

傍晚，客轮从大顶子山返回城市的时候，有数以万计的飞蛾追随着客船，一同进入城市之后才散去。

二 多彩的松花江

年轻时有很长的一段日子,在黄昏的时候,我天天去江边观看落日、晚霞。

红阳西悬、霞涛万顷,太阳岛如同一块巨大的玛瑙,与瑰丽的天宇融在一起。此刻的松花江,变成了一条闪烁着宝石之光的金色逝水,与舟帆、翔鸥、岛屿构成了一幅人间奇景。这真的让人感动。

....

每值秋日,我总要过江去一次。

秋凉了,渡江的人少了,舟资下跌了,偌大的舱内只有三四位客人。

摇船北渡时,我看见,滔滔然从西天透迤而来的秋水之态,很是壮观。兼天上南行的雁阵,与江争速的江鸥,连同江心岛上的那一冠密不透风的蜡色芦苇,让我这个逐秋之客有如砍头喷血般太痛快了。向天地江河作一大揖吧。

水拍浪涌,船抵北岸。太阳岛上风清气纯。一位老渔翁坐在一株古树下,按盆卖新网的跳跳小鱼。一切俨然古画之中。

漫步过去,躬身垂问,价格竟惊人地便宜。

"炸大酱好吃,鲜哪——不用开膛!"老渔人说。

孩提时,母亲常做这种"鱼酱",掺以嫩葱、鲜姜。味道之鲜美,早已由舌漫布在我整个的生命历程里了。

正是黄昏落日时,辉煌的西天上,有传世高僧临江坐化之风采,西天佛祖凭空吊唁之气派。

选一静处坐下来,一脸怡情,仰头看天上南飞的雁阵。

如涛的晚霞,把江水染成了一条锦缎。荡在江中的舢板,变成了黑色的剪影。夏季的绿色已成老紫与杏黄。身置其中，心置其中，让我悟出，静境与静思才是人间的极品。

....

归途上，几度把栏杆拍遍。江面上，船家猛地喊了一嗓子，顿时惊住，蓦然回首，逝水滔滔，方悟出人生苦短的分量来。

二　多彩的松花江

黑色的松花江

在破译"松花江"的若干个成果当中，其中的一个研究者的结论是：松花江，即"黑色的河滩"。显然，这是一个有魅力、有色彩，甚至有一种超现实主义意味的说法。让人在难以置信的凸显中顿生豪情。

我始终认为"黑色的河滩"，不过是先人狂放的野性诗情。

但是，在一个阴云密布、暴风雨即临的傍晚，在大江边散步的我，意外地发现了泅至天涯的松花江，变成了黑色河流——金色的沙滩变成了黑色的河滩。

先人在这里繁衍生息，他们给一个地方、一条河、一座山起名字的时候，常常要选择它最形象、最凌厉的那一瞬间的表现。这不仅仅用来表明它们的归属，更要显示它们的卓尔不群。"黑色的河滩"，大抵就是在阴云密布的日子里，遭遇我们的先人，并由此产生了这样一个雄性的名字。

暴雨、历史、城市，从来是缠绵而行的。

…………

大雨正在如泼如瀑地下着。我擎着一柄黑布伞走出楼去。

我想去江边的那片林子里，看看那位陌生的朋友。

陌生的朋友已是古稀之年，但是，依然能从他的身上看到他昔日的强悍。

他每天都到江边来，在那个几乎密不透风的林子里，在那两棵粗壮的树间拴一条网式的吊床，这种吊床在越战中一直被游击队员普遍地使用着。他躺在上面，晃悠着，款款地吸着烟。

吊床边斜立着一台极旧的自行车。一只老迈的猎狗伏在那里打着瞌睡。吊床之下，铺着一块塑料布，上面立着一瓶廉价的白酒和一个盛着下酒菜的铝制饭盒。

吊床的四周被他打扫得干干净净。

在江边散步时，我常见他坐在吊床上，一边喝着白酒，一边大哈腰，吃饭盒里的下酒菜。那只老狗像一个老女人，伏在一旁望着他。

深夜，他仍然在那里。

这大抵是不被外人所理解的别一种生活吧。

水汽弥重的江边，一俟夏秋，蚊子们便雾阵般地飘浮起来了，沿江游弋十里而有余。但是，蚊子们似乎不叮咬他。他在蚊帐里款款地吸着烟，凝视着面前那条黑色的大江之水。

更深夜静的时候，老人常常在江边独坐，旁边拢着一小堆火。那只老迈的狗依偎在他的身旁，偶尔冲着东逝的江水呜咽几声。

这位老者是达斡尔人。只是，他渔猎的家园已经失去了，失去了……

我沿着大江水逆流向西行。

手中的那柄黑布伞，被江风几次吹得反张了过去。我的身上已被雨浇得水淋淋的。

我一定要去看看这座城市的最后一个猎手。

…………

夜，黑黢黢的，乌亮亮的江水呜咽着向前流去。

二　多彩的松花江

在这座城市里，有不少人喜欢钓夜鱼。

钓夜鱼的人又在江边笼火取暖了。

下雨了。他们便躲进自搭的塑料棚里，蜷坐在里面，一边喝着烧酒，一边聆听着来自天庭的雨声。

清明以及农历七月十五的盂兰盆节，在这样的日子里，入夜后，追思亡亲的人会到江边来放河灯——这样的风俗差不多要消亡了，但仍有人坚持着。

盏盏艳丽的河灯非常漂亮。河灯的样子大都是在一块不大的木板上搭上小木屋，"植"上花树之类，并点上遮风的蜡烛。追悼亡者的女人，或者小孩子，将河灯轻轻地放到江水里，蹲在江边看着它们一悠一悠地漂走了。

有时候江面上的河灯会很多，一簇连着一簇，一盏连着一盏，一灯跟着一灯，在江水中挤挤挨挨、分分聚聚，沉浮着、闪烁着、牵连着，一齐向下游漂去。在墨色的江天之下，透着一股幽灵之美。

有时候从上游会漂下来一盏孤灯，默默地从你眼前浮过。

那天晚上，我正从江大桥上过，远处江流上的河灯，仿佛从天上飘下来，缓缓地进入人间。

黄色的松花江

1987年,一个俄国老太太到哈尔滨来,她是个诗人。在她下榻的宾馆客房里,老人充满激情地用俄语给我朗诵了她的诗。

之后,她给我读了她的一个作家朋友写的一部长篇小说的片段。那部长篇小说是以哈尔滨为背景的。书的作者为了躲避"二战"的灾难,随着他的父亲从远东流亡到哈尔滨。这部长篇小说开头的一句话是:"一条黄色的大江从城市中间流过……"

这样的形容让我感到迷惘。在我的视野中,松花江并不是一条"黄色的大江"。

我问这位俄国诗人:"他在书中说的是黄色的大江吗?"

诗人说,是黄色的大江。

…………

一夕,我在江边漫步时突然发现,在灿烂的夕阳之下,浩浩渺渺的松花江,果然是一条金灿灿的黄色大江。是啊,瞬间的感受不仅会被流亡者带回异国去,而且还会变成永恒。

小的时候,我和二哥经常逃学,去松花江边钓鱼。

早年的松花江特别清澈,站在岸边上,能够看到江水里密密麻麻游动的小鱼苗。

我和二哥将钓到的鱼放到小铁桶里,放上盐,然后,在江边搭一个野灶,点燃枯枝炖鱼吃。有时候,我们会将人家渔船上不要的江虾收起来,带回家给母亲。母亲将江虾洗净,和上面,掺上胡萝

二 多彩的松花江

卜丝，炸成虾饼给我们吃。

同世界上所有的江河一样，松花江水也随着时节时瘦时肥。到了大江落水的日子，孩子们便三五一伙，去江边的洼塘里捡鱼。洼塘里尽是粼粼银甲的好鱼，任孩子们挑拣。

那时的松花江边几乎没人，偶尔有一个老头坐在江边看渔帆。云移江走，万籁俱寂。沃尔科特的诗说："饥饿的眼睛贪婪地吞吃海景，只为一只美味的帆。"

白色的松花江

在我的记忆里，20世纪60年代的哈尔滨，才是一座名副其实的雪城。那个年代的哈尔滨，城市不很大，建筑也不多，高层建筑寥寥无几，北风可以毫无遮拦地进入哈尔滨，漫天的大雪很快就把这座洋气十足的城市装扮成了银色的世界，银色的房子、银色的街道、银色的树、银色的栅栏、银色的雪人……

至今我仍在怀念早年哈尔滨的大雪和那座早已消失了的雪中城市。那种感觉好像你丢失了初恋时的情书一样。

早年的雪，隔着冰凌绽放的窗，下起来没完没了，你一出门，人就在漫天飞舞的大雪之中了。硕大的片片雪花，自天而洒，密密麻麻。走在大雪飘飘的城市里，你本身就是一幅画。

90年代的一个雪天里，我坐船去江北学习。松花江已经开始跑冰排了，但仍然通船。漂浮在江面上的冰排很大、很厚，大大小小，布满了整个江面。轮渡船撞开这些冰块航行着。

我站在船舷那儿，看见一只乌鸦站在一块冰排上，随冰而行。

驾船的船长跟我说，航运公司的经理不让他们停航，说，直到江全封了，不能开船为止。

虽然松花江将封未封，可游人早已绝迹了。江北那些欧式的度假村早已人去屋空。除了这艘孤零零的轮渡船之外，其他所有的船都用链子锁在了江边。

中午休息的时候，我到江堤上去看光景。江堤上的杨树、白桦

二　多彩的松花江

树、榆树和灌木丛的叶子已经落光了，偶尔有乌鸦和鹊雀嘎嘎地叫着，在其间飞来飞去。我想起了早已绝迹了的白乌鸦。先前，白乌鸦是当地土著人敬奉的神灵。

一夜之间，松花江就封上了。

封了江，行人又可以在江面上走了，这样会近很多。江面上冻实之后，马车、拖拉机、十几吨重的大卡车都在上面行驶。百年之前，在冰封的江面上，还间或地能看到从遥远的中俄边境驶来的雪橇队。坐在雪橇上的人，腿上都盖着熊皮褥子。他们都有着野兽一般的身体。

又到了制作冰灯的时候了。

冰灯是黑龙江人的第二个太阳，是漫漫雪海上的指路灯塔。早年，这儿的冬夜漆黑而漫长，于是，赶马车的车老板，便用饮水桶冻一个桶形的冰灯用以照明、看路。冰灯的出现首先是从实用开始的，然后进入美的心灵，美的创造，美的世界。

江一封，冬钓便开始了。

我看到祖孙三人正在江面凿冰网鱼。他们都穿着皮袄，戴着狗皮帽子。儿子用一个特制的冰钎把冰层凿开一个窟窿，爷爷蹲在那儿，用一个笊篱舀出浮在窟窿上面的碎冰后，将网续到江里……不久，儿子开始慢慢地往外起网，透过半透明的冰层，可以看见冰层下面的网正逐渐地往这边过。网起出来了，网着一条鳊花、两条鲫鱼，条条都有一斤重。

早年，只要在冰封的江面凿一个大窟窿，用棍子在水里面一搅，鱼自己就跳上来了，然后捡到箩筐里。

夜里的冰钓，收获会更大。用手电往冰窟窿里一照，冰层下的鱼就会从四面八方游过来，渔人像捞出锅的饺子一样用撮篓子往外捞就行了。

寒冬夜，冰封的江是一条风道，朔风下，江面上的温度多在零下三四十摄氏度。哈尔滨人的热心肠，是在寒冷中孕育而成的。在这样的天气里，走进任何一家门，主人的第一句话一定是，快脱了鞋，上炕暖和暖和。

江一封，冬泳也要开始了。

哈尔滨冬泳的风习，是受当年那些来自欧洲的侨民的影响。

封江以后，在冰封的江面上凿一个大圆窟窿，几位脱光衣服准备冬泳的洋人，呷几口烈酒，下到冰窟窿里去。通常下去浸五六秒钟就上来了。上来时，浑身已冻紫了，牙齿像奔驰的马蹄一样咯咯地响个不停……

哈尔滨人似乎比他们做得更加出色，有些人在整个冬季一天不落地坚持冬泳。在冻船边，在活水处，在咆哮的北风下，冬泳的人赤身裸体地跳到冰水里，蝶泳着，自由泳着，然后爬到冻船上——用狂呼乱叫表达他们的痛快与愉快。

转瞬之间，严冬过去了，尽管松花江衔岸之处仍有厚冰存焉，但毕竟是春水东流了。每到这样的时节，会从城里，或者远村飞来数以千计的乌鸦，到这儿来喝春水。它们落在浮冰上，一点头、一点头地啄水喝。对岸的荒草有绿意飘荡了，野雁与春色齐飞了。白色的钓鱼郎曲翔江面，觅着水中的小鱼儿。

从上游浮下来的冰块，成阵成簇，像白色的宝石闪闪发光，像战斗机群，一队一队，在水面上飞行着。在阳光灿烂的正午，江面上浮冰的辉煌与气派，是一组漂亮的电影镜头。

二　多彩的松花江

松花江又通航了。

松花江就像是一堂哲学课，无论你在江边散步，还是临流徘徊，抚栏远眺，它都会给你某种启示，让你终生和它难舍难分。

三 漫步城市的街道

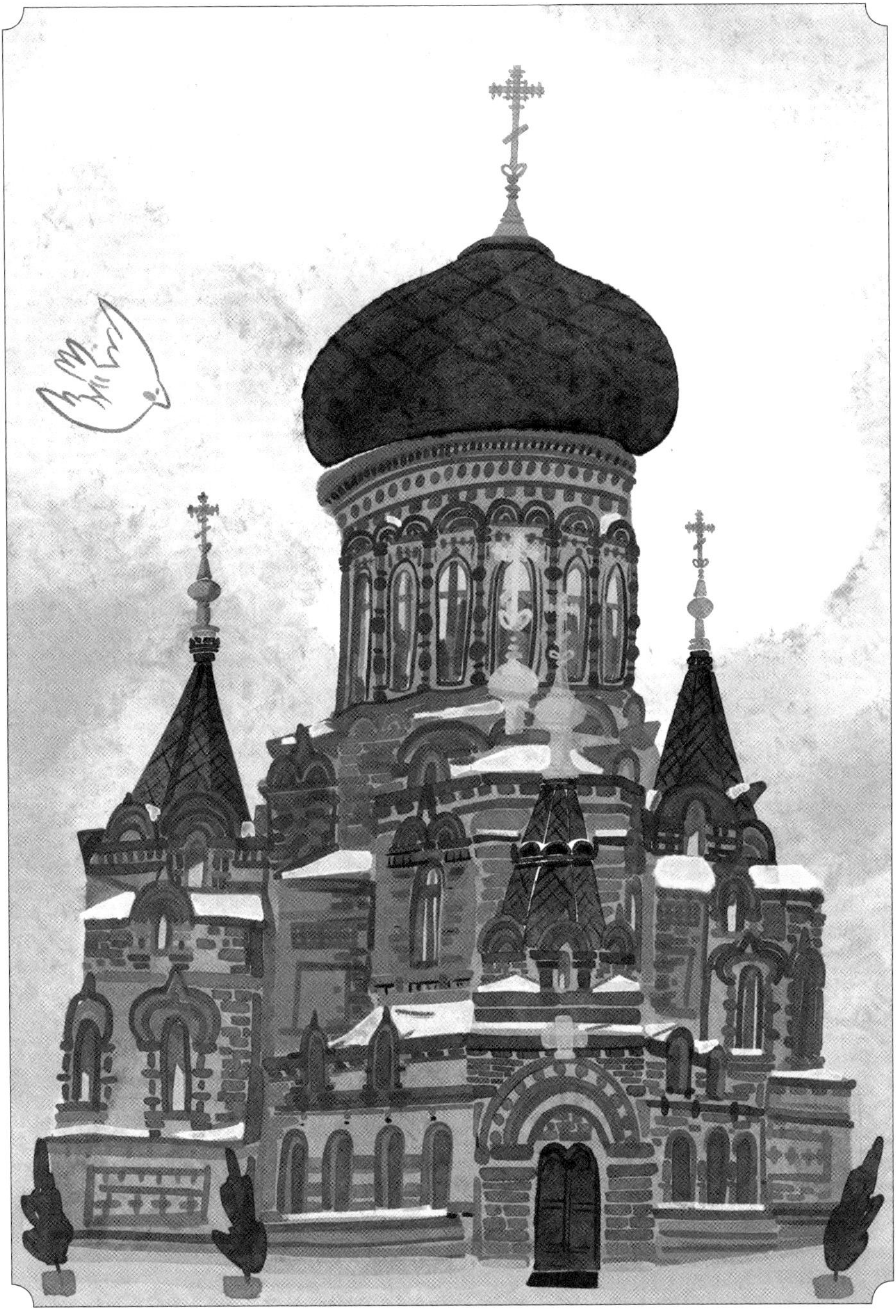

中央大街的前世今生

1

中央大街是哈尔滨的一条名街,这条街最早形成于1898年,由于这条街上住的大都是中国人,所以,中东铁路局将这一地段拨给散居的中国人居住,俗称"中国大街"。

当时,哈尔滨类似的情形还有很多,但是,外国侨居者们很快发现,这条中国人居住的大街潜藏着巨大的商业品质。于是,纷纷到中国人居住的大街上抢滩建楼,像1909年建成的日本松浦洋行(后改为俄国侨居会)、1913年开业的马迭尔(宾馆)、1918年开业的扎朱熬威西餐馆、1925年开业的马尔斯西餐厅、1927年开业的英国饭店等一样。

这条街上的方石路面是在1923年铺就的,由科姆特拉肖克设计并监督施工的。从中可以看出外国投资者长远的"战略"眼光。在这样的情势之下,"中国大街"这个街名,让那些在这里投资建店的外国人很不舒服,他们感觉到了对中国街道的侵略与霸占的味道。1928年7月,城市当局为了平衡中外双方的利益,又将"中国大街"改为"中央大街"。其两侧的横街分别称为中国几道街和外国几道街。

在过去,这条街上还有许多有名的餐馆,像中央大街与十二道街拐角处的米娘阿久尔餐厅,主要经营莫斯科风味的果子、咖啡

三 漫步城市的街道

和西餐；像主要经营西餐茶食（类似今天的酒吧）的扎朱熬威西餐馆；像1920年开业的塔道斯西餐馆，这家馆子主要经营高加索风味的鸡块、少司、烤羊肉串、串烤鱼等；像泡泡都布劳斯，老板叫爱尔毕斯，是个希腊人，他经营的菜肴主要是希腊风味，像奶汁肉丝、烤奶汁鱼等；以及伦敦饭店、马尔斯西餐厅；等等。从中会发现，在饮食上还没有哪一座城市像哈尔滨一样并存着多元的文化色彩。

中央大街亦被称为"建筑博物馆"，如俄式建筑风格的华梅西餐厅、法国建筑风格的马迭尔宾馆、巴洛克建筑风格的教育书店、江沿小学、妇女儿童用品商店等。其中马迭尔宾馆属于法国新艺术运动建筑风格，造型趋于简洁明快，窗户、阳台、女儿墙、穹顶、姿态丰富，特别是该建筑的阳台设计十分别致。马迭尔的厨师大都是那些来自圣彼得堡和莫斯科王宫的家厨。到这里来的有王公贵族、军政要员和豪富巨商。由于马迭尔有豪华的装修、舒适的客房、一应俱全的各种服务设施，因此，这里也成了外地政要经常下榻的地方。资料显示，曾在这儿居住的有埃德加·斯诺，有1949年出席保卫世界和平大会的中国代表团成员，郭沫若、许德珩、郑振铎、丁玲、陈家康等，有从海外归来参加第一届政治协商会议的李济深、沈钧儒、马叙伦、郭沫若、朱蕴山、李德全、朱学范、许广平、沙千里、谭平山、王昆仑、蔡廷锴、章乃器、罗叔章、沈雁冰、田汉等，他们几乎无一例外都在这里品尝过哈尔滨的啤酒。在某种层面上说，他们认识哈尔滨就是从这里开始的。

中央大街上那座教育书店就是典型的巴洛克建筑风格，这幢四层的建筑（在顶部还有一层），整个的墙面被装饰得富丽堂皇，这座建筑几乎囊括了欧洲所有建筑手段的精华。最引人注目的是二楼凉台下的那两个人物雕像,这两个人物雕像在希腊建筑中常见,也恰恰是这两个雕像把这个整体建筑推上了艺术的巅峰。

在中央大街与十四道街西部的交叉口上,那幢巴洛克式建筑同样富丽堂皇。这座建筑虽然只有三层,但它的高度似乎不在教育书店之下,它显得很典雅,有一种不可侵犯的绅士风度。我也认真地思考过,这种风度从何而来呢?后来发现,这种风度之所以产生,在于它的墙立面的装饰显得比较庄重、明快、简单,因此使得整个建筑有一种大气的风度。

2

早年,中央大街上有许多有名的餐馆,像米娘阿久尔咖啡茶食店(有资料说位于中央大街58号,后来是哈尔滨摄影社的位置)。这家洋馆子经营的莫斯科风味的果子、咖啡和西餐,在当地非常有名(据说,1929年,这家餐馆的老板布列斯将中国人开的"义气商号"合并,改成"维多利亚西餐馆",1947年又由中国人卜大生接手经营,改为"紫罗兰西餐馆"。现在这幢楼是一家时装商店)。

在中央大街老秋林的斜对过儿的那家扎朱熬威西餐馆,是1918年开业的,新中国成立后改成了理发馆。年轻时我多次去那里理发、吹风,现在又改成了一家商店。早年,这家餐馆主要经营西餐茶食,类似今天的酒吧。外国人对酒吧的依赖如同中国人对茶馆的依赖,所以这家西餐馆的生意很火。这家西餐馆里备有一台音乐不错的手摇唱机,播放一些外国轻音乐、舞曲。男女餐客可以离开餐桌脸对脸儿地跳跳舞,通过祖国的音乐排遣一下自己的思乡

三　漫步城市的街道

之情……

当年，中央大街附近的中餐馆也相当有名气、有品位。这一带的中餐主要是以京鲁风味为主，厨师大都是山东帮的，山东帮又分为崴子派、京东派、奉天派。崴子派，厨师王金陵（福泰楼饭店）的拿手菜是酥黄菜、鸡茸苞米、鸡丝蜇头。他的酥黄菜能与北京的名菜"三不粘"相媲美。京东派的张锡财善于冷菜，做工考究，而孙岐山则善于鱼翅，如雪花鱼翅、桂花鱼翅、佛手鱼翅。奉天派是由来自沈阳的山东厨师组成，道里的大饭店，像福泰楼、大世界、中华饭店等名师多是奉天派的人，其中，徐文骏的生菜大虾和家常熬鲑鱼是福泰楼的挑头名菜，当地的名流宴请客人一准会到这里去，而且一准会点这两道菜。

3

哈尔滨啤酒，是从俄国人马鲁布列夫斯基于1900年在这座城市创办了首家啤酒厂开始的。这家啤酒厂就是以马鲁布列夫斯基自己的名字命名的，后来改为库罗尼亚啤酒厂。这家啤酒厂在香坊，还有不少在1900年到1910年期间开办的啤酒厂在南岗和道里，像梭忌奴啤酒厂、维沃瓦列啤酒厂等。在这之前哈尔滨人并不知道啤酒为何物。但是，自从喜欢喝啤酒的俄国人将啤酒引进之后，当地的哈尔滨人也渐渐地开始喜欢喝啤酒了。

虽说哈尔滨人喝啤酒是受俄国人影响，但是喝白酒却丝毫没有受到俄国人什么影响。俄国人喜欢喝伏特加，哈尔滨人却不喜欢喝，哈尔滨人喜欢喝自己产的烧酒，觉得伏特加的味道有点像医用酒精，不好喝。如果说，"德国人的到来使（波兰）街头充满了皮鞋油味",那么,俄国人的到来,使哈尔滨的街头充满了烤面包、红肠和奶油的气味。而且很快,当地的中国人也开始喜欢吃这些东西。那些俄国人也渐渐地喜欢上了中国的饺子、包子、馄饨。不过,如果请俄国人吃饺子,你就包纯土豆泥馅或纯苹果馅的就可以了。

哈尔滨还是一座"面包之城"。在这座城市里没有一家食品店不卖俄式列巴、塞克和一串串的面包圈儿的,几乎到处都是。早年(1922年)的梅金面包房就在中央大街辅街的大安街上(今胜利糕点厂)。有一年,我开车到这家面包房给公家买面包,当时那个做面包的老师傅还在,他是跟俄国人学的徒,脾气很倔。当时他正在做那种长条的、像枕头的俄式槽形面包。我问他,什么样的面包算是烤得好,他没吱声,从烤炉里取出一个面包往面案上一摔,长条面包"叭"一下从当中断开了,他说,这就是烤得好的面包。

....

4

在中央大街两边的辅街上,也曾留下了热血青年的履痕。有位于中央大街西头道街41号的中国共产党与第三国际联络点,即国际交通局旧址。有位于中央大街西三道街4号的中华栈,那里曾是中国共产党员俞秀松前往苏联出席国际会议在哈尔滨停留期间居住的地方。有位于中央大街西四道街5号,负责护送中共六大代表,赴莫斯科参加代表大会的秘密接待站(被称为"红色丝绸之路"的枢纽)。有位于中央大街西四道街5号,地下党联络站"一毛钱饭馆"的旧址和西四道街《大北新画刊》的旧址,那是一家由左翼文

三 漫步城市的街道

化名人创办的,进行抗日救国宣传的进步期刊。这条街上还有左翼文化团体创办的进步社团"口琴社"的旧址。有位于中央大街九道街97号的党的地下联络站"乐天照相馆"和"亚英社"。旧址有位于中央大街十一道街23号的中共满洲省委扩大会议旧址。有位于中央大街十三道街23号的赵尚志养伤处和48号的东北地区第一次党代会旧址。有位于中央大街十五道街的国共合作时期中国共产党创办的《东北早报》旧址。有位于中央大街十四道街52号的中国共产党早期创办的《哈尔滨通讯社》旧址。有位于中央大街十五道街9号的中国共产党的创始人之一陈潭秋被捕地和13号的中国共产党文化名人创立的地下联络站"天马广告社"旧址等。除此之外,还有位于中央大街辅街"商市街"上萧红客居过的旧址。在萧红即将离开这里时写道:

"我没有回转一次头走出大门,别了家屋!街车,行人,小店铺,行人道旁的杨树。转角了!

"别了,'商市街'!

"小包袱在手上挎着。我们顺了中央大街南去。"(萧红《最后的一个星期》)

同时,萧红还给了我们很质感的享受,让我们和她一起走在了中央大街的街头:

"我们在中央大街闲逛……冬天下午三四点钟时,已经快要黄昏了,阳光仅仅留在楼顶,渐渐微弱下来,街路完全在晚风中,就是行人道上,也有被吹起的霜雪扫过人们的腿。冬天在行人道上遇见朋友,总是不把手套脱下来就握手。那人的手套大概很凉吧。我见朗华的赤手,握了一下就抽回来……"(萧红《广告员的梦想》)

那家"一毛钱饭馆"，是1932年哈尔滨沦陷后，中共满洲省委代理书记李实了解到哈尔滨知识分子生活的困境后，派工运负责人金伯阳出面，联络哈尔滨的进步文学青年集资，在道里中央大街辅街四道街5号租了一间小平房开的一个小饭馆，取名"一毛钱饭馆"。饭馆的服务人员由进步文学青年轮流担任。一毛钱饭馆存在的两年多时间里，不仅为他们解决了生活出路，也成为党团结进步文学青年、开展左翼文化运动的活动场所和党的秘密联络点，共产国际到满洲省委传达上级指示，赵尚志同志回哈尔滨，向满洲省委汇报工作，都曾在一毛钱饭馆进行联系。

那家"口琴社"是1935年4月共青团员袁亚城以口琴教员身份成立的哈尔滨口琴社。这是哈尔滨党组织开辟的一个文艺阵地。中共党员江椿芳、金剑啸、任震英，共青团员侯小古等都参加了口琴社的活动。口琴社团结了大批有知识的进步青年，多达一二百人，曾演出过《义勇军进行曲》《伏尔加船夫曲》《沈阳月》《大陆歌》《开路先锋》《快乐的农夫》《流亡三部曲》等抗日歌曲。1937年，日伪逮捕了口琴社12名积极分子，侯小古以哈尔滨口琴社共产党要犯的罪名被敌人在哈尔滨圈儿河杀害。

我认为，既然在中央大街上矗立了拉小提琴的铜雕像，那么，是否也应当考虑在中央大街的某个街口，再造一个口琴社成员吹口琴的铜雕像呢？

中央大街上的门市商店都各具特色，像德国莱比锡式的街头书店、深灰色的尖顶瘦楼、墨绿色的老秋林、法国式的咖啡馆、美国人的肯德基店、俄式的酒吧、令人目眩的珠宝店、鞋店、时装店、熟食店、药店、室内音乐团、俄文的牌匾、日本的灯笼、犹太的圣

三 漫步城市的街道

徽、美国的国旗、不明国籍的混血儿……在这样的环境中散步，如同走在历史当中。

而今，中央大街文化行为仍然很亢奋，城市里的各个部门经常在中央大街上举办各种提灯会、啤酒节、摄影展、展销会，拍电影、电视，电视台随机采访，冰雕展，演唱会，拉丁舞表演，以及街头画像等。并又新产生了一些西餐厅，像东方莫斯科西餐音乐厅、波特曼西餐厅、马克西姆西餐厅、察里津西餐厅等。到了冬天，市政部门还曾在中央大街的辅街上建一些冰砌的小屋供摊贩使用，借以增加冰城的特色。

其实，哈尔滨在骨子里是一座很前卫的城市。

总之，中央大街是一条文化街、历史街，它埋藏的故事太多，可以说路面上的每一块方石都是一个故事，是一本书。我会努力地去破译这些故事，讲给市民们听。

斯大林大街

斯大林大街，是与我生命同行的街。这条街原本是松花江的一段江堤，是一条有灵性的街，更是一条"天赐的街道"。小的时候，我经常光顾这条别致的街道，她几乎是我的精神家园。

父亲举家从盛产黑珍珠和樟子松的坡镇迁居到哈尔滨之后，我家的新宅就在离这条街不足200米远的地方。那个深蓝色的街牌赫然地写着"斯大林大街"。

斯大林大街长长地面对着那条从天池逶迤而来的松花江。

松花江是这座城市的摇篮，是哈尔滨人心目中的一条圣河——世界上几乎所有城市的"第一街"都与江河有着不解之缘，是江河孕育了第一街，然后才孕育出一座城市。

斯大林大街从老江桥那儿开始，然后逆流而上，到"九站"截止。毫无疑问，她的确是哈尔滨的第一街。

2000年，世纪之交，我曾奉命为这座城市的"世纪钟"撰写铭文，未曾被修改的原文写道：

茫茫大造，层层天阶，仰龙岁之车横出九九之界，载千禧堂堂而来。倾城倾巷，万民踊跃，聚江渚琼楼之上载歌载舞，幸聆听世纪钟声。回溯千载，白山王气，黑水霸图，豪气盈天巅连沃野。慨抚百岁，民风强悍，先忧后乐，遍地风流天上人间。香港归，澳门还，世纪已新，台湾何待！千秋一鸣开新宇，万世弘歌始今朝。时逢盛世，悬巨钟于江天之上以酬乾坤。

三　漫步城市的街道

现在，这口大钟就悬挂在斯大林大街对面的"冰雪大世界"上。

斯大林大街是一条全城所有街道都无法与之媲美的街道。这条街的品格是：闲适、凶险、浪漫、壮美。

19世纪末，这条江堤式街道曾是一条临时铁路。从俄国运来的铁路器材就在这一江段下船，再装上火车。火车头喷着大团大团的蒸汽，将一长列的器材运往附近不远的铁路大工厂。想想看，江面上航行着驳船，江堤上跑着火车，江天陆地，那该是一幅怎样的图画呢？

铁路大工厂建成以后，临时铁路被拆除了。随后，修建了一条欧罗巴风格的街道，江堤上有铁质的扶栏和石砌的罗马式灯墩。人行步道面对江水的一侧安有长椅，长椅之后是草坪和花坛。草坪上有几尊雕塑：喷水的安琪儿、银色的白熊，还有那座通透的、廊柱式的防洪纪念塔（塔的西侧写着"塔镇江天"四个大字）。除此之外，还有飞机造型的青年宫、古铜色的"缚苍龙"喷泉池、木结构俄式建筑风格的"江畔餐厅"和江上俱乐部，等等。草坪之后便是斯大林大街的主街。

半个多世纪以来，这座城市的无数个初恋者，都曾在这条街上安排了他们浪漫的、充满着喃喃情话的第一次约会——这几乎成了年轻人的一个不成文的习俗。

在冬季飘雪的日子里，走在这条街上，就能看到松花江上冬钓的情景了。多年前的一个冬季，我在俄罗斯冰封的阿穆尔河上也曾看到过冬钓的情景。那儿的"冬之渔翁"多是中年人或者老年人，他们坐在小马扎子上，用专门的工具在冰封的河面上"钻"一个碗

49

口大的冰窟窿（冰层有1米厚），再将短杆系的渔线顺到冰层下面，凭手上的感觉静等鱼儿上钩。

在斯大林大街上看的冬钓，是下冬网。冬钓者在冰封的江面上凿开两个冰窟窿，将网拴在竹竿上顺到冰层下面（冰层之下的竹竿顺着江流到了下一个窟窿时，再被等候在那里的人拽出来——而网已经下在冰层的下面了），到了一定时间起网就是了。

起网的时候，在江面上总会有几个观看收获的人，其中也有一两个红脸膛的傻姑娘，她们是来自江南的人，冻得呲呲哈哈地揣着手，跺着冻僵的脚看着。虽说收获与她们无关，但是，这份苦寒中的快乐只有身临其境才能享受得到。

夜里冬钓收获会更大。只是寒冬之夜，冰封的江道就是一条凹出的天然风道，在迅疾而凛冽的朔风之下，江面上最乐观的温度也在零下30摄氏度，再加上匕首与投枪似的西北风一吹，比之攀岩、比之坐过山车、比之蹦极刺激多了。感觉像一支在黑夜中秘密作战的小分队。

我体验过。

少年时，每走在这条临江的街道上，我总要停下来，扶着栏杆凝视着夕阳西下的辉煌场面，凝视着江对岸那幢建于1923年的、船形的、彩色的米娘阿久尔西餐厅，和那座建于1900年的圣·尼古拉教堂，凝视着在金色的余晖下泛舟的小船和江边孤独的垂钓者，目送着一只只黑色的、头顶着绚烂晚霞远行的大驳船……

在落雪的季节里，我在这条街上欣赏着那些冬泳者，欣赏着在冰冻的江面上行驶的大卡车和步行过江的行人，也偶尔看到过卡车陷到冰层里的景象。

三 漫步城市的街道

我身后的斯大林大街被白雪覆盖着，上面除了有不畏严寒的情侣留下的脚印之外，也有流浪汉、失恋者、鳏夫踟蹰着的屐痕。

20世纪90年代初期，我曾住在斯大林大街西头的一幢古典式楼上。站在家中的那个面江的阳台上，看着夏日里声浪如雷的早市、花市与饭市，看着冬日里如同古之城堡的"冰雪大世界"，看着迈着太极步的晨练者，看着忸怩的情人和引吭高歌的男女，总是给我许多无法言状的感受。

....

又到了松花江跑冰排的日子了，我扶着栏杆，看着数以万计的白色浮冰从我的眼前从容流过时——我已经是一个中年人了。

晨昏时节，我经常一个人在这条街上漫步。身边小桃红艳丽地开了，鹅黄色的刺槐花烂漫地绽放了，紫色如舌的丁香也香了整条的斯大林大街。几个中老年人组成的小型西乐队又开始在江边演奏《哎哟妈妈》《红梅花儿开》了，那些像出席盛大晚会似的中老年妇女，又围成一圈儿开始唱《牧歌》了。那几个惜命如金的人照例站在江边，对着滔滔东去的江水放声地呐喊着，意在把胸中的浊气吐出去。那个边走边唱着京戏的年轻人，又在这条街上舞着水袖且生且旦地表演着。那个喜欢演讲的老人像一尊雕像一样，拿出那张已经发黄的情书，面对着江水开始大声地朗诵他早年的情书了……

我在斯大林大街上缓缓地看着，走过冬夏，走过春秋，特别是在大雨的天气里，在旅游淡季的时候，这时候斯大林大街上绝少行人，一街的雨脚，一街的落叶，我常常不知不觉走得泪流满面……

是啊，我喜欢这条街，她一直在我的生命历程里。小的时候，我逃学、钓鱼、捡虾；青年之后，恋爱、失恋、失意；中老年之后，忍看朋辈成新鬼……可脚下的斯大林大街总是默默地、忠实地陪伴着我。

三　漫步城市的街道

龙脊上的大直街

东、西大直街横卧在全城的高岗上，因此，有人称这条街是哈尔滨的脊梁。

我曾请教过一位城市规划专家，他告诉我，这一线的高地曾是古松花江的大堤。1932年哈尔滨发大水（是年的8月5日，水位高达海拔133.16米，8月7日江水继续暴涨，道外九道街处的江堤决口百余米。松花江水位达133.51米）。道里、道外的大量难民全部拥向南岗、马家沟、香坊等高阜之地。据讲，当时约有5万人在大直街、极乐寺、文庙、山街等地露宿，无一席可避风雨……

老一辈人称东、西大直街是哈尔滨的"龙脉"。当年，俄国人在东、西大直街的相接之处建造大教堂时（当地人称"喇嘛台"，也称中央寺院），就遭到了许多中国人的强烈反对。因为这座教堂压在了龙脉上，这是不能容忍的。但是圣·尼古拉教堂，这座大教堂还是建了起来。

小时候，我利用寒暑假拉小套的时候，常经过这家洋寺院。作为一座建筑艺术品，它确实是哈尔滨的一个标志性建筑。

圣·尼古拉教堂圆形的地形，外面是环形的转盘道。西北面是黑龙江省博物馆，先前是时髦的"莫斯科商场"，是本城的达官贵人经常光顾的地方。东南面下坡是中山路，北坡之下是哈尔滨火车站，西南是那座"手风琴"式造型的"国际旅行社"。

在中央寺院南北起点的两侧，各有一幢二层尖顶的哥特式建筑，它们一直被保留至今。由于中央寺院不在了，这两幢一模一样的建筑便成了城市标志性建筑的一个组成部分了。在先前，它们不过是圣·尼古拉教堂周围的配置风景而已。

东、西大直街上有名的建筑，还有铁路局（俗称大石头房子，先前是中东铁路管理局）、铁路局俱乐部、秋林公司和圣母安息教堂，等等。

我经常光顾西大直街上的那家报刊门市部，去那里看看报纸和杂志。我喜欢旅游和烹调方面的刊物，对读书、军事、保健类也略有兴趣。此外，也经常去那家南岗邮局，它是全城最大的一家邮局，30年前我常去那里邮稿子，尽管十次有九次被退了回来，但我一直在坚持。

在一座城市里总会有一些人，为一件事、为一个理想而坚持着，这也是城市的总体品格之一。

大直街上还有一家曾经很有名气的电影院，"哈尔滨宽银幕电影院"。宽银幕电影对我们那个时代的少年来说，是一种新鲜事儿。我作为一名学生，在这家电影院观看了我有生以来的第一部宽银幕电影——《风从东方来》，那是一部苏联电影，好像是一部彩色纪录片，展示的是中苏友谊方面的内容。尽管这部影片的内容没有给我留下很深的印象，但宽银幕本身却让我非常激动。

在西大直街的西大桥附近（那是一座铁路桥），曾有一家不显眼的小浴池。在20世纪80年代，那里是我经常去的地方。当时我住在清明街上，清明街离西大直街只有3分钟的路程。青年时我是一名司机，常年开车在公路上、深山里跑（早年的大卡车里没有取暖设备），因此落下了个腰腿疼的毛病。步入中年之后，这些病像

三　漫步城市的街道

债主一样地找上门来。当时，我正处在写作的攻坚阶段，我必须消除腰腿疼才能静下心来写作。于是，我便在每天的大清早去那家小浴池泡热水澡，及时地治疗我的腰腿痛病（价钱不贵，门票1元）。一大清早去，池子里的水是新水，干干净净，而且非常热，烫腰的效果再好不过了。烫过之后，再花1块钱搓搓澡（实际上就是按摩一下），有一种脱胎换骨之感。到今天我也很感谢那家小浴池，是它帮助我提高了写作水平。

遗憾的是，而今的那家小澡堂子已改成了上档次的洗浴中心了。

热水池里的水还是那么干净吗？每天还都是新水吗？还那么热吗？搓澡还是1块钱吗？

沼泽上的新阳路

我家从商铺街（而今的花圃街）搬到新阳路来住，还是我念江沿小学校的时候。但是，新家所属的街号却在安松街1号。当时它是安松街上唯一的一幢新楼。虽然这幢"L"形的红砖小二楼属于安松街的牌号，但它的正面门洞却向着新阳路的一方。

那幢红砖楼现在还在，而且又加盖了一层。先前的第一层是一家商店和房管所，而今改成了大酒家。

早年，新阳路这一街区，被城里人称为"偏脸子"。当时哈尔滨城市的版图尚小，人走到了新阳路一带，就已嗅到城郊的味道了。城中心区的人称这里是平民区。

这种偏见并不是毫无缘由的。1917年俄国的十月革命爆发之后，有相当数量的俄国人由西伯利亚、哈巴罗夫斯克、海参崴逃往中国。这些形形色色的俄国人，有的在绥芬河住下来（并繁衍了一些中俄混血儿），有的住在了铁路枢纽重镇一面坡，也有的人来到了中东铁路的中心城市哈尔滨。1918年，城市管理当局便把新阳路这一带的沼泽地，划给了这些无家可归的俄国人，作为他们的栖身之所，作为一种无偿的人道主义援助。这个临时的家园被称为"纳哈罗夫卡村"。

纳哈罗夫卡村的房屋杂乱地建在高地上。

由于沼泽地上无路可走，人们只好在房与房、房与大街之间，搭建栈桥通行。后来，由于这里的居住者倾倒大量垃圾和残土，才

三　漫步城市的街道

有了街道的轮廓。这种说法有点类似我的那部长篇小说《忸怩》中的想象与推断，想不到这居然是一种历史真实。

早年，这一带确实生活着不少俄国侨民。我的小学老师、我的班主任就是一个中俄混血儿，她虽然长着一张俄国人的脸，但说着一口流利地道的地方汉语。

这种情景曾再现在我去海参崴的日子里，在海边的一个别墅区，到处是榆树、白桦、狗、俄国妇女和宁静的木板房……这大抵就是早年新阳路的景观吧。

在这些外国流亡者当中，除了善良的平民之外，还有一些白匪（及其家属）、政客，一些有劣迹的俄国人和吉卜赛人。

有资料介绍说，大多数人认为，吉卜赛人来自印度，在公元10世纪他们由印度西北部山区迁出，从此散居在世界各地，过着游荡的生活。但是，英国人认为吉卜赛人是源自埃及，法国人认为他们来自波西米亚，西班牙和俄罗斯等国把他们称为"茨冈人"，但他们自称为"罗姆"。我想，不管他们来自何方，都是因为某种原因才使得他们不得不背井离乡、四处漂泊。

流浪到哈尔滨的那些吉卜赛人主要是来自俄国，他们靠给人占卜、歌舞表演等行乞方式生活。他们讲俄语。至于他们的生活形态、居住方式，印度电影《大篷车》里已经展示得很充分了。

1910年的时候，新阳路被称为"阔日利街"。显然，这是最早的一个街名。

早年的新阳路一带很像一个庞大的、成分复杂的外国人难民营。有人称这里是"纳哈罗夫卡"，意思是懒汉与无耻之徒居住的地方。

1932年哈尔滨发大水的时候，这里变成了一片泽国。

1933年，即溥仪的"大同"年，日本人动手修筑了这条路，起名叫"大同路"。

早年，在这条路的中段上曾有一条河流过，这条河叫正阳河（现在那一区段还叫"正阳河"）。《吉林通志》载"在苇塘沟河（即运粮河）以东，经天鹅泡北，正阳河自东南来注之"（难怪有学者称哈尔滨是"天鹅"之意）。又说"正阳河出双城厅东北正红旗二屯，北注混同江（即松花江）。正阳河即今何家沟"。

但是，也有学者说，正阳河是正阳河，何家沟是何家沟，是两回事。总之，在新阳路上的确有过一条河拦腰流过。

我们一家人搬到新阳路上居住的时候，这条路上通着有轨电车。有资料介绍说，1944年1月哈尔滨交通株式会社修筑内4线有轨电车（滨江站—南极街—田地段—中央银行—顾乡屯）。我想我看到的就是这条有轨电车线路。这条路单道宽4米，由两条方石路铺成的马路组成，两条马路中间是宽阔平坦的土台，两边种着杨树。绿色的有轨电车就是在两条方石路中间的土平台上铺就的轨道上行驶的。但是，我对这条路上的方石路印象却很模糊。

记得这条街上的蝴蝶很多，而且这里的蝴蝶个个大如瓷碟。我们一些小孩儿就用扫帚去扑逮它们。路边是一簇簇的荒草，高处可以藏人。昔年从草丛中散发出来的浓烈的草气味、花香味，一想起来就让人陶醉。

这条街上最值得自豪的记忆，是1932年4月，哈尔滨共青团代表会议在新阳路附近召开。当时，罗登贤、杨靖宇同志出席了这个会议……

三　漫步城市的街道

新中国成立之后，大同路改为新阳路。新阳路成为哈尔滨最直、最长、最宽的主干路之一。柏油马路修成的这天是新阳路最风光的一天，街上到处都插着彩旗，挂着横幅标语，人民群众敲锣打鼓，崭新的、湖蓝色的无轨电车缓缓地行驶过来了（这一天坐无轨电车不要钱）。新阳路两旁到处都是围观的市民，他们个个都非常兴奋、非常高兴。

我的学习小组在安和街，它属于新阳路的横街之一。那时候，我无论是上学，还是去同学家的学习小组学习，或者去儿童电影院看电影，天天都要在这条新阳路上走的。这条横街上拥挤着许多俄式简易木板房。听老一辈人说，这里曾是个"巴扎市"，是个卖旧物的地方，后来全部改成住户了（再后来，扒掉了全部的旧肆平房，盖大楼了）。

在新阳路中段的南侧，有一座小型的基督礼拜堂，一楼似乎是神职人员的住处，二楼是信徒做礼拜的地方。我曾经进去看过一次。我的一位小学同学的父亲是这里的一个业余牧师，他正在那里给附近的一些家庭妇女讲，如果两家的小孩打架了，那么家长该怎么办呢？他正在说一个什么道理。很平实也很通俗，甚至有点儿婆婆妈妈的，不难懂。

这位牧师在这条街上有很高的威信，他开着一家私人诊所，诊所主要是接生，这条街上不少的孩子都是他亲手接生的。所以，他走在这条街上，当地人都向他问好。平时，他总是一副不苟言笑的样子。我的那个同学好像叫书俊（或许不对），长得细皮嫩肉的，像个姑娘。大人说，人家生活条件好啊，接生一个孩子收4块钱。4块钱是当年一个中学生半学期的学费呀。

我的那个同学的学习成绩是很好的。不知道他现在在干什么,是否还住在这条街上。

…………

三 漫步城市的街道

老画儿似的道外六道街

我坐的那辆出租车,正行驶在式样陈旧的景阳街上。

在车上,我突然想起道外(区)的那家老字号"老仁义",便问司机"老仁义"的具体位置在哪里(过去只是听一个姓申的记者朋友说,老仁义的蒸饺如何如何好吃,找机会要请我去品尝品尝)。出租车司机是个话匣子,说岁数大的人都喜欢吃老仁义的蒸饺(听了这话,我心里的雷电一闪,哟,我现在已经是岁数大的人了),有不少年轻人还专门打车拉着自己的父母去那里吃蒸饺呢。

他说,就是怀旧。不过,那儿的蒸饺也的确好吃,特别有一种味儿。

我问,那具体地点在哪儿呢?

他挠着头说,具体位置我也说不清楚,好像在小六道街那儿。

晚上,我领着小女儿一同去道外(区)找那家"老仁义",打算尝尝那儿的蒸饺究竟味道如何。作为一个哈尔滨人没吃过老仁义的蒸饺,实在是一个遗憾。人活着,还是把遗憾降到最低点为好。

我们爷儿俩是在道外头道街那儿下的出租车。心想,一趟街一趟街地去找吧。再说,道外区平日我极少光顾,久违了。那就不妨借着今天这个"选题"一并地逛一逛。

从道外区的头道街到七道街,几乎是老哈尔滨的一个缩影。这一街区也是旧时代哈尔滨娼妓业最繁华的地带。上了一点年岁的哈尔滨人称那里是"老豆腐坊"。为此,我询问了一位在街头"卖呆儿"的老者,他告诉我,"老豆腐"意思是,那些穷困的跑腿子只要花上一碗豆腐脑的钱(天津人称"老豆腐",一碗老豆腐当时卖2分伪国币),就可以和人老珠黄的"神女"春风一度。

当年,这个旧窑区的覆盖面很大,涉及附近的钱塘街、富锦街、长春街、北五道街、北六道街、北七道街,道外水陆码头附近的那几条街的烟馆也很多,像头道街附近的群英楼、三道街上的大宾号、小六道街上的南勋楼、长春三道街上的长春楼,等等。不过,这一街区上也有健康的东西,比如设在南六道街上的太极拳社,那里专门教授长拳、螳螂拳、八极拳、形意拳(这个拳社拒收日本学生),立志改变"东亚病夫"的形象。

这儿的街一条挨一条,很挤。宽不过8米,长不足2里的北三道街,是这一街区中的一条"名街"。这条街在洋气的哈尔滨城很有一股中国的文化味儿。人啊、房屋建筑啊、青砖黑瓦啊、街道啊、吃食啊,一律是纯中国式的。像1913年3月开张的"大德堂药店",纯中国式的;1916年10月开业的"畅叙楼",纯中国式的;1910年创办的"京都正阳楼肉制品店",纯中国式的;1927年9月21日开始营业的"中大银号";1927年开业的"益发合百货店";1936年1月25日开业的"三友照相馆";1919年11月11日由长春迁来的《国际协报》(该报1918年创刊于长春,主任张复生先生);1926年6月中共北满地方执行委员会创办的《哈尔滨日报》(就在当时的神州大戏院楼上,总编辑是吴丽石、李传坚,社长穆罗洲);1921年10月10日开业的"大罗新商场";1916年8月14

三 漫步城市的街道

日创办的"道外第一通俗教育讲演所附属图书馆";1912年开业的哈尔滨头一家三鲜饺子馆"范记永饺子馆"等,都是纯中国式的。旧时代,这条街上人来车往(主要是马车、人力三轮车),万头攒动,热闹得很。

当时,北三道上正阳楼的风干香肠、松仁小肚最有名气了。

正阳楼的创始人叫王孝庭,他是一位做传统风味肉制品的技师,山东人,曾经在北京东南牌楼的福星斋肉铺学过徒。1910年,他创办的"正阳楼"正式开业(在匾额的天头上还有"京都"两个小字)。到了1915年,他和合伙人买下了北三道街街口的一处楼房,作为正阳楼的新址。听说,一个清末秀才——这儿的一个老顾客徐鼎臣,毛遂自荐为新址的正阳楼题写了匾额。匾是黑底金字,正中是"正阳楼"三个大字,上边仍是"京都"两个小字。下面又加了四块小匾,分别刻着:风干香肠、松仁小肚、五香熏鱼、虾籽火腿、炉肉丸子、青酱腊肉、熏鸡酱鸭。正阳楼一时火遍全城。连吉林交涉局总办、滨江道部李嘉熬,黑龙江铁路办事处督办鲍贵卿,奉天大帅府和少帅府、齐齐哈尔的督军府、伪满洲国的旧大臣张景惠,也慕名写信或派人到正阳楼采购食品。正阳楼便把这些信件插在门口墙壁上的布兜里,信封上赫然印着醒目的伪国务院的大字,不仅显示正阳楼之品位,对企图捣乱的军警察特也起着震慑的作用。现如今正阳楼的熏酱食品仍旧蜚声全国。

离北三道街不远,在天一街上(过去叫"裤裆街")的范记永饺子馆,同样也非常有名。

这家馆子的老板叫范先庚,他的馆子从不挂幌,范老板自己扎

63

个围裙往门口一站,这就是幌了。馆子里的堂面不大,但很讲究款式,桌面儿上铺着瓷砖,座儿是瓷龙墩,银吃碟,象牙筷子,都很讲究。当然,饺子馆得有烧酒,所谓"饺子就酒,越喝越有"。此外还有各种拼盘冷荤,像酱肘子,炸花生米,正阳楼的风干香肠、松仁小肚(正阳楼的风干香肠,切薄薄的一片放到嘴里干嚼,越嚼越香。听说里面放了"紫蔻""砂仁"等开胃的中药。松仁小肚又圆又肥,胖嘟嘟的,里面放了松仁儿,吃起来有一股清香味儿)。范记永饺子馅的配方是保密的,谁也不知道配方的全部内容,单知道里面有海参、干贝、虾子、蟹黄。开始的时候,范老板在马路口那儿边煮边卖(类似现在的大排档,也是老城区的一道风景),后来盖了个小二楼才神气起来。

在北三道街上,还有一家叫"北山"的酒馆,那地方并不难找。虽说小酒馆不大,但里面的顾客都是正宗的酒人。到了这里来的人才是真正喝酒的。

....

爷儿俩边走边观看附近的饭馆,沿街的灯光夜市,以及京评戏院、电影院、茶馆、澡堂子、花鸟鱼市、花圈店、扎彩人儿,等等,旧俗宛在,恍惚之间有身临旧朝之感。

不过,这一街区在本质上发生了极大的变化。像那些在新的形势之下涌现出来的各种私人商铺,如建材、水暖、小五金、油漆、洁具、寿衣店、粮油、旧物、餐馆、旅馆、酒馆、食品店,连同北五道街坛肉一条街,北三道街的酒馆一条街,等等。似乎是这里的居民人人都在经商,并正在做前期的资金储备工作(这儿很多的人

三 漫步城市的街道

都在别的街区里,或者在沿海城市购买了很好的住宅),然后,带着丰厚的资金与信心走向新的生活。听说现在那儿的地铁都通了,这可真是做梦都意想不到的大好事。

最后,我们父女俩在小六道街附近的丰润街上,找到了这家"老仁义"蒸饺店。

这家"老仁义"是1912年河北人佟玉新开的。他到了哈尔滨之后,便在俗称"八扎市"的南六道街里面的西顺街105号,买了4间倒闭的娼妓馆(每间5平方米,打通间壁共20平方米),他利用这20平方米的地方开了家回民饺子馆(他就是回民)。佟玉新之所以选中这个地方,主要是看到这一街区是一个供人享乐的地方(像京剧院、评戏院、电影院、娼妓馆,都集中在这里),街上行人熙熙攘攘,摊贩勾连不绝,车子川流不息,是个做生意的绝佳之地。

他的这家回民蒸饺馆开张之后,生意十分兴隆。许多人都喜欢吃这里的牛肉蒸饺和炒牛肚。

跟范记永饺子馆一样,这家馆子刚开张的时候也没有什么名号,只是在门外挂一个回民馆的蓝幌而已。传说,某一天一位老者,登门主动要为这个餐馆起个名字。佟玉新非常高兴,马上笔墨伺候,老人在一张宣纸上写下了"仁义"两个字。从此,这家餐馆就叫了"仁义馆"。

而今,我们爷儿俩走进了这家老仁义蒸饺馆,爷儿俩选了一张餐桌坐下,点了两屉蒸饺、一盘炒肚、一碗羊汤。等候之际,环视周转的餐客,的确像那个出租车司机所言,多为老年顾客。蒸饺上

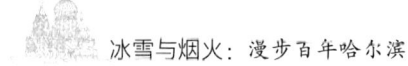

来了，仅仅尝了一个，便为老仁义叫起屈来了，这样美味的食品竟然藏在老街陋巷之中啊。不过，听说老仁义又开了许多分店，中央大松北区、南岗区都有，这就方便多了。

　　进出老仁义，走出道外区，不觉之中，天上已飘起了小雪。小雪之下的道外老街区像一幅老画儿，正有滋有味儿地静卧在那里。

三 漫步城市的街道

饮食一条街

道里区的西八道街是饮食一条街。它的西头是中央大街,东头顶着尚志大街。从空中俯瞰下来,这条街不长。但是,这条约500米的短街上饭店特别多,而且家家的生意都很兴隆(这条街上的饭店大都是那种半俄半中式的平房),像老都一处、魁元阁、清真饭店,像那家类似今天自助餐式的"六国饭店"(这家饭店夏天卖高粱米饭、鲜菜蘸大酱,冬天卖大楂子粥、炒豆腐),像街角处的那家山西刀削面馆等,都是平房。这条街上的二层楼饭店只有"福泰楼"一家。

西八道街是20世纪50年代到80年代末,全市吃客经常光顾的一条街。这条街不仅给他们提供了美食,提供了好滋味,也提供了欢乐。

先说魁元阁。

据讲,魁元阁的排骨包子很有名,而且那里经营的山东风味的菜肴也同样受到吃客的青睐,像山东炒肉、山东杂烩、山东烧鸡、山东海参,还有夏天经营的拌生鱼,冬天经营的血炒肉等,都是有滋有味上讲究的菜。

可惜,我对这家饭店没有印象,也没去吃过,到目前我还在一直怀疑,魁元阁真的在八道街上吗?

二层楼的福泰楼无疑是这条街上的大饭店,主要经营熘炒。

我刚刚参加工作的时候（1966年称"参加工作"为"参加革命工作"），经常和汽校的同学，也是司机工友，去这家饭店吃饭。那时候我们都很年轻，20岁刚冒头（或者还不到20岁），都是从学校刚刚毕业的中专生。一群年轻人走向社会了，有工资了（汽车场又发给每人一件大沙毛的羊皮大氅），十几个年轻司机在福泰楼的二楼雅座围坐成一圈儿（一楼是快餐），大沙毛的羊皮大氅挂在各位的椅背上，有一种威虎厅土匪的架势。

青年人朝气蓬勃，要了一桌子炒菜（这些炒菜在今天看来反倒是一些"大路货"了），像熘肉段、樱桃肉、粉条炒芹菜、边白肉、摊黄菜等，冷荤像大拉皮儿、炸花生米、炝海带丝。最高级的是醋熘鲤鱼，整条鱼炸得脆脆的，服务员端到桌上当众浇汁儿，然后，用一只干净的平瓷碟，将全鱼一段一段地切开，诸位再开吃，吃起来又香又脆（有点像松鼠鳜鱼的样子）。喝的是生啤酒，两毛钱一大杯的那种，冒着白沫子。十几个大杯一碰，咣，干杯！年轻人们全干了。一个个容光焕发，兴高采烈，高门大嗓。东北人嘛，有时候还划拳，现在，划拳在哈尔滨差不多已经绝迹了。

其实八道街上名气大的饭店当数"老都一处"。

老都一处是一家饺子馆，是新中国成立前的老字号了。经理叫李保增，这个人很有经营头脑，也是一个讲究服务质量的老板。客人到这家饭店就餐感觉很好，饭前有热手巾擦手、擦脸、擦脖子，还备有不错的茉莉花茶（东北人喜欢喝茉莉花茶，口味重）。都不要钱。餐具也讲究，银吃碟、银酒壶、银酒杯，一一地陈列在你的面前，让你有一种贵族感（普通人当贵族的机会不多），餐桌上还

三　漫步城市的街道

备有酱油、醋、油炸辣椒、芥末、蒜泥、香油，作料一应俱全。顾客随己之好任意选用。而且，不论您吃一碗饺子还是半碗饺子（那时吃饺子论碗，现在论两，一两六个。济南那个地方论斤，半斤饺子相当于东北的二两多，怪怪的），一律免费上高汤（高汤由香菜、紫菜、葱花、味素与热饺子汤勾兑而成。东北人讲究"原汤化原食"）。其中蒜泥最棒，淡青色的蒜泥细腻且辣，很爽口，特别开胃。饺子粉均为上好的砂子面，馅是三鲜的（配方保密），水嫩嫩的，当然不同寻常。

1966年"文革"时期，老都一处被改为"太阳升饺子馆"，1972又改成"哈尔滨饺子馆"，1979年11月，恢复"老都一处"这个老字号。听说，美国乐琪公司总经理李其成、加拿大森林专家雷丁·莱特到哈尔滨公干，吃过这里的饺子后赞美说，是"美妙的食品"。1985年秋天，相声大师侯宝林品尝这里的饺子后，秉笔题词"果然不差"。

年轻的时候我常去"老都一处"吃饺子（基本上是一个人款款享用）。我觉得老都一处的饺子不仅是一种上佳的美味，还是一剂调剂精神的良方。吃过之后，感到精神面貌特别好，胃肠也舒服，俨然有热水澡的功效。

西八道街最早叫"高丽街"。据说这条街上曾住着许多朝鲜族人（按说也应当有朝鲜族饭馆），现在连一个朝鲜人也看不到了，也从未见过一家像样的朝鲜族饭馆（只有一家汉人开的，很小的朝鲜族冷面馆）。据说，1930年的时候，这条街上曾有一家"开明书店"，现在早就不见了。长江后浪推前浪，一代新人换旧人哪。的确，我们永远不可能回到从前的生活中去。

而今的西八道街已不再是吃客光顾的重点街区了，现在，这座城市里大酒家到处都是，吃客可选择的地方太多了：师大夜市、黑大夜市、司徒街夜市、北七道街夜市、江北学院路夜市、道外育民夜市，还有通江街早市、道里菜市场，等等。

三 漫步城市的街道

钟声回荡的友谊路

哈尔滨的名街之一友谊路，先前叫"警察街"。

为什么叫"警察街"呢？这条街难道在历史上充斥着威风凛凛的警察吗？后来，我查找了一些相关的资料，才知道在友谊路与中央大街的拐角处，即现今的友谊路40号，曾是旧警察局的所在地。看来，这个旧警察局曾是这条街上的一幢标志性建筑了。其实，任何一座城市里的街道名字都不会是空穴来风的，都有它选择的着眼点。何况那是警察局呀！

从1927年10月17日开始，从马家沟驶来的有轨电车就抵达这条街了。这是新中国成立前的事。那么，后来又是什么原因将有轨电车的轨道拆掉了呢？

在这条街上还有两座标志性建筑。一座是圣母领报教堂（有人把它翻译成圣母报答教堂、圣母报喜教堂）。另一座就是中苏友谊宫。而今，圣母领报教堂已不复存在了。

我儿时的家就在这座教堂的对面，教堂正对着我家那栋小洋楼的铁栏雕花凉台。太阳从东方升起的时候，教堂被阳光辉映得金碧辉煌。我虽然不是东正教的信徒，但是从少儿时代开始，就感受到了这座精美绝伦的拜占庭式建筑带给我的那种震撼力。特别是它的钟声，大大小小的钟像组合乐器一样，清脆而雄浑地敲起来了，叮叮当当，让一条街都充满了来自天庭的钟声，心灵上的尘埃会在这样的钟声中得到沐浴。

71

小的时候，我经常去这座教堂玩，去挖那些被埋在教堂墓碑前的红皮鸡蛋。有时候，我也会偷偷地溜进教堂里看看。

我看到穿着华美服饰在台上做神事的教主、牧师和少年，他们或颂或唱，俨然在出演欧洲的歌剧一样。台下的光总是那样暗，我看到零星的信徒跪在某个神像下正喃喃地诉说着什么。当年流亡到这座城市的外国人很多，半个世纪以来，他们在这座城市里建造了一二十座教堂。在流亡他乡的日子里，他们需要一种仁慈的精神抚慰。不然，异域的孤寂，内心的某种愧疚，和对未来的恐惧将如何消除呢？

就算天上下着大暴雨的时候，他们也到教堂来，坐着马车来，或者打着伞步行过来。那些年迈的老人在暴风雨下，举着小黑伞蹒跚地走向教堂的那一幕，的确让人尊敬。

这些情景大都是我在教堂门口看到的。

后来，教堂被拆除，只保留了教堂后面的那一幢忏悔室，我的一个朋友就住在那里。他经常和"琴、棋、书、画"这方面的专家切磋技艺，其中有一个俄国钢琴师，我曾在一篇小说中写过他，那篇小说的名字叫"上校古巴列夫"。当然，那不会是他的真名，没办法，这是小说的风度。

另一个常去这间"忏悔室"的常客是一个书法家，他是哈尔滨书法界重量级的名人。这位书法家很欣赏我的这位朋友，特别是欣赏他那种对待生活的乐观主义态度。我没见过这个人，但是他的一幅中堂给我留下终生难忘的印象，中堂上，用遒劲的酣墨写着"回首白云"四个字，这是一句让灵魂震颤的话，只要你与它谋面就会良久地沉默不语。

三　漫步城市的街道

这条街上的另一个标志性建筑是友谊宫,它是这座城市中为数不多的、组合型的大屋顶式建筑之一。在我的少年时代,它给我的印象是领导和苏联专家光顾的地方。路过这里时我站在外面看一看,很羡慕,常常还会从内心中生发出鬼也无法理解的自豪来。

多么可爱的市民们哪。

不过,我在儿童时代曾进去过一次。那是在阳历的新年之前(似乎是在圣诞节期间),是父亲带我去的。我父亲是一名专业水平相当不差的建筑师,那时候,这座城市有许多苏联援建的项目,这样,父亲便有了与苏联专家合作的机会。友谊宫在这样的节日里,既招待苏联专家及其家属,也招待中方的一些专家和家属,搞所谓的"大联欢"。我记得节日里的友谊宫联欢项目很多(是通宵的),有舞会、游艺、电影。我被父亲安排去看电影,他自己则去舞厅跳舞了。我不知道我父亲的舞跳得怎么样,也想象不出父亲跳舞是一种什么样子。

电影剧场里共放映4部影片,两部苏联影片,两部国产影片。我记得苏联影片的名字好像叫"培养勇敢的精神",片名我记不准了,只记得一个少年光着腚,手托衣服过河的镜头。还有,那个少年负伤了,给他包扎的人让他用口咬自己的拳头,这样,痛苦就可以减轻一些。

后来,我在剧场中睡着了。少年儿童毕竟不习惯夜生活,哪怕是在节日里。

几十年过去了,那座友谊宫还在。曾几何时,我都是以人民代表的身份去那里参加本城的"两代会"。先前对友谊宫的那种感觉已经没有了。

我想，若想对一座建筑、一条街道有深厚的感情，首先要有一颗纯净的心、一段不凡的经历。不然，你始终也不会走在城市里，而仅仅是走在欲望之中……

三　漫步城市的街道

尚志大街

在世界上几乎所有的城市里，都会有几条以英雄的名字命名的街道。哈尔滨也不例外。这大抵是城市的一种品格，一种精神风貌吧。

在我的青年时，尚志大街是我"走"的次数最多的一条路。

年轻的时候，我做过一段时间无轨电车司机，开1线无轨电车，其中，道里段的尚志大街，是1线无轨电车的必经之路。我每天至少要和它有几个小时的零距离接触。

先前，尚志大街叫"新城大街"。1946年7月7日，这座城市为了纪念抗日民族英雄赵尚志，将此街更名为"尚志大街"。

这条大街曾行驶过有轨电车。1943年，正当革命圣地延安轰轰烈烈地开展大生产运动的时候，哈尔滨的有轨电车在6月1日这一天，正式通车了。这条新的有轨电车线路，南起南岗区的文明街，北至道里区的新城大街。有轨电车从怒放的丁香花丛中行驶出来了，看上去，这座城市更像一座现代化的城市了。

当然，这属于20世纪40年代的激动。过去我们常常只是去了解一座城市的历史，却缺乏对城市情感史的体味。这无疑是一种缺失。

我作为这座城市的一员，经常在这条大街上漫步。

个人的漫步行为常常集中在两个阶段，一个是青年时代，另一个是老年时代。青年时代的漫步是因为幻想太多（青年人的想象力

很丰富），走在路上其实是走在漫无边际的、美好的幻想之中。老年时代的漫步是因为幻想破灭的太多（常常陷入对生命的品咂与思索），走在路上其实是走在回忆、自嘲与宽容之中。尽管他们走在同一条街上，但是，两代人的感受会截然不同。

有时候，一条街会跟随一个人的生命始终，有时候，一条街像一个不断重复的梦在夜里与你频频相会。当一个生命消失了的时候，而那条街还在。街，有时候也像一个恒定的舞台，一条生命的通道。你来了，我走了，无论是在什么样的季节里……

新城大街至今已有百岁高龄了，它是几代市民的共同财富。

这条街是在1916年3月城市当局下令开始修建的（同时修建的还有车站街、买卖街以及江沿街等街道）。也有人说这条街形成于1900年。如果事实如此，那它就是百岁老街了。

在这条百年老街上最早出现的商家，是一些诸如五金电料、百货、银行、饭馆子，像新华楼、永安号、同发隆、恒顺昌、岳阳楼、北京旅馆、福顺德银行、德泰银行、英满银行、天泰银行，以及颇有名气的欧罗巴旅馆和《东北早报》的报馆，等等。因此有人称它是一条"商业街"。但是，从今天的眼光来掂量它，它的商业意味似乎并不那么深厚。

而今的岳阳楼已经不复存在了，在那个位置上又建了一家大酒店。据说，这家酒店的早餐是粤式的，有机会去尝一尝。

在这条街叫新城大街的时候，在与透笼街相交的街角处，有一个很著名的"牵牛房"，这幢房子的主人有一个诗一样的名，叫冯咏秋，他很喜欢养牵牛花，并且他还是一个进步的文化人，为人热情、好客，经常在他的牵牛花房里和当时的哈尔滨名士，萧军、萧

三 漫步城市的街道

红、舒群、金剑啸等文化人，写诗作画，高论人生与理想。

在新城大街与四道街的街角处（今西四道街5号），有一家同样有名的"一毛钱饭馆"。这家饭店是中共地下党资助左翼文人开办的。许多进步的知识分子经常在这里相聚，论国家兴亡，慨叹民族的危难。这里还是中共地下党的一个秘密接头地点。

另一个有名的地方，是位于新城大街与中国大街四道街处的"口琴社"。中国共产党利用这个口琴社为掩护，团结了一批爱国、爱音乐、爱吹口琴的青年，热情地向他们宣传反满抗日的革命思想。

那幢被当地人称为"大白楼"的地方，似乎也算是一座名楼，在"文革"结束之前，它是全城有档次的和有神秘色彩的副食品商店之一。我在城建局开小车的时候，经常在节日到来之前，拉着领导去那里购买特殊商品（如市民凭票限量供应的鸡蛋、鱼、肉、酒、烟之类）。当然得有相关的证件才行。每次买完了，领导都冷着脸问我："小王，你来点什么？"我连忙说："不不不，我啥也不来。"我经常看古书，知道什么该说，什么不该说。你要想成熟起来，要想对这个世界或者这座城市有更深的更全面的了解，不看书怎么行呢（所以想了解哈尔滨这座城市的前世今生，不客气地说，您还得多看阿成的书，坦率地说，在众多关于哈尔滨的书籍当中，有相当数量的书都曾引用或者改写过阿成写的哈尔滨的文章）？

这条街上，当年还有一家有名气的"北来顺饭店"。这家饭店的前身是"永安号"，创立于1931年。在20世纪三四十年代，它是东北最有名的馆子。据讲，在新中国成立初期，东北局的领导经常在这里宴请贵宾和知名人士。这家饭馆的一个主要的特点是按季经营,春天的主食以春饼为主,配菜有炒豆芽、粉条肉丝。夏季以凉食为主,像炸酱面、凉拌面、凉杂拌、香杂拌、杏仁豆腐、炝瓜皮、水晶肚,等等。一句话,客人想吃什么永安号里就做什么。

北来顺专营回民餐是新中国成立之后的事了。我有生以来第一次吃烧卖、喝羊汤,就是在这家饭店,并从此与烧卖、羊汤结下了不解之缘。

三 漫步城市的街道

兆麟街往事

保不准，兆麟街有可能是从18世纪末跨到19世纪的跨世纪街道。

现在走在这条街上的男男女女，或胖胖瘦瘦，或花花绿绿，或趾高气扬，或一脑门子心思摆着两条胳膊走的，自然是新一茬人了。先前的那一茬，以及这一茬的上一茬，不少已经作古了。

先前，兆麟街并不叫兆麟街，叫水道街。水者流也，但绝非古来舟楫之路的意思，只因了地下纵横交错地埋着不少管道、水泵、沉淀井，才起了这样匪夷所思的名字。只是走在这条街上的几代行人，都没有"水道"感。看来，人的脚是麻木的。

这条街，若从北头说起，第一家当是兆麟公园。早年哈尔滨的冰灯游园会就选址这里，但这里最早还不是公园，而是一家民营的元聚烧锅——是这家酒厂的一个存料厂。1900年义和团运动的时候，这地界又被镇压义和团的沙俄占了去，吹了一阵古怪的军乐，改成了俄军医院。再后来，又被中东铁路当局接管，改成了董事公园。既视之为公园，主要是考虑这一带漂亮的榆树多，而且每个树杈上，都有老鸹的巢穴，随着秋风或西或北地摇曳，有一种说不尽的清凄感，仰头看久了无端地想哭，做公园很合适。1908年以后，依次改为市政第一公园、道里公园和江沿公园（此公园离急浪而逝的松花江，仅有一箭之地）。1946年才改成"兆麟公园"。抗日民族英雄李兆麟将军被害后，就埋葬在这里。

离兆麟公园不远，是哈尔滨大道馆学院。即现在的黑龙江省歌舞团。大道馆学院是日本人在1939年的4月开办的，是一所专门培养武士道精神的学校。当年从那儿进进出出的人，个个留着仁丹胡，横着膀子晃，拳头握得咯咯响，始终处在无端滋事的状态中。行人经过那里，须格外小心，别让仁丹胡们把你给练了。

依次下来，是1936年10月日本人和久元仁开办的哈尔滨会馆，就是现在的哈尔滨话剧院。我对哈尔滨话剧院的话剧一直存有深厚的感情。他们洋里洋气的表演水平并不亚于北京"人艺"，像《赫哲人的婚礼》《以革命的名义》《画中人》《年青一代》，都让我回味，以至终生难忘，并培养了我对艺术和艺术家的尊重。

挨着话剧院的是八杂市，这地方，老哈尔滨人都知道，它最早形成于清朝末年，据说开始这里就有230多家商铺，我小的时候常去那里玩。我对那里的活的水产品颇有兴趣儿。现在那里已经成了南方来的游客打卡的网红之地。

接下来是有名的哈尔滨市第一中学，我的恩师王倜先生就曾在这里教书，老先生曾对我的写作发生过至关重要的影响。先前，这里是街益学校，是山东同乡会在1912年募捐创办的。

山东人很看重教育。

开始，这所学校在买卖街上，是1932年迁到水道街的。我的老父亲也曾在这里就读，是所谓国高学生。这所学校的名字中间也改过多次，如东省特别区第一中学、滨江省高级中学、哈尔滨市第二国民高等中学，等等。新中国成立以后，才正式命名为哈尔滨市第一中学。

在这条街的最南头，就是老《哈尔滨公报》的报馆旧址了，这

三 漫步城市的街道

家报纸是1926年12月由关鸿翼创办的,再后来,改成省报。小时候,我经常被父亲派去那里替他送稿子,老头儿写的清一色是建筑方面的通讯。而且,他对共产党有极深的感情。

水道街9号楼,便是民族英雄李兆麟将军的被害地了。他是在1946年3月9日被国民党特务杀害在这里的,情况很惨,现场也不忍卒观。无论如何,李兆麟也是个了不起的将军啊。

李兆麟,原名李超兰,化名张寿籛,曾任中共满洲省委军委负责人,珠河游击队副队长,东北人民革命军第六军政治部主任,北满抗日联军总政治部主任,东北抗日联军第三路军总指挥。

李将军的确是哈尔滨人引以为豪的民族英雄。我想,这个城市应当有他一个巨大的雕像,只要外地人一进城就能看见他。

漫步哈尔滨城

哈尔滨是一座富有诗意的城市,她充满朝气,充满着迷人的青春气息。这不仅是因为她年轻,更在于这座城市无处不充满了异国情调,展示了园林般的风姿。哈尔滨这座城市有许多富有诗意的名字:榆树之城、柳树之城、森林之城和丁香之城。在20世纪初,或者更早一点点,这块神奇的土地上还没有形成城市之前,是少数民族包括满族人在内的家园。这里到处都是遮天蔽日的树林,综合交织的河汊、湖泊和一处处开着艳丽花朵的草原。哈尔滨这座城市的最新形态,就是一座在森林当中建立起来的新兴的铁路之城。

对于这座城市最初的选址有着各种各样的猜测,但是那些似是而非的说法却难以说服后人。毫无疑问,哈尔滨是一座铁路城市,是由于李鸿章和俄国签订了在我国东北境内修建中东铁路的协议,衍生而出的一座新城。在协议实施,在中东铁路的铺设过程当中,不仅有了哈尔滨,还诞生了其他一些新的城镇。当然,首先它是火车沿线上的新设的站点——火车通过的每一个站点都是一座新城镇的最初的胚胎,是它让城市生长起来,并渐次形成规模。城镇永远是一个迷人的地方,直到今天它们仍然有着强烈的吸引力。但是,人们忽略了一个重要的细节,那就是中东铁路为什么在哈尔滨这里选定站点?

经过大胆的推测就不难发现,中国的东北和俄国的远东地区几乎都有半年的时间在严寒的笼罩之下、在大雪的覆盖之下,生活在

三　漫步城市的街道

这样的环境当中,如果让我们来选择一个火车沿线的新站点,即未来城市的选址,那一定会选择森林。这不仅仅是因为森林可以提供铺设铁轨的枕木、盖房子的木料,更重要的是,森林可以遮风避雨,可以提供优美的环境,是人们赖以休养生息的理想之地——何况,这儿紧邻着一泻千里的松花江。江水不仅可以滋养一方土地,它还是水上运输的重要通道。哈尔滨似乎是天然的城市之地。这就不难理解,在城市形成之初,为什么那些外乡人称哈尔滨是森林之城,是"松花江市"了。

城市的最初形态非常美妙,无论是星落般的民房,还是射线形的街道,都从茂密的树林当中穿过,可以想见这是一座何等优美的城市啊。这座城市在她形成的初期,即她的儿童时期和少年时代,并没有多少居民,在这为数不多的居民当中,至少有一半的人是铁路员工,而这一半以上的铁路员工当中,有三分之二是来自俄国的铁路工人、技术人员,其中也不乏乘坐中东铁路的火车到这里来淘金的外国人。有资料显示,在哈尔滨这座城市形成之初,至少有20多个国家的侨民在这里为梦想奋斗。这支"梦之旅"包括欧洲的大多数国家的人,还有北美、南美,甚至非洲的冒险家、流浪者。因此,我一直称哈尔滨是一座移民者的城市,流亡者的城市,这绝非凭空而赋。

如此浓郁的森林城市,如此众多的外国侨民,如此丰富的自然资源,让每一个侨居或者定居在这里的外国人或中国人拥有良好的心态。的确,每一个生活在绿色环境当中的人心情都会好,都会变得和善与宽容。过去,我们常常忘记绿色和生态之城对人类美好心灵的滋养作用,即便我们强调美化环境也是肤浅的、残缺的。我们是在改革

开放之后才惊异地发现花园般的城市对美丽心灵的塑造有着多么至关重要的作用,绿色的生存环境不仅会让人们变得更加高尚,精力更加充沛,思想更加深邃,更加热爱生命和生活,也大大地激发了人们的聪明才智和创造力,对城市的进步与繁荣产生着深刻作用。

熟人相逢,常会问道:最近心情怎么样?其实,努力营造一座生态之城,保护一座绿色之城,就是为人们的好心情营造一个轻松宜人的环境。这种神奇的绿色力量早在城市诞生之初便被意识到了,早年,无论是当地的中国人还是侨居这里的外国人,他们都会在自己的家园周围种树、种花,美化环境,借以让自己的生活,让自己的心情,更加甜蜜,更加美好——这几乎是哈尔滨人的绿色传统。

在哈尔滨这座城市的少儿时代,城市里绝少见到高楼,大都是那种俄式的平房,而这些造型独特的俄式平房,甚至还要囊括马戏团、电影院、临时火车站、教堂、医院,都是用木板造的房子。这种别样的居住景观,一方面得益于当地森林资源的丰富,另一方面,也让这座城市的建筑形成了独特的风格。鲜花绿树掩映的那些木板房、栅栏院,远观近赏,浑然天成,构成梦幻之城的最初形态。即便是在白雪皑皑的冬天,通过一幢幢木板房的烟囱升出来的袅袅炊烟,同样显示了一座城市的勃勃生机。

是啊,在我们讲述一座城市形成的过程时,经常忘记一个很重要的环节,那就是我们的先祖和自然的关系。哈尔滨的先人是一支散居在大、小兴安岭和辽阔的松嫩平原上的渔猎民族,他们非常崇拜大自然,大自然当中所有的一切,森林、湖泊、风雨雷电、飞禽走兽,都是他们敬畏的图腾。他们认为是大自然提供给他们遮风避雨的家园和果腹食品,护佑着他们的子孙。早年,哈尔滨的先人最

三 漫步城市的街道

崇敬乌鸦，也可以说哈尔滨是一座乌鸦之城，这一点和北美的印第安人十分相似。先人们把乌鸦当成自己的保护神，把乌鸦看作是自己祖先灵魂的化身。有一个外国人说，哈尔滨的每一棵榆树下都是一座艺术的陵墓。只是，这种神秘的情景已经渐行渐远，变得扑朔迷离了。

哈尔滨的少数民族主要是满族。满族妇女尤其喜欢野花，特别对野玫瑰、野芍药、紫丁香情有独钟，即便是在今天，我们仍然能从满族服饰的那些花纹中找到类似的答案，花朵、鸳鸯、玄鸟等。可以看出，哈尔滨的先人们和自然的关系是何等亲密。哈尔滨的另一个美丽的绰号，就是"丁香之城"。哈尔滨这片土地很适于紫丁香的茂盛成长，于是，紫丁香便成为当地人最为喜欢的花儿之一。由于紫丁香在春天开放，于是它又被看成春的使者。春风莅临，紫色丁香几乎在一夜之间于城市大街小巷里婆娑不绝了，那真是香飘十里、沁人心脾，让人心旌摇曳，充满激情，这就是紫丁香给一代又一代的当代人留下了美好回忆的根本原因。直到今天，这座城市仍然保留着亿万株紫色丁香，把春的城市装扮得风情万种。

春天的使者在不同风景下有不同的选择。早年流亡客居哈尔滨的外侨，一到了春神莅临之际，一定要舟渡松花江，去江北折些长着灰白色"毛毛狗"的柳枝，养在家里的花瓶里。"毛毛狗"秀枝硕芽，疏疏然，参差在花瓶中，春之魂，春之清纯，乃至春的希望与美便倏然而生了。那是何等超凡的享受啊。他们的这种行为也影响了当地的中国人，在今天，许多上了年纪的妇女仍然会把"毛毛狗"采回家，让小小斗室充满生机。此外，当地的中国人和曾经生活在这里的外侨一样，喜欢那种小巧的、白色的，被翠色阔叶所包裹的铃铛花。只要这种花一上市，你就知道春天已经到黑龙江、到哈尔滨了。小贩儿卖这种花都是一小捆一小捆地卖，最早，一扎只卖5分钱，而后1角，再后2角、5角、1元不等。但每逢春时它总是卖得最好，女孩子、媳妇及诗人似的男人买回几束，把春神接到了家中，春意盎然的，让家人的心情很好。

说到花，在早期的哈尔滨还有一道花的风景。在哈尔滨的大街小巷，在一些公共场所前、火车站、教堂、医院，有无数卖花的外国人，他们是专门种植和经营鲜花生意的外国侨民，在他们面前的花桶里，插满了各种鲜花：菊花、郁金香、剑兰、玫瑰、水仙、仙客来、朱顶红，姹紫嫣红、美不胜收。买花人可以根据各自的心情和需求，选择有某种寓意的花束插在自己的家中，或者送给至爱亲朋。或许是由于外国侨民在这座城市较多的原因，互赠鲜花已经成为这座城市的一个重要的社交方式。走在早期哈尔滨的街头，你就会看到兴致勃勃的持花人在你面前匆匆而过。而今这种情景只能在江边早市的一隅看到，它们依然是风韵犹存、灼灼夺目。

松花江的北岸是太阳岛所在地，其实太阳岛并无名胜古迹可观。其胜境品在清晨，亦在黄昏落日之时：西天上，辞日如血，大造辉煌。江水、霞云，滔天滔地，俨然传世高僧临江坐化之丰采，西天佛祖凭空吊唁之气派。放怀赏去，大江上下，天上人间是那样的不可一世。从20世纪初开始，太阳岛就是天然的猎场和浴场，是城里人休闲的好地方，在芦苇荡里打野鸭子，去纵横交错的河汊里钓鱼是父辈们的最爱。它是城市的精神天堂。

一个多世纪过去了，太阳岛已经建设得像伊甸园一样典雅而富

三 漫步城市的街道

有田园品质。每当我坐火车从松花江铁路大桥上经过的时候,或是银月当空,或是朝霞似锦,总要充满深情地、贪婪俯瞰脚下这一泻千里的江水。正是这条母亲江哺育了一代又一代哈尔滨人,创造了一部伟大的城市史诗。

是啊,历史总是向前发展的,我们无法阻止历史前进的脚步,也无法挽留过去的风光和已逝的岁月,但城市是一棵树,在岁月的洗礼之下,它会茁壮地成长起来。城市的版图越来越大了,已经是早期城市之规模的10倍、20倍,在最初生长着茂密森林和万顷野花的地方,盖起了工厂、高楼,铺设了街道。城市绿色的容颜渐渐地淡了,那些曾经的栅栏院、木板房、葡萄架已告别了这座城市,不知所终了。那众多绿树成荫的小巷胡同,那些曾在树荫下下棋玩耍的老人和孩子,亦在人们的视野中变得模糊起来。平房已不再是这座城市的主体,林立的高楼成为这座城市新的形象。的确,绿色的环境和舒适的住宅总是矛盾的、冲突的。但是,这一矛盾终于在改革开放之初震撼了那些沉湎于水泥梦的灵魂,终于绿色渐褪的城市让人感到焦灼,感到萎靡,感到愤怒,他们终于明白了一个重要的道理:舒适的环境没有绿色不能称其为真正的舒适。这一朴素的认识像一个绿色的号角,引发了一场轰轰烈烈的绿色革命,那些水泥建筑制造者也不得不在这绿色的革命面前重新调整自己的工作思路,开拓新的、适于人居的新方案,以绿色的环境、优雅的家来推销自己的人性化住宅,绿色环境已成为那些期望新居者的重要指标。

21世纪的哈尔滨在创建生态之城,这样的梦想像一幅拼贴画一样,正在以60年前,或30年前的10倍、20倍、50倍、100倍的速度与规模，一块一块，一街一街，一院一院精心地拼贴着。我想，总有一天，城市里的人们一定会像德国哲学家海德格尔说的那样，"人人都栖息在诗意的大地上"。

四 教堂之国

早年,外乡人称哈尔滨是一个"教堂之国"。的确,当年这座城市里的教堂很多,如圣·尼古拉教堂、圣母领报教堂、圣·索菲亚大教堂、圣·伊维尔教堂、喀山古母修道院、圣母安息教堂,等等,蔚为壮观,数不胜数。"教堂之国"的出现,唯一的解释是,早年流亡或侨居到哈尔滨的洋人太多了。据统计,在1903年7月14日,中东铁路通车的时候,哈尔滨的俄国侨民就超过了2.3万人。在日俄战争期间,俄国侨民为8.9万人,从1919年到1922年的俄国内战期间,苏俄侨民高达15.5万人。这还不算来自法国、英国、美国、德国、瑞典、意大利、荷兰、奥地利、葡萄牙、丹麦、希腊、匈牙利、印度、瑞士、捷克的侨民,以及众多的无国籍者。一份报告显示:1920年,居住在哈尔滨的洋人的数量已经占全市总人口的51.7%。既然这座城市里生活着这么多的洋人,对这些流亡者和冒险家而言,可以没有政府,没有政党,也可以没有理想,没有追求,但是,绝不能没有教堂。没有教堂就是纯粹的绝望了。人的灵魂总是很累、很迷惑、很痛苦的,甚至很脏,他们太需

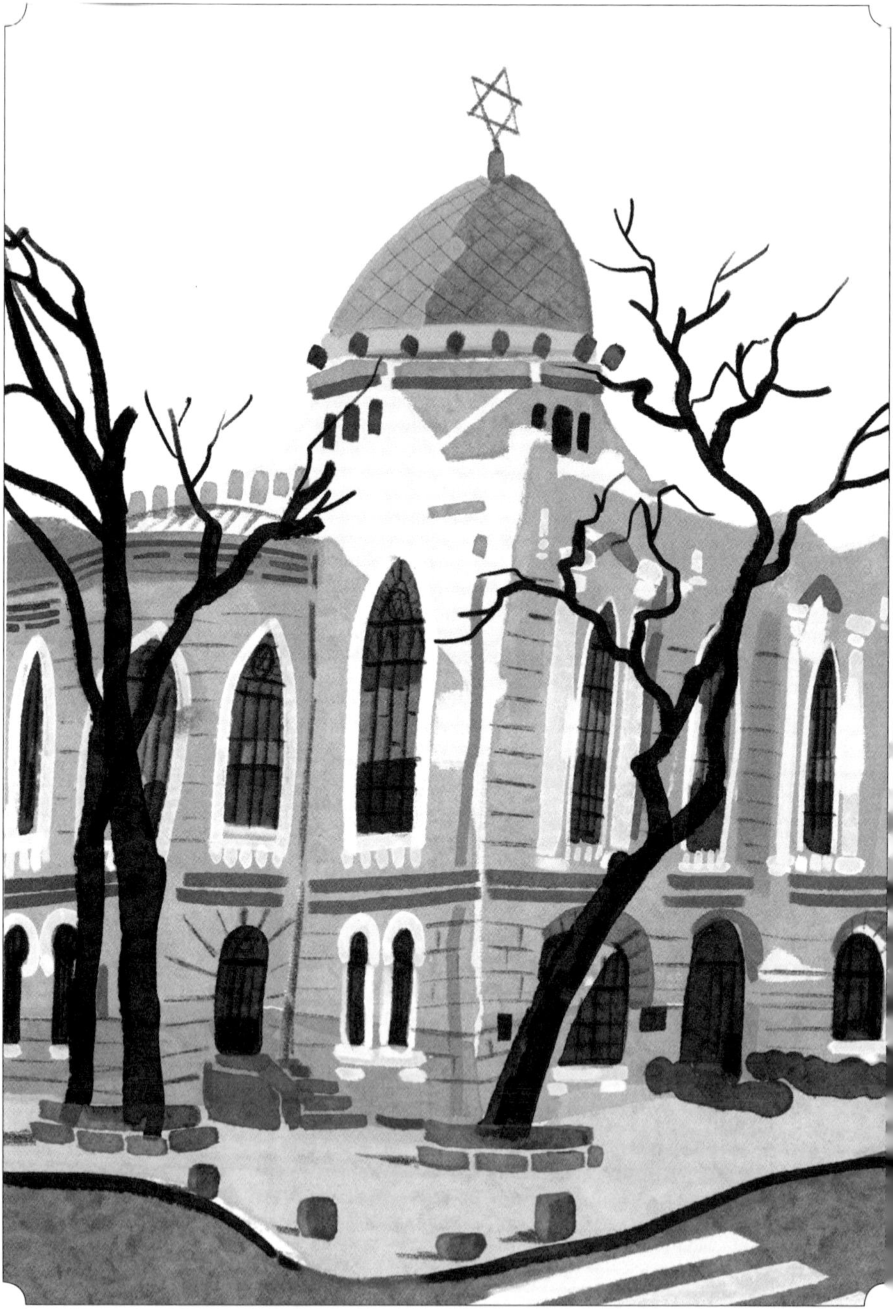

要教堂这种特殊的"浴池",进行灵魂的沐浴与抚慰了。教堂是他们灵魂的栖息地,是他们的精神家园。

——题记

圣母领报教堂

20世纪二三十年代，在哈尔滨这座"流亡者的城市"，曾产生了许多俄罗斯诗人、作家和艺术家。像阿尔谢尼·聂迈洛夫、米哈依勒·什迈依斯谢尔、耶利扎维塔·拉奇恩斯卡亚、维克托利亚·亚恩克弗斯卡娅、哈塔丽亚·列兹尼科娃，等等。可以说，当年的哈尔滨是一座"诗的城市"。这些侨居在哈尔滨的俄罗斯青年诗人还组成一个叫"丘拉耶弗卡"的诗社。说起来，边城的诗社早在清代就有了，其中著名的有流放犯汪兆骞组织的"菊花诗社"，以及其他的，像"七月诗社""北疆诗社"，等等。这个"丘拉耶弗卡"诗社的诗人们，每个月都举行一次对外公开的晚会，称"在绿灯下会面"。出席这个晚会的都是俄侨，有诗人、歌手、音乐人等。他们在晚会上朗诵自己的诗歌、小说、散文，像《艾蒿与太阳》《走在冬天的草地上》《善良的养蜂人》《翅膀》《沙岩的河岸》《大地的歌》《上帝拯救俄罗斯》等。我曾在温哥华发现侨居在加拿大的华人也有类似的行为，每到星期六，华人文士们从家里各带一个菜，聚到某人家，相互念自己的新作。这样做，似乎可以使漂流异乡的生活变得高雅并充满了人情味儿。

侨居在哈尔滨的诗人叶琳娜·涅捷尔斯卡娅在自己的诗篇中这样写道：

我经常从梦中惊醒，

一切往事如云烟再现。

四　教堂之国

哈尔滨教堂的钟声响起，
城市裹上洁白的外衣。
无情岁月悄然逝去，
异国的晚霞染红了天边。
我到过多少美丽的城市，
都比不上尘土飞扬的你。

"尘土飞扬"的城市看起来的确有些原始，但是，比起"战火纷飞"的欧洲战场，就怡人多了，也安静得多了。至少，生活在"尘土飞扬"的哈尔滨城里没有生命危险。

我从坡镇来到这座"尘土飞扬"的城市，是在一个大雪纷飞的天气，这种天气曾让许多侨居在这里的俄国人神往。就是当地人也对这样的天气充满着深情，这是南方人无法理解的情怀。到了这座城市之后，我首先看到的是圣母领报教堂，这座教堂就在我家新宅的对面。教堂的钟声敲响了，我不由得把目光转向了这座金碧辉煌的教堂。坡镇也有一座东正教教堂，但比起这座教堂就小多了。这座教堂的名字有好几种翻译方法。有人叫它圣母报喜教堂，也有人叫它圣母报答教堂，它准确的名字应该叫"圣母领报教堂"。这是为了纪念贞女玛丽亚借圣灵受孕而生耶稣的一座教堂。起初我曾经推想，这个教堂建成以后，它迎来的第一个盛大的宗教节日一定是那个圣母领报节。然而，推想毕竟是推想。

这座教堂是1903年初建，1940年重建的。由图斯塔诺夫斯基设计，拜占庭式风格，可容纳1200人，被称为"远东最宏伟、最壮观的教堂"。站在我家那幢灰色的小二楼上的铁质雕花的阳台上，或者西面那个木质的、雕着木饰花栏的凉台上，都可以看到它。

这座东正教的教堂，我认为它是哈尔滨最美丽的教堂，在情感里它是属于我的，一个哈尔滨少年的教堂。它不仅在我的记忆里，也在我的情感中。

在这座被俄侨诗人称为"尘土飞扬"的、"流亡者的城市"里，有一半以上的马路被铺上了面包形的方石。至少城市的主要街道，像涅科拉索夫大街、罗蒙诺夫大街、果戈里大街、霍尔瓦特大街等，已不再"尘土飞扬"了。

在城里的教堂中，数东正教的教堂最多。我曾经听到这样一种说法，"一般说来，什么地方出现了俄国人，他们要干的第一件事就是修教堂"，这种说法千真万确。当年，哈尔滨这座"宽容的城市"，其版图还不到如今"大哈尔滨"的四分之一的时候，它就拥有了30多座教堂。毫无疑问，哈尔滨一下子出现了这么多的教堂，显然和俄国人大量拥入有直接的关联。

20世纪初，就有16个国家在这座移民城市里建立了领事馆，像俄国驻哈尔滨领事馆、美国驻哈尔滨领事馆、日本驻哈尔滨领事馆、德国驻哈尔滨领事馆，还有丹麦、西班牙、荷兰、瑞典、意大利、波兰、比利时领事馆等。有20多个国家的侨民在这座到处是榆树和刺槐，到处是漫天大雪的城市里居住。这么多外国人到哈尔滨来，除去淘金的目的，当然和两次世界大战有关。欧洲那边正在打仗，每天都有成千上万的平民死于战争，中国的东北相对来说还比较安全。对那些俄国人来说尤其如此。

事实上正是这样，俄国人无论走到哪里，他们的教堂都会像他们的影子一样跟随到哪里。绝大多数的俄国人是信奉东正教的，因

四 教堂之国

此，在哈尔滨这座紫丁香和迎春花点缀的城市当中，更多的是东正教教堂。东正教是基督教当中的一个古老的教派。东正教作为独立教派是在公元1054年正式形成的，它的摇篮是拜占庭帝国，因此有人又把它称为"拜占庭派系"。

东正教的中心移到了俄罗斯，自然而然，在俄罗斯信奉东正教的人就特别多。这些人当中有乌克兰人、白俄罗斯人、卡累利阿人、科米人、摩尔多瓦人，等等。这些人拥入哈尔滨，也把东正教带入这座城市。

不过，东正教传入中国的年份，有记载的大约是在1728年，即清雍正六年。在这一年里，中国与沙俄签订了《恰克图条约》，开放了恰克图这个边城与帝俄的通商活动。在宗教方面，东正教教士在华的居住权从此得到批准。帝俄的东正教教士从此开始进入中国的东北地区传教。所以，外地旅人在东三省看到的教堂大都是东正教教堂。到了1903年，以哈尔滨为起点的中东铁路通车了，哈尔滨又成了东正教传教的中心。

尽管如此，过去我一直对东正教并不理解，东正教究竟和其他的两个教派，即天主教和新教有什么区别？后来有人告诉我，东正教在做祷告的时候，他们说"感谢圣父、圣子和圣灵"，而非东正教的人在做祷告的时候却说"感谢上帝"。还有一种说法，对俄罗斯的神职人员来说，结婚、生儿育女是正常的事，不仅如此，东正教对离婚也持宽容的态度。

当然，教堂多跟侨民多也有关系。资料显示，当年在哈尔滨的外侨就多达8万人，其中绝大多数是俄侨和苏侨。到了1945年，这座逐渐壮大起来的城市里，仍然居住着29个国家的侨民。所以，哈尔滨也被称作是侨民的"首都"。

9世纪俄罗斯诗人秋切夫说过这样一句话："俄罗斯不可理解，只能感受它。"

外国侨民一多，除了宗教，还有日用品、饮食、服装、语言，也一并五花八门地带入了这座城市。在伪满洲时代就有近10万会说俄语的侨民，而当地的中国人几乎人人都会说几句俄语。连我们小的时候玩的那种美国式的马尔普日茨玻璃球，当地的中国人也生产出来了，全城的小孩子到处都在弹这种古怪而神奇的东西。这就是影响的力量。

当然，他们带进来的，更重要的是"文化"，文化中最主要的一款，就是宗教。当年在这座被外乡人称为"教堂之国"的哈尔滨，光侨民办的宗教期刊有10多种，其中有东正教的、天主教的，还有基督教的。

这座圣母领报教堂，离我家那幢灰色小楼顶多有100米远，中间隔着一条当时叫作"警察街"的路。遗憾的是这座哈尔滨最优美的教堂，在"文革"期间被废弃掉了，有点可惜。

60年代，圣母领报教堂还作为"背景"，曾拍摄过一部反特故事影片《斩断魔爪》，似乎是著名电影演员陈述在里面扮演了一个反面的角色。在我看来，这座教堂是一座杰出的建筑艺术品，同时也是一个重要的旅游资源。我们到国外去旅游，其中有一半的内容是参观各种教堂。而如今的哈尔滨，最大的教堂只剩下圣·索菲亚大教堂了。毫无疑问，这是一笔损失。

每到复活节的时候，圣母领报教堂都要举办盛宴，届时会邀请一些教徒来教堂做客。在复活节里，俄国人会把鸡蛋染成各种颜

四　教堂之国

色,或者自己食用,或者互相赠送。这些鸡蛋煮熟之后,趁热用蜡写成"X·B"(耶稣复活之日),然后再染色,自然就留下这两个字母。他们甚至还把彩色鸡蛋埋在死亡者的墓碑下。挺神奇的。

我小的时候,特别是在复活节这一天,经常会偷偷地溜进教堂,去教士墓地的墓碑前挖那些染成了红皮的熟鸡蛋吃。每一个墓碑下大都埋着二三斤的鸡蛋。这对贫困的儿童来说,简直是天降的"曼娜"(美食)。日后回想这件事,感觉教堂的洋教士不可能不发现我们,但是他们为什么佯装不知呢?

我也曾经偷偷地溜进过这座教堂里面,看看这里的宗教仪式。在舞台似的圣坛上,在讲台那儿,一个大胡子神父像演唱歌剧一样地朗诵着经书。一个少年人提着冒着白烟的香炉在"舞台"上走来走去。有些教徒在舞台下面的小神龛前祷告着什么。总之,教堂里充满了浓厚的宗教氛围。我在罗马的圣彼得大教堂也看到做祈祷的教徒,他们是在教堂大厅的另一边做着祷告。而那些到这里参观的游人则在教堂的这一边,随便地观看着教堂里的壁画和雕塑,彼此互不干扰。我听同行的人说,有不少教徒是从世界各地专程到这里来做祷告的。

圣母领报教堂并没有旅游类的"节目"安排,也不允许外人到这里参观。但是他们并不拒绝儿童进入教堂。不过,淘气的儿童一进入教堂,便立刻被教堂庄严的气氛震慑住了。

信奉东正教的俄国侨民,一生下来,就要在教堂洗礼。其他包括订婚、举行葬礼,同样要在教堂里的神父主持下进行。俄国人的婚礼挺有意思的。婚礼仪式结束之后,新郎要抱起新娘走出教堂,乘车回家。到了家里,热烈的婚宴就开始了,巴松和小提琴疯狂地响了起来，参加婚礼的客人们不断地喊"苦啊，苦啊"，而一对新人则不断地亲吻。

复活节前夕，圣母领报教堂的栅栏外面摆满了柳枝、鲜花，俨然洋人的集市。到了圣诞节，教堂的院外又摆满了大大小小的圣诞树。在圣诞节即将到来之际，教堂外又摆满了成捆的香草。快到主显节了（即耶稣受洗礼的前几天），教堂会安排当地的中国人，取冰搭置一个冰十字架和冰布道台，信徒们举着十字架、圣像、神幡，浩浩荡荡，从教堂出发去松花江上。到了每年1月18日的主领洗节，即纪念耶稣在约旦河里接受先知约翰洗礼的节日时，哈尔滨的东正教徒要从圣母领报教堂出发，到松花江冰冻的江面上，举行古老的"约旦"（洗礼）活动。有的信徒还会去马家沟的那座"慈善之家"教堂，瞻仰神灵显圣——用冰制成的教堂模型和神器。到了每年的9月27日举行圣架节（即十字架节）时，胸前佩戴着十字架的教徒们举着用鲜花装饰的大十字架，像游行一样，穿过街市，走进教堂，把鲜花装饰的十字架放在圣母领报教堂的祭坛上……

我小的时候，曾在哈尔滨的红十字幼儿园里寄托。每逢圣诞节的时候，寄托在那里的中外儿童都要到苏侨俱乐部去过节，那儿有一个化装好了的圣诞老人，他会发给小朋友们每人一份圣诞礼物，之后开始会餐。会餐时每人会得到一块甜面包和一个炸鸡腿，按说，这是挺不错的事，但我始终不愿意过圣诞节。我觉得中国的节日更有意思。中国的节日是一个个神话里的节日，神话中所有的人物都会跟你发生着这样或那样的联系，你会觉得，在这样的奇妙联系当中，你未来的一年会有一个新的气象，而且，平安与快乐将会

四 教堂之国

伴随你走过新的一年。

  我随着父母来到这座城市的第一个清晨,就站在灰色二楼的阳台上久久地注视着这座教堂。初升的太阳将自己灿烂的光辉照在了教堂的外部,让这座拜占庭风格的建筑闪耀着金色的光芒。教堂的背后是一泻千里的松花江,使得圣母领报教堂平添了几分流动的神韵。我当时在想,这座教堂里面一定有一个美丽的神话。

圣·尼古拉教堂

圣·尼古拉教堂作为这座城市的标志性建筑艺术，几代哈尔滨人一直把它看作是引以为自豪的建筑。圣·尼古拉教堂建在城市的龙脉上，即哈尔滨的制高点。当年，俄国人在这个地方建教堂，曾遭到了当地中国人的强烈反对。要知道，中国人的风水意识是极其强烈的，甚至它也是民族自尊的一种体现。只是当时作为"东亚病夫"的中国人，还没有能力和沙俄抗衡，所以，教堂还是开建了。不过，作为一种建筑艺术，圣·尼古拉教堂无疑是这座城市建筑中优秀的，尽管它在我的私人情感中并不如圣母领报教堂。但是，圣·尼古拉教堂的位置好，处在全城的中心位置，这就像两个具备同样水平的电视人，一个在中央台，一个在村广播站，你说他们两个谁应当排在前头呢？所以，当介绍一座城市的教堂时，第一个要介绍的就是圣·尼古拉教堂，这一点我却像多数文艺评论家一样，把感情排在了第一位，第二个介绍圣·尼古拉教堂。一个人讲感情没什么不好的，再说，文章千古事，本来就是一笔糊涂账，当然也是感情账。

在1966年，也就是我刚刚参加革命工作的那个年代——这里我想说明一下，那个时代参加工作，应当在前头加上"革命"两个字，《革命人永远是年轻》嘛。工作后的那几年，我几乎天天从这座教堂身边经过，天天能看到这座教堂。早在1964年，作为交通学校的学生，我参加了学校组织的学生勤工俭学，曾在一辆有轨

四　教堂之国

电车上当售票员。我所在的那辆633号有轨电车，就是从教堂街（现在叫革新街）出发，咣当咣当，经过博物馆的喇嘛台，也就是圣·尼古拉教堂，即中央寺院，然后，驶下大坡，到那座有着俄罗斯浪漫主义建筑风格的老哈尔滨火车站。这么一个短短的路程，一天要来回跑五六趟，所以，同圣·尼古拉教堂基本上是零距离接触。我甚至认为，这座城市里的人没有谁比我接触这座教堂的时间更长了。

圣·尼古拉教堂是一座木结构的教堂，它是由东正教教会的建筑师鲍达雷夫斯基设计，并由工程师雷特维夫主持修建，而教堂的设计方案则是在俄国的圣·彼得堡完成，经过沙皇尼古拉二世的批准，并以沙皇的名字命名——圣·尼古拉教堂。在东正教的世界里，依然有古罗马的遗风，教皇即沙皇。"教皇"在拉丁文中写作Papa，意思是"爸爸"，爸爸说的话、批的建筑设计当然得算数了。

1899年10月13日，这座圣·尼古拉教堂举行了奠基仪式。在奠基纪念铜牌上，用俄文雕刻了铭文，翻译如下：

"尼古拉皇帝即位六年、清国皇帝光绪二十五年、世界创造7407年，基督降诞1899年10月1日，财政大臣维特、铁路总办科尔比奇、铁路建设局长尤格维奇，于松阿里市（即哈尔滨市），在铁路守备队属司祭祝福下，建筑工程师雷特维夫建此。"

奠基之后，到了1900年的春天才开始动工。同年7月份的时候，义和团围攻哈尔滨，洋人是最怕义和团了，特别是洋教士，更是怕得要死，所以教堂工程暂时停止。差不多半年之后，前前后后，拖拖拉拉，又神圣，又害怕，又虔诚，又担心，总共历时1年的时间，圣·尼古拉教堂才竣工。

圣·尼古拉教堂正门上面的圣母像和教堂内部的壁画，是由俄国画家古尔西奇文克所作，而教堂内的圣物、圣像和大钟则是专程从莫斯科运来的。据说，许多优秀的俄侨歌唱家就是从这座圣·尼古拉教堂的圣咏合唱团中走向专业声乐艺术之路的。

不错，圣·尼古拉教堂全部是木结构的，有人传说建这座教堂时一颗钉子也没用。这不太可能，但基本上没用钉子倒是真的。

圣·尼古拉教堂处在博物馆广场转盘道的中心位置，是个圆形的院落。考虑视觉的缘故，这个教堂设计成了八角形，是个八面体的教堂，有尖尖的帐篷顶，有并排的小巧的"洋葱头"，层层递进、耸入高空。教堂外面是翠绿而宁静的草坪。教堂并不很大，但的确很美，何况又在城市的制高点上，并以沙皇的名字命名，所以，又称它是中央寺院。

随着圣·尼古拉教堂的建立，周围的建筑也渐次呼应而起，像北边的莫斯科商场、东北处的秋林俱乐部，以及南边那幢像手风琴似的新哈尔滨旅店，还有东边那幢两个小尖顶的仿哥特式建筑，都在与圣·尼古拉教堂相互辉映，眉目传情。

圣·尼古拉教堂的院子，被一个圆形的铁栅栏围了起来，铁栅栏的外面是一圈儿很窄的环形人行道。人行道的外面就是有轨电车的铁轨。我在勤工俭学当售票员的时候，有轨电车就从它的身边经过。因此，我对圣·尼古拉教堂的一草一木，甚至教堂里的教士，以及往来的信徒都颇为熟悉。

遗憾的是，这座圣·尼古拉教堂我一次也没有进去过。

四 教堂之国

圣·索菲亚大教堂

在芬兰旅行的时候，我在赫尔辛基看到了一座跟哈尔滨的圣·索菲亚大教堂几乎完全相同的"苏联教堂"。当我第一眼看到它的时候，就觉得它好像是哈尔滨圣·索菲亚大教堂的孪生姊妹，同样的规模，同样的造型，同样的高度，同样的红褐色——世界一下子在"同样"中变得微小起来。在这座教堂的一侧，还连着一家古老的餐厅，餐厅门外的砖墙上插着一支熊熊燃烧的火炬，给人一种中世纪城堡的感觉。据说，欧洲餐馆插火把这一古老的方式，是用以招徕远道客人和朝拜的信徒的。这太有魅力了，一下子能幻化出许多生动的画面，能生发出无数个远行者的故事。那么，早年哈尔滨的圣·索菲亚大教堂的附近，是否也有过同样的餐馆呢？是否也点燃火把招揽顾客呢？这一切就不得而知了。

不过，当今最著名的是土耳其伊斯坦布尔的旧圣·索菲亚大教堂，这座教堂最早是拜占庭帝国东正教的宫廷教堂，建于公元532—537年，是小亚细亚人安提美斯和伊索多拉斯所设计。教堂是平面长方形，中央部分屋盖系由一个直径33米的圆形穹隆和前后各一个半圆形穹隆组合而成。大厅高大明朗，墙上饰以彩色马赛克壁画和白色雪花石膏贴面，是拜占庭建筑与壁画的主要代表。15世纪后，又在周围加建了光塔，改为清真寺。1935年改为博物馆。看来，教堂的主人一直在流动中，在变化中。

与伊斯坦布尔的圣·索菲亚大教堂有许多相似之处的哈尔滨

圣·索菲亚大教堂，是一座被抢救出来的教堂，也是一座幸运的教堂，其拜占庭的建筑艺术是卓尔不群的。哈尔滨的圣·索菲亚大教堂和伊斯坦布尔的圣·索菲亚大教堂在这一点上几乎是统一的，如教堂中央圆顶的结构及其内部金碧辉煌的装饰，都反映着政教合一的统治精神。不仅如此，在教堂的圣像画、镶嵌画、壁画、细密画及工艺美术的风格创造上，两座教堂都有其独特的风采，是宗教美学的优秀之作。只是，后来由于教会的束缚，拜占庭艺术的后期风格倾向于公式化、概念化，而且这一特征仍对中世纪欧洲各国，尤其是东正教国家的艺术有着巨大影响。1453年，奥斯曼的土耳其人攻下君士坦丁堡之后，拜占庭艺术的历史宣告终结，但其形式仍为东正教会所利用，哈尔滨的圣·索菲亚大教堂就是一个鲜活的例证。圣·索菲亚教堂虽然不是最好的，但它却是拜占庭艺术的历史歌者和形象代言人。

我曾在一张老照片上，看到了当年哈尔滨的圣·索菲亚大教堂，教堂的周围是开阔的广场，还有漂亮的草坪和花坛。侨居在哈尔滨的俄国人，无论是雪天还是雨天，或步行，或乘着马车来到这里做祈祷。

圣·索菲亚大教堂，最早是俄国入侵中国的西伯利亚第四步兵师的随军教堂，主要是为了满足士兵和俄侨的宗教活动。这座教堂是由一个俄国茶商出资6万卢布，在1907年3月建成的。不过，当时的圣·索菲亚大教堂并不在现在道里菜市场这个位置上，而是在水道街（现今的兆麟街），然而水道街并不是一个理想的位置，所以，1912年11月，又是这个大富豪出资，将圣·索菲亚大教堂移到了现在这个地方，并改建成了一座砖石结构的教堂。这座教堂

四 教堂之国

与而今的圣·索菲亚教堂在造型上有很大不同,前者颇有点哥特式风格,而后者则完全是拜占庭风格了。这中间好像在1923年的9月又重建了一次,到了1932年11月才落成。圣·索菲亚大教堂是由奥斯科尔科夫设计的,尽管从外面看它并不大,但教堂内可以容纳2000人做礼拜。1934年的时候,哈尔滨弗拉基米尔神学院就设在这里。尽管如此,我仍然感觉它是一座小教堂,其规模与圣母领报教堂有很大的差距。至少在20世纪90年代之前,这座圣·索菲亚大教堂我一直没有进去过,也没有想进去看看的欲望。但是,妙不可言的是,这座教堂的悦耳钟声,从我的少年时代开始,就一直响在我的耳边。屈指算来,圣·索菲亚大教堂的钟声距今已经停止了30多年了,但它早年的钟声却从未在我的耳畔消失过。

圣·索菲亚大教堂顶部的"洋葱头",是哈尔滨所有教堂中最大、最漂亮的,像一顶巨大的王冠,闪耀着光辉。教堂的钟楼里悬挂着七座乐钟,最大的乐钟重达1.8吨(这座钟好像现在还在),直径为1.425米,每逢宗教的重要节日,敲钟人就会把七座钟的钟槌系在自己身体的不同部位,然后手脚并用,有节奏地、像表演杂技和舞蹈一样拉动着钟绳,敲响着大钟。敲钟人在敲钟的时候,他的身体在钟楼里飞来荡去,俨然一个飞翔的圣徒。这时候,圣·索菲亚大教堂里的唱诗班正在高唱着赞歌,使得教堂内外充满了浓郁的宗教氛围。

记得在一个明媚而温暖的初秋日子,我坐在圣·索菲亚大教堂的台阶上,与一个大胡子俄国乞丐聊天。我说:"冬天快要到了,你没有家怎么过冬呢?"他说:"只要在袜子里放些辣椒末就可以保暖了。"我牢牢地记住了这句话,只是没有试过。但是我相信这是

他的经验之谈。大胡子乞丐说完俏皮地笑了,说:"冷得实在受不了,可以在雪地里高唱圣诗,那样就不冷了。"

说到教堂的唱诗班,自圣·索菲亚大教堂1907年建成,到1922年那位茶叶商奇斯佳可夫逝世为止,该教堂合唱团的费用一直是由他出的。奇斯佳可夫每年给该合唱团补助6000卢布。圣·索菲亚大教堂合唱团最多的时候有45人,指挥是 Л.М.霍罗特尼科夫,他是一位有名的乐团指挥。在洋人充斥的哈尔滨,教堂的乐团指挥是一个受人尊敬的角色,俄侨们见了他们,男人会脱帽向他们致意,女人则向他们行屈膝礼。霍罗特尼科夫同时也是哈尔滨弗拉基米尔修道院合唱团指挥,在那里,俄侨们可以听到他指挥演唱的许多世俗歌曲。当年,哈尔滨的各个教堂的乐器配备都是很有规模的,展示着他们对上帝的虔诚。在南岗大直街上的那座波兰天主教堂内,就有一架音质极好的管风琴,那架管风琴的A音准高音是473H2。20世纪50年代,这架管风琴被沈阳音乐学院买走了。还有,在老墓地圣波克罗夫斯基教堂唱诗班的指挥金·金宾西波夫,在新墓地圣乌斯佩恩斯卡亚教堂合唱团担任指挥的C.利特温采夫,当年他们都是这座城市的著名绅士。

....

早年哈尔滨的版图并不大,每当圣·索菲亚大教堂的钟声一响,全城便被钟声所笼罩了。这来自"天堂"的音乐是何等地激动人心啊。

圣·索菲亚大教堂的钟声响起来了,全城教堂的钟也随之敲响,香坊的圣·尼古拉教堂、圣·伊维尔教堂、阿列克谢耶夫教堂、乌克兰教堂、主易圣容教堂、福音约翰教堂、圣·先知约翰教

四 教堂之国

堂、圣·彼得保罗教堂、喀山男子修道院、弗拉基米尔女子修道院等,总之,城市里的所有教堂的钟声都敲响了(差不多有70多座)。所以,有人称哈尔滨是"教堂之国"。

当然,其中也要包括南岗的那座圣母安息教堂,那里的死魂灵似乎也会在教堂的钟声中得到安慰。而今,圣母安息教堂已改为文化公园了,我曾经去过几次。要知道,到墓地去玩,几乎是全世界儿童的共性。我的一个忘年交的朋友、哈尔滨市的资深老编辑、已故的王和先生,他就经常一个人到那座教堂的墓地去,带上酒和菜,在幽静的墓地里,躺在灵寝的大理石上,边款款地喝酒,边想着一些事情。我为了寻找他的这种特殊体验,也去过几次。但是,那片墓地已经荒废掉了。中央电视台来拍《一个人和一座城市》的时候——我在脚本中曾经写到了这里,我领他们去那里拍摄。然而,那里完全不是先前的样子了,改成了清一色的红军战士墓地。原来的墓地被迁到皇山墓地去了。我当时像一个外行似的显得非常尴尬……

当教堂的钟声响起来的时候,那些在路上行走的俄国人就会停下来,在胸前画十字,栖息在教堂里的鸽子也呼啦啦地飞向了蓝天。

当教堂钟声响起来的时候,所有在工作着的俄国人都会停下手里的工作,跟顾客或者餐客说,对不起,然后开始做祷告。

当教堂的钟声响起来的时候,一些中国人开始对身上的手表、怀表,或者家里的钟表。

当教堂的钟声像交响乐一样响成一片的时候,城市里的中国市民就知道,今天是主领洗节,或者主降生节,或者主进圣节,或者主升天节，或者圣母安息节，或者圣诞节，他们知道，侨居在这里的俄国人，即那些东正教的教徒又要放假了，要过他们自己的节日了。

20世纪60年代末，城市的钟声消失之后，我曾托去苏联的朋友给我买一些教堂钟声的录音带回来，但没有办到。这之后又过了许多年，我差不多老了，只是在俄罗斯的乌苏里斯克偶尔地听到过一次当地的一座小教堂的钟声。

....

四 教堂之国

昔日的教堂

1 阿列克谢耶夫教堂

哈尔滨还有几座有名气的教堂,比如阿列克谢耶夫教堂,它是一座中型的仿哥特式教堂。这座教堂由新旧两座教堂组成(一座木结构的,一座砖石结构的)。过去的教堂街就是因为这座教堂而命名的。尼埃拉依教堂同样是一座哥特式教堂,不同的是,它是一座砖木结构的教堂,像一座私人的花园别墅,看上去幽静而温馨,加上教堂外壁粉刷着罗马红衣主教披风似的颜色,使得教堂显得典雅而高贵。早年,阿列克谢耶夫教堂并不是一座平民教堂,去那里做祷告的,大多是各国外事机构的官员和工作人员,大约是一座专用教堂吧,想必官员们想避免与麻烦的侨民们接触。该教堂的设计师是著名的卡兹·基列依,他是受德国领事馆之托设计的这座小教堂。

哥特式建筑风格的教堂,给我的感觉似乎只在东、西欧一带,但事实上并不尽然。在罗马,在中国的江南、东北,也随处可见。哥特式教堂是尖顶的,像一把把利剑冲向天空。

德国的那座著名的科尔大教堂给人的整体感觉就像一盆簇拥而生的仙人柱,那种凌厉、强悍、冷峻,以及其神秘感和奇异感,都会给欧洲人和亚洲人留下特别的印象。总之,假如你沿着阿尔卑斯山一路走来,就会发现,哥特式教堂无处不在,乡村、小镇、城市，比比皆是，而且都建在最高处——离上帝最近的地方。但是，哈尔滨的哥特式教堂，比起欧洲的哥特式教堂，无论在规模和气势上，都有着一些不同，其中突出的一点，是呈现出一种温馨，这恐怕与侨居者的身份不无关系吧。"哥特"一词不是说这种建筑原本就是哥特人发明的，它的特定含义在于，这些民族及其建筑表现了某种程度的冷峻和粗犷，这恰好与南方和东方各民族的性格形成了鲜明的对比，仿佛折射出哥特人与罗马人第一次相遇时的那种对立。总之，粗犷或野性是哥特式建筑的首要精神元素。

俄国的圣诞节是1月7日（不是12月25日）。中国人会从他们不同的过圣诞节的日期上，分辨出他们属于哪个教派。到了立戈节，侨居在这里的格鲁吉亚人庆祝节日是在修道院，而那些拉脱维亚人则在松花江的江北举行篝火晚会。在所有宗教节日里，俄侨与外侨的商店及办事机构都放假了，街上到处是洋式出租车和马拉雪橇。

当地的中国人能充分地理解这些外国人的生活、信仰和文化，尽管他们当中很少人去信奉东正教或其他的什么宗教，但他们理解宗教，尊重宗教。所以，到了这样的节日，当地的中国人会主动把洋教徒手里扔下的活儿，接下来自己干，没有一点怨言，而且心中充满了理解和友谊。

有时候，俄国人也会把中国朋友领到他们的家中做客，走进东正教的家庭，一抬头就能看到挂在墙角那儿的圣母玛利亚和耶稣的神像。不过，每个俄侨家的神像质量差别很大，有的十分精美、十分昂贵，神像上方还覆盖着圣巾，两端展开固定在墙上。到俄罗斯人的家里，必须先脱帽。就餐前，跟他们一块儿做祈祷，感谢上帝的恩赐，睡前也要做祈祷。

四 教堂之国

2 犹太教教堂

在流亡到哈尔滨的俄国人当中,还有相当一部分人是信犹太教的。犹太教是犹太人的信仰和精神支柱。所以,每10个犹太人就要组成一个"密依"(小规模的家庭祈祷所)。1900年的时候,在商铺街(现在的花圃街),即我少年时居住的那条短街上,在一个叫 И. Л. 巴赫的人家里,办起了全市第二个"密依"。那座典型的犹太风格的房子至今还在。只是没人知道它是怎么回事了。在哈尔滨,犹太教教堂为数不多。离花圃街不远的那座是哈尔滨犹太总会堂,又称老会堂,那座犹太新会堂,希伯来语称"别依斯——加麦尔德罗什",是犹太教哈西德教派会堂。这座教堂好像废弃多年了,但早年的时候,它却是东北三省最大的犹太教教堂。

到了犹太人做礼拜的时候,整座教堂里挤满了犹太教的信徒,男人们在一楼,女人们在二楼,站在刺槐木讲坛后面的神父常常会说得泪流满面,继而,所有的人都开始哭泣起来。犹太人是一个散居于世界各地的民族,他们给我的感觉似乎总在流泪,在哭墙面前流泪,在教堂里流泪,这似乎是一个悲痛的民族。

我的母亲是一个基督教徒。关于这一点,在她去世后我才知道。我至今还保存着她的那本《圣经》,有时候也翻开看看。尽管如此,我祭奠我母亲的方式仍然完全是中国式的。

五 哈尔滨人与音乐

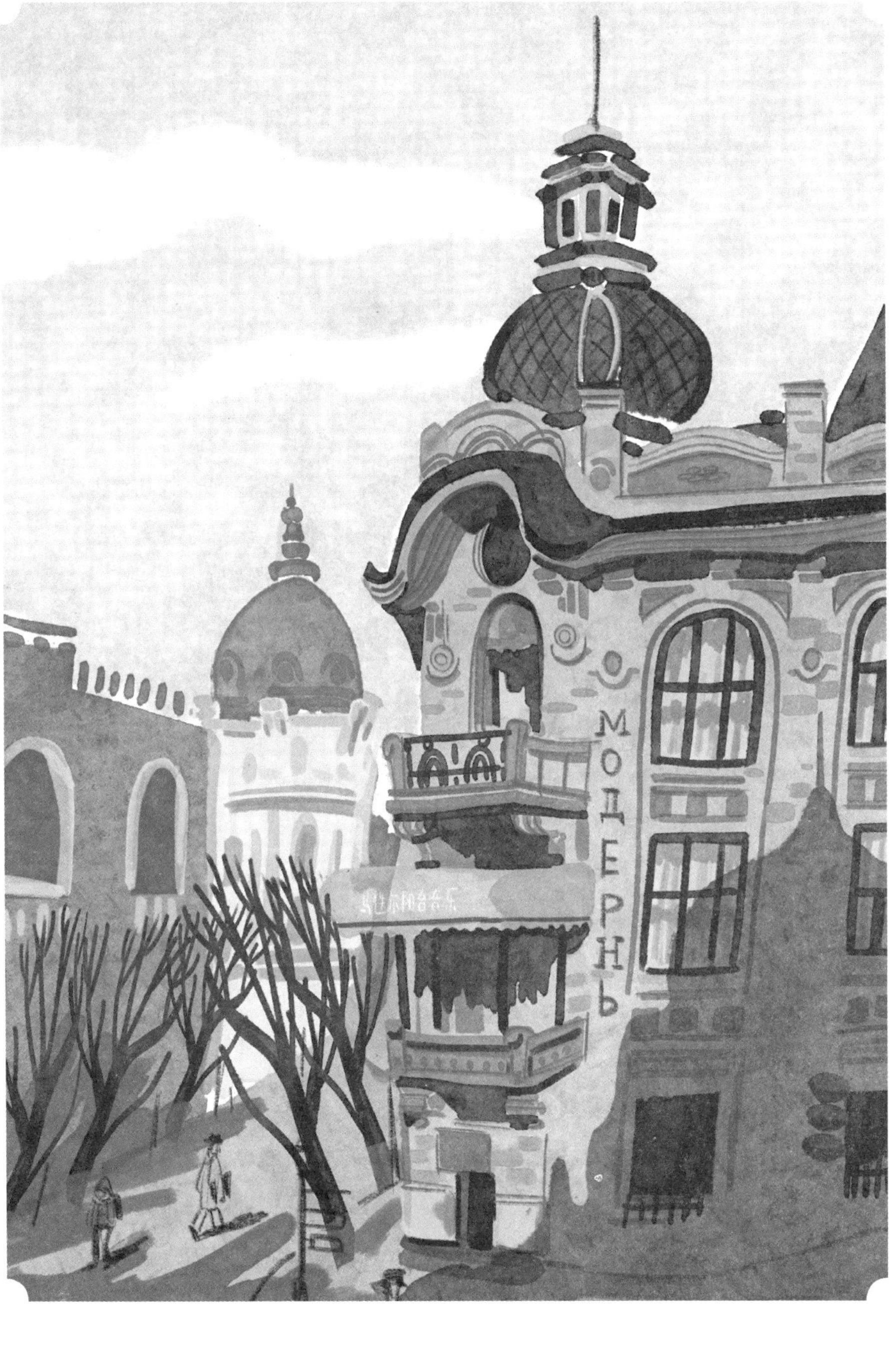
МОДЕРНЬ

音乐之城的故事

清朝与沙俄签订了秘密的不平等的《中俄密约》之后，1898年，沙俄决定将原设于海参崴的铁路工程局迁到哈尔滨。1903年，中东铁路管理局就在哈尔滨的大直街上兴建了一座占地3000多平方米的仿莫斯科大剧院的"中东铁路俱乐部"，就是现在的哈尔滨铁路文化宫。中东铁路俱乐部除了有剧场、舞厅、台球厅和餐饮设施外，后院还有一个贝壳形的露天剧场。这座俱乐部可谓是富丽堂皇，大厅内悬挂着豪华的欧式吊灯和多幅俄罗斯油画。舞台、灯光、乐池，堪称远东一流。

1908年4月，中东铁路管理局将俄国阿穆尔铁路第二营管弦乐团调入哈尔滨，成立了"哈尔滨（中）东清铁路管理局交响乐团"，亦称为"远东第一交响乐团"。从此，这里成了那些流亡到哈尔滨的俄国艺术家施展才华的艺术圣殿。

1926—1931年，俄侨歌剧团曾在哈尔滨上演过《浮士德》《拉克美》《霍夫曼的故事》《塞尔维亚的理发师》《叶甫根尼·奥涅金》《伊万·苏萨宁》《雪姑娘》《水仙女》《阿伊达》《恶魔》《黑桃皇后》《女靴》《艺术家的生涯》《俄罗斯人的婚礼》等歌剧。从意大利来哈的歌剧演员、花腔女高音阿里比、男中音列阿里、花腔女高音瓦里季、男高音涅里，与哈尔滨歌剧团的俄侨歌剧演员联合演出了莫扎特的歌剧《费加罗的婚礼》《乡村骑士》《塞尔维亚的理发师》，等等。还有赫尔穆特·斯特恩，这位德意志室内乐团的创始人，为新

五 哈尔滨人与音乐

中国，特别是为哈尔滨培养了许多音乐人才，20世纪50年代移居澳大利亚，2020年逝世。

但是，真正代表哈尔滨外侨钢琴最高水准的，是毕业于德国莱比锡学院的犹太钢琴家迪龙女士，和毕业于法国巴黎音乐学院、意大利米兰音乐学院的犹太钢琴大师格尔施戈琳娜女士，后者意大利皇家音乐学院竞赛中曾获"钢琴大师"的称号。20世纪50年代她去了美国，在美国她仍然很有名气，于1996年逝世。

追忆过去，在人类蒙受二战之苦的岁月里，那些流亡到哈尔滨的中外艺术家为这座城市造就出了一批又一批影响世界的歌唱家、演奏家、指挥家、作曲家；在中华民族饱受战火之乱的灾难年代里，哈尔滨的热血青年冒着死亡的威胁、流血的挑战，高唱民族救亡的歌曲，上演了一台又一台使大众觉醒的进步戏剧。在这座城市里，歌声就像闪电一样，激活了市民们灵魂中的智慧之光和英雄之气。几乎所有哈尔滨人是在歌声中成长起来的。就是在今天，在中央大街、在酒吧都有市民们自发表演中外乐曲、歌曲。驰名中外的"哈尔滨之夏"音乐会，已经成为这座城市文化生活的重要组成部分。

康季莲娜乐器店

早年,在哈尔滨有一家中外驰名的乐器店——"康季莲娜乐器店"。

"康季莲娜",意思是"优美的旋律"。哈尔滨的"康季莲娜乐器店"是犹太人格里尔基·那乌诺维奇·特拉赫金伯格于1924年创办的。毫不夸张地说,它是当时哈尔滨名气最大的乐器商店之一。这家乐器店之所以卓尔不群,不同凡响,在于它始终经营世界上最新款的管弦乐器、乐谱和唱片等。哈尔滨解放以后,康季莲娜乐器店仍然是一家权威的乐器商店,它一直拥有一流的乐器调试、修理、鉴定技师。只要将音乐创作看作你一生的奋斗目标,只要走进这家乐器店,不用里的店员伊万或者娜达莎介绍,你一眼就能从琳琅满目的商品中,看到那件新上架的乐器或者唱片,为此,你就可以始终以前卫的姿态立足于哈尔滨乃至世界的音乐同行当中。

直到1966年,康季莲娜乐器店才悄悄地离开了这座城市,进入回忆的世界,成为城市文化宝库中的一件瑰宝。

当年,由于战争的原因,当然也包括许许多多错综复杂的因素,政治的、宗教的、党派的、个人的特殊癖好,以及追求上的五花八门,许多俄罗斯优秀的歌剧演唱家、舞蹈演员、音乐家,流亡到了这座新兴的城市哈尔滨,他们除了在这座城市里上演了世界著名的歌剧、交响乐、芭蕾舞剧和室内音乐会,还在这座城市里教授艺术课、音乐课。这就大大地丰富与调节了流亡在这座城市中的破

五 哈尔滨人与音乐

落贵族、暴发户乃至普通侨民们颓废的、混乱的精神生活。也悄然地影响着当地的哈尔滨人。正是这种古怪的、沸腾的生活，使得康季莲娜乐器店的生意一下子火了起来。康季莲娜乐器店的主人格里尔基·那乌诺维奇·特拉赫金伯格是一位颇有头脑的文化艺术商人。他开始大幅度地从世界各地购进各种乐器、唱片、乐谱，甚至包括歌剧剧本、滑稽戏剧本、芭蕾舞剧剧本，以满足这些淘金者、亡命者、花花大少、交际花、流亡者和当地艺术家的需求。

当年，位于南岗和道里的那两家中东铁路俱乐部，都曾经是俄国流亡艺术家表演的主要舞台，在那里上演了许多世界著名的乐章和歌剧。西洋乐器在一座中国城市中拥有如此盛况，这在其他城市当中是极少见到的。因此，法国的一家报纸称哈尔滨是一座"音乐之城"。即便是今天，当你走到它的面前，形形色色的人在你身后匆匆走过，尽管虚幻的"历史演奏"早已落幕，但那种"美妙"的感受依然弥漫在你的灵魂里。显然，这是哈尔滨人优雅文化品格的表现，是生活在素有"音乐之城"之称的城市里的市民们的别一种自豪。

可以说，百年以来，从哈尔滨这座城市走向全国、走向世界的歌唱家、演奏家，都曾直接或者间接与"中东铁路俱乐部"和康季莲娜乐器店有着千丝万缕的联系。哈尔滨这座城市的大门不仅向全国的艺术敞开也向世界的艺术敞开；世界上每一个人都有资格与这座城市有一个约会，在今年或者不久的将来，我们会在这里相会，共同畅叙人类艺术发展的话题。

哈尔滨之夏音乐会诞生逸事

20世纪60年代初,哈尔滨的市民正处在饥饿当中。在这座被世人称为"音乐之城"的城市里,到处都是面呈菜色的饥民——音乐之城无处不弥漫着饥饿的旋律。当时,哈尔滨的那数十座教堂还在,在城市的上空会时常响起悠扬而迷人的钟声,在这种旋律的迷醉之下,饥饿似乎不再那么咄咄逼人了。

著名的花腔女高音歌唱家张权女士乘火车从首都北京来到了这座充满着饥饿,同时又充满着音乐旋律的城市,同行的还有她的伯婆和小女儿。

火车经过一天一夜的漫长旅程,已经缓缓地驶入这座城市了。张权女士将脸贴在布满冰霜的车窗上,战战兢兢地看着这座冷风和冰雪弥漫的城市。在南方人的眼里,黑龙江历来就是流放犯人的苦役地。张权女士就是从中央实验歌剧院被流放到这里进行改造的。此时的她不再是全国著名女高音歌唱家了,而是一名"右派"分子。

火车终于停在哈尔滨站。她们三人无法预料将在这座寒冷的、陌生的城市滞留几天,然后再被转送到何地去进行改造。她们只能任由车轮颠簸自己麻木的灵魂。

60年代的哈尔滨火车站还是那幢"老票"房子,无论是赭红与鹅黄相配的色调还是它的细部处理,都表明这是一座典型的俄罗斯浪漫主义风格的建筑,整个造型如同一支舒缓而优美的小夜曲。

五　哈尔滨人与音乐

眼下正是冬天，波浪形的房顶被白雪覆盖着，似乎增加了某种音乐的情调。

得知张权女士到来，黑龙江歌舞团派了两名中层干部到哈尔滨火车站接她（这也是市政府的指示）。两位常年生活在寒冷城市的艺术干部接到这个指示都很兴奋，他们知道张权女士对这座城市意味着什么。

张权女士一行三人，被前来接站的两位干部安排上了一辆大轿车。关好车门，大轿车便沿着那条散落着电火花的有轨电车道上行。

……………

全程不过2分钟（甚至没必要坐车），这种异乎寻常的接待规格使得张权女士不禁惶惑起来。

张权女士一行三人被安排住进了国际旅行社（前身为新哈尔滨旅店），在60年代，这是哈尔滨最高级别的旅行社之一。国际旅行社是一座俄罗斯风格的建筑，整个建筑造型是一架"手风琴"，显得活泼而富有旋律感，张权女士觉得自己正置身在一支凝固而陌生的超现实的乐曲之中。

张权女士出生在南国的太湖之滨，之后又去美国深造声乐，她不仅是一位有名望的歌唱家，而且是一位有修养的音乐家。倘若不是命运多舛，冰天雪地的东北恐怕对她永远是可望而不可即的吧。现在，自己作为一个流放者，已经实实在在地来到了这座寒冷的城市。

不过，她清醒地知道，她将去的流放地，是比这里更加遥远、更加寒冷、更加荒凉的北大荒，不会是这座美丽的、充满着欧陆风

119

情的城市,她将在那里了却自己的余生,此刻的她已不再是一个全国赫赫有名的歌唱家,而是一位默默无闻的、有罪的、地位卑微的普通女人。

下了轿车,站在富丽堂皇的国际旅行社门前,她想,让自己暂时住在这家旅行社里,大概是便于"看护"自己吧。想到这儿,张权女士淡淡地自嘲起来,觉得自己一个"罪身",住进如此高级的旅行社有点滑稽。

国际旅行社的斜对面有一个圆形的街心花园,圣·尼古拉教堂就坐落其中,这座教堂位于全城中轴线的最高点上,是一座漂亮的大教堂。那位文艺干部对她说,这是南岗喇嘛台,世界上只有两座,另一座在苏联。

张权女士点点头,她什么也不敢说。张权女士曾去过世界上的许多名城,她一眼看出,眼前的这座气派宏伟的大教堂,无疑是一座世界级的建筑艺术珍品,在东侧街道两旁分别有两座尖顶的俄式小二楼,造型像油画一样美。北面和偏东一面则是两座风格与造型完全不同的法国古典复兴主义建筑。看到这些,仿佛有身置异国的错觉。张权女士无法想象,在冰天雪地的黑龙江竟有一座如此优雅、如此洋气的城市。

…………

走进典雅舒适的客房,那两名当地的文艺干部为她们每人要了一杯热牛奶,以驱路上的寒气。他们客气且颇抱歉地说,对南方人来说,哈尔滨的确太寒冷啦。正处饥饿当中的城市,对普通市民来说,喝上一杯热牛奶简直是一个奢侈的梦。据有关资料记载,在"三年自然灾害"时期,一杯牛奶的黑市价相当于现在的 100 元人

五　哈尔滨人与音乐

民币……

　　张权女士在居住国际旅行社期间的待遇同外宾一样，每天都有热牛奶、肉和面包的供应，天天都可以洗热水澡。张权女士不知道他们让自己等待什么，便主动地打扫房间，帮助服务员擦走廊。但是，均被对方温和而有礼貌地谢绝了。她还吃惊地发现，住在这家宾馆里不仅没有人监视她们，更没有人鄙视她们，她们的出入是自由的。这就更加让她迷惑不解了。

　　负责接待她的同志个个都是友好的、善良的，而且彬彬有礼。只是没有人对这种异乎寻常的接待规格做出任何解释。这期间，黑龙江歌舞团的官员一个接一个来拜访她，并嘘寒问暖。

　　有资料表明，张权女士在旅行社逗留期间，她经常驻足街头听从一幢楼房或一幢小木屋里传出来的黑管、小提琴、钢琴演奏的外国乐曲，欣赏着太阳岛的游人们在手风琴和吉他的伴奏下引吭高歌的情景。这使她感到了一种无可名状的温暖，对哈尔滨人有了美好的印象。

　　几个月之后，张权女士得到了官方的正式通知，她将作为女高音歌唱家留在黑龙江歌舞团工作。接着，有关部门安排了她的住房和女儿上学的学校。张权女士开始相信自己已经从绝望的阴雨天，走进了阳光明媚的新城市、新生活。

　　当如涛的丁香花开满这座音乐之城的时候，张权女士正式登上了哈尔滨的舞台。当报幕员报出她的名字时，观众立刻报以长时间的热烈掌声。

　　一篇资料是这样介绍当时的情景的："此时，她感到喉咙被什么东西堵塞，竟不知如何出声，接着全场一片寂静。张权登台数百次，但这样张不开口，却还是第一次。"

张权女士精湛的演唱使哈尔滨的观众倾倒了，他们都为自己的城市拥有这样一位优秀而卓越的歌唱家感到自豪，感到幸福。

演唱会结束之后，许多热情的观众拿着丁香花等在剧院的门口，准备将花献给张权女士。其中的一位面黄肌瘦的戴着高度近视镜的年轻人，将一个只有在"黑市"才能买到的高价面包送给张权女士——这大抵是饥饿年代最昂贵的馈赠了——是以自己饥饿为代价的。

张权女士热泪盈眶地拥抱、亲吻了这个年轻人，说，谢谢你……

从那场演出之后，张权女士无论走到哪里都会有不相识的人向她热情地打招呼，表示自己的敬意……张权女士的灵魂完全被这座音乐之城的市民所征服了。

…………

张权女士想，外国有维也纳音乐会，为什么我们这座了不起的音乐之城，就不能举办一个"哈尔滨之夏音乐会"呢？

张权女士的建议很快被这座城市的官员所采纳。就在她到达哈尔滨后的第一个夏天，哈尔滨之夏音乐会诞生了。

哈尔滨之夏音乐会取得了空前成功，全城市民沸腾了。这次音乐会博得了全国专家们的高度赞扬。张权女士为哈尔滨赢得了荣誉，为此，市长专门请张权女士到自己的家中吃了一顿烤鸭。

…………

然而，至今仍令我感到骄傲的是，是艺术的力量，使得哈尔滨的官员和哈尔滨市民，留下了本该流放到北大荒的张权女士。

五　哈尔滨人与音乐

这是哈尔滨人引以为自豪的事。

当你在中央大街的马迭尔宾馆门前，仰视二楼阳台上的歌手，聆听他们的表演时，你可曾想到，这座城市是被联合国公共行政和发展管理司、联合国经济和社会事务部正式授予"音乐之城"称号的世界六个"音乐之都"之一。

当年的哈尔滨，街头巷尾随处可见拉着"巴扬"、弹着三角琴、打着手鼓的俄侨；旁若无人演奏着小提琴曲的孤独的异乡客；抱着"吉他"面对松花江自弹自唱的流浪艺人；自由组合的小乐队；还有餐厅里传出的钢琴声，甚至糖果铺都放着唱片……

中国西部歌王王洛宾先生的音乐生涯就在哈尔滨起步，他的处女作《离情别意》就是在哈尔滨完成的。

现在，哈尔滨大剧院驰名中外，音乐厅、老会堂每周都有音乐会，哈尔滨音乐学院成了培养高端音乐人才的摇篮。街头音乐、阳台音乐、江边音乐、民间音乐……音乐的旋律在哈尔滨每个角落飘荡。所以，在商场、飞机场有交响乐的演奏太不足为奇了。

最令人自豪的是，到2023年举办了36届的哈尔滨之夏音乐会，已经成为中国三大音乐节之一。还有，2014年最具国际影响力的国际比赛之———"勋菲尔德国际弦乐比赛"落户哈尔滨，至今已经成功举办了3届。它的发起人爱丽丝·勋菲尔德说："哈尔滨这座美丽的城市，连空气中都弥漫着音乐的气息。"

2025年，哈尔滨不仅举办亚冬会，还要举办由国际联盟确定的世界国际音乐比赛联盟年会，这是第一次在中国举办，届时，将有100多个国际知名音乐团体的比赛和机构代表来哈尔滨。

这些都奠定了哈尔滨在中国音乐领域里的领军地位。

六 冰雪散记

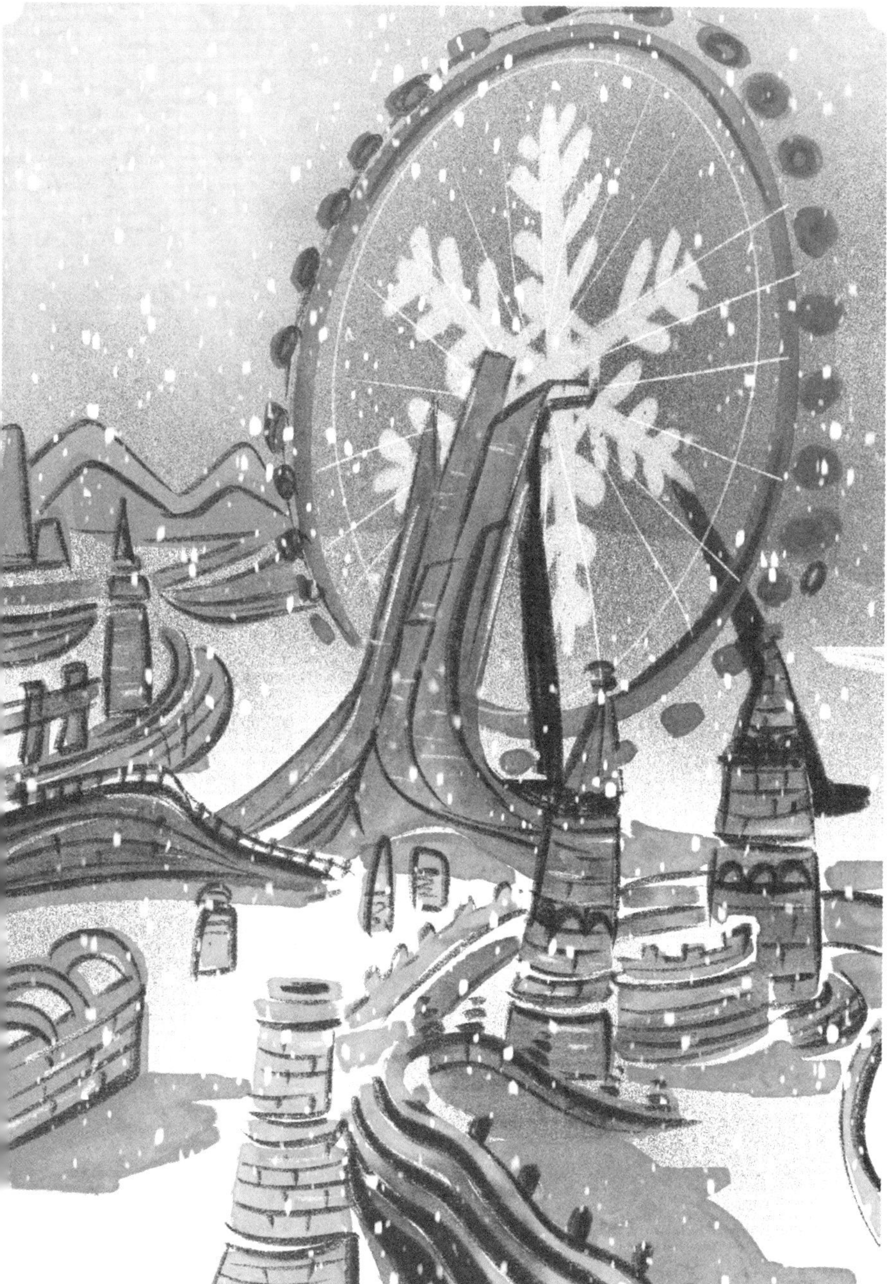

银色的城市

在我的少儿时代,被人们称为"雪城""冰城""尔滨"的哈尔滨,最低气温可达零下 30 多摄氏度(这还并不是黑龙江最冷的城市。不久前,我去了黑龙江边陲地区的一个叫"呼中"的小城,冬天那里的气温低至零下 53.2 摄氏度,是全国最冷的小城。勇敢者可以去体验一下)。

冬天到了,从天而降的鹅毛大雪给哈尔滨所有的一切,房屋、院落、树木、街道、车子,甚至行人,都披上了一层白色的外衣。无论是近景、中景还是远景,也无论仰视还是俯瞰,即便是与它零距离地接触,都觉得这是一座名不虚传的神奇的银色之城。在漫天而至的雪幕之下,虚幻、冷峻和奇妙之美被展示得淋漓尽致。但是,每年我都"被迫"去"四季如夏"的海南过冬,对于一个度过了自己的少年、青年和中老年时代寒冷地带的人来说,多希望在寒冷的冬季里冻一下、冷一下呀。于是,每到数九寒冬的时候,只要有机会,哪怕是耗费一天,坐飞机坐得疲惫不堪,也要飞回"冰城"哈尔滨一趟,享受几日天赐的寒冷,去看看松花江边的冬泳者,陪顽皮的小外孙儿去滑一次雪滑梯,去周边的滑雪场滑一次雪。经过了这般妙不可言的运动之后,人立刻飒爽康然,一下子变得有活力,甚至年轻了。觉得这一年终于没有虚度。

六　冰雪散记

冰戏

是啊，黑龙江才是我的根，是我人生的出发点。遥想当年，冬天一到，孩子们就开始做雪爬犁和脚滑子了。这是在冰天雪地生活的少年儿童的必修课。对于生活在寒地的孩子来说，如果在大雪飘飘的日子里没有一副脚滑子和一个雪爬犁，是很没有面子的。自然，在20世纪六七十年代孩子们还没有今天这样优渥的经济条件。雪爬犁和脚滑子只能由他们自己亲手制作。制作雪爬犁和脚滑子并不复杂，准备一块儿和脚同样大小的木板，分别在下面镶嵌粗粗的铁丝，就可以了。雪爬犁的制作方法也是如此。玩雪爬犁的时候，孩子们在雪地或天然的冰道上助跑几步，然后纵身一跃，坐在雪爬犁上向前飞速滑去（这很像当今的奥运冰上项目）。还有一种较复杂一点的雪爬犁，分成前后两节，在雪爬犁前节加装了一个自制十字舵，向下滑的时候，少年趴在上面，手把舵自由掌握雪爬犁的运行方向，优美的姿态可以收获许多羡慕的眼光。

说到脚滑子，它还是早年黑龙江每个男孩子冬天里必备的"代步工具"，用绳子花式绑在脚上，就可以滑着它去上学，或者帮父母买盐买酱油了。看吧，在上下班的高峰期，那些飒爽英姿蹬脚滑子的少年嗖嗖地像鱼儿一样穿梭于大人们之间，是这座城市冬天里最动人的风景。所以我说冬天的哈尔滨是一座运动之城。女孩子上学则是"打出溜滑"，在一条条通往学校的路上总有一条条断断续续被孩子们磨出的冰道，穿着花棉袄的女同学揣着双手，扭着身子跑几步，在冰道上滑一段儿，然后再跑几步，再滑一段，能够一直滑到学校的大门口。而今人们的生活好了，孩子们可以背着大人给买的冰鞋或滑雪板去"冰雪大世界"，去滑冰场，去游乐园，体验滑冰滑雪的乐趣。而且在哈尔滨，每个地方都有一些免费供孩子们玩耍的冰雪乐园。

这种事是很上瘾的。即便是在炎热的夏天，我也经常领着小外孙儿去室内滑冰场滑冰。当年他只有4岁，对这项运动还不是很了解（甚至也不是那么向往），他问我，"姥爷，为什么一定要去滑冰啊？"我说，"这有什么好奇怪的，因为你是黑龙江的小孩儿。"他说，"黑龙江的小孩儿就一定要学滑冰吗？"我告诉他，"作为一个黑龙江的小孩儿不会滑冰是很没有面子的。"小外孙儿说，"老师说，滑冰滑雪是为了锻炼身体，保卫祖国，建设祖国。"我说，"老师说得没错，但是，会滑冰滑雪才是一个真正的黑龙江男人。"小外孙儿问，"姥爷，那黑龙江的女孩子呢？"我笑着说，"姥爷不懂女孩子的事，可姥爷最佩服的是女子短道速滑世界冠军王濛和速滑世界冠军张虹。"

其实，在哈尔滨开埠之初，冰雪运动就像影子一样，随着这座城市一起生长了。无论是过去还是现在，也无论是大学、中学、小学，还是幼儿园都有滑冰场。学校冬天的体育课就是冰上运动课。冬天，在城里只要有广场的地方，都会浇滑冰场免费供市民们滑冰。记得早年离我家最近的滑冰场，到了周末的晚上去那里滑冰的年轻人络绎不绝。许多年轻人就是在滑冰场上结交了新朋友，有的人就是从这里出发成为专业运动员，走向全省、全国的冰雪运动赛场。还有些年轻人，因冰雪结缘，在冰场上收获了爱情。每个冬

六　冰雪散记

天，这座城市都会举办各种各样的冰上运动比赛：花样滑冰、冰球、冬泳，等等。民心所愿，群众所爱也。而且大部分比赛是大众的，参加比赛和观看比赛的市民非常之多。看冰雪运动比赛很辛苦，零下二三十摄氏度，在北风呼啸、雪花飘飘的露天看台上，始终饶有兴趣地观看比赛的，无论男人还是女人，都是了不起的纯粹的黑龙江人。

记得 70 年代初，我在农村偶然发现一个孩子，手里提着一双新棉鞋，光着脚在冰道上打出溜滑。这让我非常吃惊，询问后才知道，这是妈妈给他做的新鞋，他怕磨坏了新鞋，才光着脚打出溜滑的。这件"小事"给我留下了很深的印象，看官也由此可以了解黑龙江人对冰雪运动那份刻骨铭心的爱。这也是冰雪运动一直延续至今而不衰的原因。

像鹰一样飞

说起来还真是有一点小惭愧，我是到了中年之后才开始喜欢滑雪的。这大约是青少年时代没有滑雪板的原因吧，但是对于滑雪的爱好，却一直潜藏在内心深处。在苏联时代，我在新西伯利亚市的一家商场看到了滑雪板，立刻迈不动步了，太喜欢了，于是就买了一副（当时还不会滑雪呢）。过海关的时候，那位俄方海关官员看到我拿着滑雪板欣赏地微笑起来。这让我提前体验到了冰雪运动爱好者受人尊敬的那份甜美。

说起来，古时候黑龙江就有滑雪的记载了，当时自然不是体育运动，而是打猎所需。先人制作的滑雪板很短，雪板的下面绑着兽皮。"地气沍寒，早霜雪，每坚冰之后，以木广六寸，长七尺，施系其上，以践层冰，逐及奔兽。"这就是先人们关于代步工具的文字记载。穿上这种滑雪板就可以在森林里自由穿梭。某年，我到林区去采风，就看到两个鄂伦春汉子穿着这样的滑雪板在黑森林里套鹿，然后卖给动物园。在那种地形复杂的森林里滑雪追逐动物，没有高超娴熟的滑雪技术是不可能套住猎物的。

冬天，我只要是在黑龙江，就一定会联系周边区县的文友，麻烦他们安排我滑一次雪。从高山雪道上俯冲而下，那种像鹰一样飞翔的体验真是无与伦比的享受啊！随着年龄越来越大，当地的文友们面对我这样的请求难免有些担心（还有些困惑），阿成老师，都这么大岁数了，还这么喜欢滑雪呀！一旦出点意外可怎么弄啊？我

六　冰雪散记

告诉他们，放心，一切由我来负责，没问题。记得那次我从海岛回来晚了，某县的滑雪场上的雪差不多被强劲的春风吹成了一层冰壳。在这样冰雪交叠的滑雪场上滑雪是相当危险的，他们都劝我不要滑了，说，穿上滑雪服、滑雪板，拍个照片就行了。我说，记住，运动永远不要造假。运动的纯洁品质是神圣不可侵犯的。之后我还是坚持滑了两下，摔了三四个跟头，但内心特别满足，好像终于完成了一年中特别重要的一项任务似的。

雪市

多年来，每当这座城市初沐冬雪，我一定要出门踏雪。须知小小庶民，接受一次雪的洗礼和天泽的滋润，也算是对一节一岁，乃至往日种种辛劳的一次敬礼、一次神圣的祭拜。在漫天的雪幕之中，你还可以对未来做一次神圣的祝福与祈祷，进行一次人与自然的别样对话。难道不是一个天大的造化吗？

"雪飞当梦蝶，风度几惊人"。雪就那样款款地下着，伸向城市远处，让街树迷蒙了，让参差而栉比的房舍迷蒙了，让汽车与行人也迷蒙了，甚至让你这个专门出来踏雪的人，连同你踏雪时喃喃的细语与童稚般的梦呓也迷蒙了。在这画般的迷蒙、诗般的迷蒙、魂灵的迷蒙之中，你的心界倏忽间生面别开，派生出许多新的欲望和冲动，让你的灵魂也如飘雪般地舞蹈起来，而欲罢不能了。伸出手来，精巧的雪花一片儿，一片儿，落在你展开的手心上——是啊，这纤美如翼的雪花里，一直蕴藏着你的梦想呵……

堆个雪人儿吧。

先前，无论是庭院里的迷宫似的雪洞，还是雪屋，都是出自少年儿童之手。这样说吧，独立的个性和艺术追求，不仅是早年冰雪少年的优美秉性，也是这座城市冰雪旅游之历史的先驱，是开拓者，也是创造者。人间岁月堂堂去，忽如一夜仙人来。鲜冰玉凝，江天大改。但见冰雪大世界里的玉宇琼楼、雪域高原、老城故景、埃及神像、飞鸟走兽，更有白雪公主、寿星老人、当代英模、古代

六 冰雪散记

圣贤，全部玉身琼衣，纷至沓来，移至八万米的江渚之上。天语人愿，尽在雅趣之中。南宾北客，都是祝福之列。连同冰上陀螺、农家宅院、妙味小吃、胡人游戏、绅士舞蹈、俄国芭蕾、传统演艺、民间小曲、模特风情、白领休闲、雪地热饮、狗拉爬犁、凿冰野钓、珍禽异兽、龙蛇共舞，可谓是赏之不尽，品之不绝。纵然你有千眼也让你目不暇接，足不及至了。再隔岸相观，玉川如昼，笑语欢声，人来人往，俨然雪市蜃楼。其版图之辽阔，构筑之奇绝，苍天之下，四海之内，唯此为大。一时间，让你这个踏雪之人不知今夕是何夕了……

去雪乡

这些年,我一直惦记着去"雪乡"看一看。毕竟是黑龙江人嘛,作为一个黑龙江人没去过雪乡,如同法国人没到过凯旋门,日本人没到过富士山,法国人没到过巴黎圣母院一样。那是终生的遗憾,是真的跌份。然苍天不负有心人,恰好来了一个参加"论坛"的机会,阿弥陀佛,终于可以去雪乡了。

"雪乡"这个名字源自一帧摄影家的作品之名。因这个名字太名副其实,太有个性与特色了,于是在流传之中,久而久之,没有人再叫它"双峰林场"的原名,都称它"雪乡"了。

例行的"论坛"之后,我便踏上了去雪乡的路。途中经过一小镇。小镇虽不大,但颇具地方风情,飘着红穗穗儿"幌子"的小馆子,挂着如"小河鱼""脊骨酸菜""籴籴火锅"之类的招牌,看上去非常馋人,让人冲动。什么叫"籴籴火锅"呢?往深里一想,乐了,原来"籴"是"转"的意思,打冰籴儿,抽冰籴儿,不就是可以转的"籴儿火锅"吗?当然,外地人就不见得懂得其中的奥妙了。行色匆匆,收回妙想,继续前行。

中巴依山而转。车外的温度为零下30摄氏度,脚冻了——我的脚已经有30多年没冻了,这次又冻一回,感动得如同得了大奖一样,往事一下子涌进脑海,像在肚子里打翻了五味瓶。车上有两个上海人,冻得像两个在寒风中瑟瑟发抖的稻草人(现在你该明白,这里的人为什么热爱喝烧酒了吧?御寒呢。外地人来了,也同

六　冰雪散记

样要喝上两口暖暖身子的)。但这两个上海人却说,"这里绝对是旅游胜地!绝对!"都冻得淌鼻涕了,还大赞而不绝口,足见此地之魅力。

一路的白桦树、一路的冰河、一路的大烟炮儿,心里幸福地"骂"了一道儿,这可真美呀。我为黑龙江、为雪乡而感到自豪。

雪乡终于到了。天老爷,这儿怎么这么大的雪哟,大雪几乎把小镇上所有的民房都淹没了,雪最深处可以没腰——人走到哪里都像棕熊一样"泳"在雪海里。那么,这里为什么会有如此之大的雪呢?有文化的人告诉大家说,是日本海的暖湿气流与西伯利亚南下的冷空气在雪乡附近交汇,这种地形特殊的小山区容易形成丰沛的降雪,就形成了中国最大的雪乡。又说,雪乡虽然方圆不大,但弥足珍贵。

的确弥足珍贵。

雪乡的主街两旁是一些砖房、木板房和木刻楞房,旅游业在这里一火,妥了,一幢幢民宅也成了"小旅馆"了。那些一个个捂得像特种兵、突击兵的游客,躬身一打听,"小旅馆"价格很公道,管吃管住,木耳、蘑菇、大块肉、枸杞,随便"造"(吃),还免费提供零食:花生、瓜子、冻梨。上帝呀,咋这么便宜呀。黑龙江人是不是有点儿太实在了!好客已经到了宁可吃亏的程度了。

到了雪乡,所有的人都抢着拍照,特别是栅栏院前的那一盏盏红灯笼,层次错落地悬挂在白色雪乡家家户户的院子里,让人沉醉啊。

然后坐雪爬犁。车老板子赶着马,爬犁在雪路上狂奔(这是为什么呢?马儿你慢些走不好吗),坐在狂奔的马爬犁上不害怕是

135

不可能的。先前，抗日的队伍、日寇、老百姓都乘坐雪爬犁，都在狂奔。而今，人们则是为了刺激，为了体验，为了开怀。雪爬犁在狂奔、狂奔、狂奔。狂奔之中，脸上戴的口罩已经冻得像铁板一样硬。听说，这里还有雪地摩托呢，要想进山里冒险可以选择它。我很想乘雪地摩托进山，听说那里的雪更厚，而且没人。只是时间不允许。看来，时间在更多的时候是人类的"敌人"呢。

大雪，更是雪乡的真金白银，是宝贵的资源，是天降的"曼娜"（食粮），雪在这里不仅仅是一种奇特的景观，也是土地与山林的保护神。为啥说是土地与山林的保护神呢？吃一吃这里的土豆你就知道了，这里的土豆甜丝丝的，为什么甜丝丝的？因为这里冬季漫长，植物种植期只有短短的几个月，一年只种一次，不同于江南，一年四季都种植农作物，啥地也受不了啊。所以这里的土质好，土质好土豆就好呵，且是人间上品。雪，还是这里的天然"冰箱"，将肉、豆腐、野物埋在雪里，永远保鲜，永远"绿色"。你看这里的乡民，个个都是那样健康，那样剽悍。他们咧嘴一笑，整个世界都被感染了。

大雪纷纷下，城市的历史在不断地更新着，你永远不知道新一年的冰雪节又蕴藏着怎样的神秘。

六　冰雪散记

冰城俗话

　　哈尔滨火出圈了。天南海北，长城内外的游客，老老少少，靓男靓女，包括黑龙江境内的鄂伦春、达斡尔、赫哲的朋友，都像打了鸡血似的往哈尔滨奔，一心把火的（一个心思）要来"冰城"哈尔滨过节。一位南方朋友"羡慕嫉妒恨"地说，你们哈尔滨真是太有福了，全国的其他地方过节也就顶多两三天，可"尔滨"的冰雪节一下子要过两个多月，60多天，这中间还套着小寒、大寒、元旦、春节、正月十五闹花灯的元宵节、二月二龙抬头的神龙节，有一首歌叫《大约在冬季》，无论你什么时候来，哪一天来，保您能赶上尔滨的冰雪节。太牛了。哈尔滨那么冷，零下二三十摄氏度，愣是没把外地游客吓住，就像莎士比亚说的，"不惧冬风凛冽"，越去越多。凛冽的西北风和漫天飞舞的大雪变成了尔滨的亲切呼唤。这分明是中国式的狂欢节呀。

137

冰灯雪雕的故事

其实,来哈尔滨参加"冰雪节"的"且"(客人)都能做冰灯。追源溯本之法,是用一个铁桶,灌上水,放在外头冻,别冻实,把外边一层冻成冰后,把里面的水倒出来,然后在空的冰壳子里坐上蜡,点着它。这就是最原始的冰灯。先前,车老板子赶夜路,就把冰灯放在马车上照亮。商家把冰灯放在自己家的门口,用红字儿在冰灯上写上"饭馆""大车店""客栈""药铺",招徕客人。那年月哪有电哪,冰灯就是指路明灯。对归乡的游子来说,那一盏盏的冰灯哟,就是家啊,就是日夜思念的父母和老婆孩子啊。老远看见那晶莹剔透的冰灯啊,两行热泪就下来了。之后,逢年过节,家家户户,肯定做一个冰灯放在自己家的小院子里,灯面写上福字,多喜庆多吉祥啊。红光四射的冰灯就是"年神"啊,它不仅召唤自己的亲人,也呼唤着五湖四海的游人。

我念小学的时候,哈尔滨的兆麟公园就开始举办"冰灯游园会"了。我家离兆麟公园不到500米,跳围栏进去,仿佛进入了童话般的琉璃世界。那时候的冰灯简单且神奇。参差错落的冰灯,有的里头是空的,装着水,有小鱼儿在里面游,外面绕着小彩灯,一闪一闪,把孩子的魂儿都勾走了。

说到最早的雪雕,那是陌路行人的"安全屋"。大烟炮儿(风吹雪)来了,零下50多摄氏度能冻死人的。行脚人赶紧在雪地里掏一个雪窝子钻进去,即可躲避大烟炮儿的袭击,还可"打小宿"

六 冰雪散记

（野外露营）。当年东北抗联战士遇到大烟炮儿就采取这种办法，或者用雪把自己埋起来。先前，寻常百姓家大多是平房，大雪纷飞的腊月里，院子里都有一座大人孩子齐心协力堆的雪人儿，雪人儿的鼻子处插一个胡萝卜。雪人哟，可是时间隧道啊，一看见它，仿佛又回到了童年，常使故人泪满襟哪。冰灯雪雕就是哈尔滨人的家人，如影相随，终生不离不弃。

"哈尔滨冰雪节"一届一届地办下来，越办越美，越办越妙，越办越奇，越办越大，闻名全国，享誉全世界。这是无数个"滨滨"和"妮妮"，将天上的琼楼玉宇腾挪到了人间，搬到了哈尔滨。当代的哈尔滨已然是众多冰灯雪雕和冰上运动赛事的国际大舞台之一。在这座银装素裹的城市里，冰灯雪雕无处不在，广场、街道、社区、政府机关、学校、商店、饭店、大宾馆、大酒家和工厂企业的门口都有造型奇特的冰灯雪雕，座座争奇斗艳，尊尊夺冠抢魁。让天南地北客，眼睛都不够使喽。这就是哈尔滨人的冰雪奇缘，创造出的人间神话。

"冰雪大世界"，是哈尔滨冰灯雪雕的集大成者。园子里冰雕雪塑的万种之美，千样之奇，无穷之妙，让冻得直淌清鼻涕的南方游客挪不动步啦，谁能抵挡住这样的诱惑呢？设若你手机的朋友圈里没有冰灯雪雕的画面，跌份儿呀。必须在现场，在《我爱你塞北的雪》的歌声伴随下，玩泼雪，在雪地上打滚，打出溜滑，坐雪爬犁，在冰灯雪雕前摆姿势，这才叫牛呢。

迷人的冰雪运动

虽然我岁数大，但我酷爱滑雪。一年不滑场雪浑身不自在，觉得这个冬天过白瞎了。有一位外国诗人曾经这样写道："我与大自然融为一体，被冰雪的魔力带到高处。"或许您会说，你肯定会滑雪，其实我滑雪的水平一般，而且滑雪也不在高处，高处是年轻人的乐园。我则选择平缓的雪道滑，从雪道上悠然地滑过，像小燕儿似的掠过雪面。

到哈尔滨来，你若是没滑上一场雪就太遗憾了。不会滑没关系，可以像我一样找个平缓的地方滑，哈尔滨下辖的区县都有这样的滑雪场。回忆先前，小孩子大都是蹬脚滑子。买不起冰刀可难不住小孩子们，他们自己动手做。找一块跟自己脚同样大小的木板，下面镶上两根铁丝，然后用绳子绑在脚上，就是冰刀了，滑起来嗖嗖的，犹如在冰雪上飞翔。那个年代，家家都有一个雪爬犁，或雪橇。就像当今人人都有手机一样，是生活之必需，之必备，买粮，买菜，买蜂窝煤，拉弟弟妹妹上幼儿园，雪爬犁、雪橇的作用太大了。我曾经在一篇文章里写道，一下雪，哈尔滨就变成了一座银色的城市，银色的树，银色的房子，银色的街道，到处都是银色的雪，太神奇了。更神奇的是，在这座银色的城市里，小孩子们大多蹬着脚滑子（或者打出溜滑）上学，下学。这分明就是一座运动之城啊，那行人在雪地上飞的画面太神奇了，太美了。外来的游客也可以玩，一边蹬脚滑子，一边打出溜滑，一边欣赏这座城市的

六　冰雪散记

美景。

　　您知道为啥哈尔滨出那么多的滑冰、滑雪和雪橇全国和世界冠军？为啥不少国际冰上赛事在哈尔滨举行？朋友们，这冰雪呀，是天降的曼娜（美食），是上天赐福给黑龙江，更是哈尔滨人争气的结果。习总书记说，"黑龙江的冰天雪地也是金山银山"。的确如此。

道不尽的中央大街

吃饱了,喝足了,去中央大街逛逛吧。这条街上不仅有妙不可言的马迭尔冰棍、冰糕,还有秋林大列巴、塞克(船形面包),红肠、大茶肠(里头放了胡椒粒那种)。我亦建议,您无论如何要买点带回去,不一样的"东方小巴黎""远东莫斯科"产的面包、红肠,非常地道。

走在中央大街的方石路上,可以欣赏街道两旁被称为"世界建筑博物馆"的形形色色的洋建筑、洋雕塑(包括冰雕雪塑)和各种文艺表演。"阳台音乐会"是这座城市的独创,是这条街上的一个个空中小舞台。蜂拥而至的中外艺术家在这个小阳台上表演世界名歌名曲,朗诵优美的诗歌、散文。您可以买一个大冰糖葫芦,或者烤羊肉串儿,边吃、边看、边尖叫、边鼓掌,这样热烈的艺术氛围,人间天上难寻。

您喜欢喝咖啡吗?中央大街上有好几家咖啡馆,都不错,且小资味十足,文化味甚浓,有的咖啡馆里还摆着老板自己和他朋友们写的书,让咖啡客了解这座城市的前世今生和这座城市广交朋友的优美传统。

的确,中央大街上的每一幢洋建筑都是有故事的,三天三夜也讲不完的。您若和当地人聊聊天,他们会像掏小银币似的,给你讲这条街上好多有趣的故事,且一定会讲到,当年革命先驱者之一的瞿秋白,就是在咱这儿第一次看到了外文版的《国际歌》,并把它

六 冰雪散记

翻译成中文,从此这支歌在中华大地唱响,激励着不屈的中国人为民族解放,为国家独立英勇奋斗。

有时候,我也会到中央大街的尽头,看一看哈尔滨的母亲江——松花江。我对这道江有极深厚的感情。年轻时我也曾写过"三花银鳞细,生拌野味香"(三花:鳌花、鳊花、鲫花)那样的诗句。到了入冬时节,或者开春以后,松花江跑冰排的时候,外地的朋友,您就是再忙也一定要过来看看,那冰排呀,层层叠叠,簇簇拥拥,从上游往下游流去的场面太壮观了。假若您是一个逐冰排而行的旅游达人,可以驱车追随着冰排一块儿去同江和黑龙江汇合。在同江,在赫哲族乡美美地吃上一顿生鱼肉馅饺子。有道是"胡天八月即飞雪"。"应是天仙狂醉,乱把白云揉碎。"当我开车看到农家院结满了白霜的篱笆,也曾咏出赞美的诗句,"篱笆架上银龙闹,残叶竟放白牡丹"。这是由衷而发的冰雪之情啊!

正如俄国大诗人普希金在《冬天的道路》中写的那样,"冰天雪地,扑面而来的寒冷没能阻挡那些人继续向前"。是啊,每年我都必须回哈尔滨一趟,踩着冰雪,迎着西北风,一定要冻一下,那可是一次净化灵魂的旅程。

的确,说到哈尔滨的冬天的确有许多话要说,便是 10 万字也说不尽啊。纸短情长,就此打住。

雪域之居拾遗

俄国人唱的那首"五月美妙五月好,五月叫我心欢畅"的歌曲,黑龙江人特能理解。的确,古人说塞北这个地方,是"孤悬绝塞,马死人僵"的苦寒之地。至少在先前,这话夸张的成分是很小的。黑龙江的寒冷期差不多占了全年的一半儿。例如哈尔滨的"春"几乎同俄国的西伯利亚一样,都在五月份。到了五月,鹅黄的迎春花和紫色的小桃红才会绽放。所以,"五月美妙五月好,五月叫我心欢畅"。对南方人来说无论如何是难以理解的,南方是"早春二月""阳春三月",那里的蜡梅啊,桃花呀都尽数开放了。

我的故乡哈尔滨,在严冬季节俨然一座大雪雕成的城市。这里的人们,一年里要与雪做伴180多天,听起来这很像是一个神话。为了防寒,城市的住宅几乎全部是双层玻璃窗,这种窗户可以抵御零下40摄氏度的严寒。我还听说有的人家玻璃窗是三层的,这样窗玻璃连霜都不上了。站在透明的窗前可以一览无余地欣赏街上纷纷扬扬的大雪。我还记得,一个曾侨居在这座城市里的日本文化人,浪漫地称漫天飞舞的雪花是一封封"天至之书信"(还称来自松花江的自来水是"管道啤酒")。啊,雪之纯净,江之纯净。那是一座怎样圣洁的城市哟。

为了御寒,城里民宅的墙都很厚,据说最厚的达1米,这听起来真让人吃惊。须知,我客居在海南岛上的那个小房子,墙只有一砖半厚。这样的房子如果建在我的家乡哈尔滨那可是要冻死人

六　冰雪散记

的。听说早年那些流亡者造房子，还在厚厚的砖墙中间加上成排的红松原木，然后，再在两面砌砖。除此之外，城里也有那种"板加泥"的房子。墙壁的两面都是厚厚的木板，木板中间夯上木屑。这种墙非常保暖，可以抵御零下40摄氏度的严寒。还有一些用大石头砌起来的房子，这样的房子虽然看上去很笨拙，但是它冬暖夏凉（在山洞里暂居过的人就会知道，在严寒的季节里，山洞里是暖的），这样的石头房子即便是在零上40摄氏度炎热的天气，屋子里面依然凉爽怡人。但是我在海岛上极少见到这种用石头砌的房子。

　　早年，哈尔滨普通人家冬日取暖，用的是火墙子，这便是立起来的暖气了。如果腰背着了凉，背靠着火墙子坐一坐，效果是很好的。如若您住的是那种苏联式房，就不用再建火墙子了，这样的房子里都有一个"别契克"，就是烧木柴的大壁炉。我看到很多年轻人特别喜欢这种大壁炉，觉得它很气派，很绅士，很有文化。其实，那不过是俄国寻常人家必备的设施。早年，哈尔滨老百姓家多为平房，且家家都有一个栅栏院，里面种着西红柿、豆角、茄子、果树和灿烂的波斯菊。冬天则是白雪的家园，堆雪人、打雪仗，是我那一代人儿时的冬季游戏。其实院子里的雪还有一个功能，就是用它埋藏为过年准备的鸡鸭鱼肉和水果，雪藏的这些食物特别新鲜。

　　而今，哈尔滨已经是一个现代化的城市，像全国其他城市一样几乎是发生了脱胎换骨的大变化。就拿御寒为例，家家户户都有暖气、地热，或者电热。集中供热保持室内零上23摄氏度以上的温度是没有问题的。尽管外地人都说哈尔滨太冷了，但是，哈尔滨的室内温度远比南方民宅要暖和得多，舒服得多，滋润得多。那种烧煤、烧柈子，搞得满城烟雾沉沉的样子，只有在老人们的梦里才间或地闪回一下。

六　冰雪散记

冰封的江面上

去江北学习，正是十一月末十二月初，按照节气，这个时令的松花江应该封江了，但仍然通着船。松花江早已开始跑冰排了，这大抵是松花江跑冰排时间最长的一年了。大的冰排有20平方米左右，厚度也有半尺，大大小小，布满了江面。轮渡船要撞开这些冰块航行，显然是困难的。我站在船舷那儿，看着渡船撞开一块块漂浮在江面上的巨冰，心里的那种危险感兀自强烈起来。这些日子，白天的温度始终在零上和零下之间徘徊。船长说，经理不让他们停航，说直开到不能开船为止。我笑着说，这对我们这些每天需要过江的人可就方便多了，不然的话，坐公交车绕很大的圈子才能到江北去。

船长无奈地笑了。

几只乌鸦站在一块冰排上，随冰而行。情景很壮观。

早年，松花江将封未封，可旅游的人早已绝迹了。而今已绝不是这种样子，松花江一进入皑皑白雪的冬天，冰雪就像是集结号一样，天南海北的人都奔赴这里，与雪共舞，与冰同乐。而哈尔滨冰雪节也不单是哈尔滨一座城市的节日，而是全国乃至世界游客的共同节日了。

学习班中午休息的时候，我就跑到江堤上去看光景。江堤上的杨树、白桦树、榆树和江心岛灌木丛的叶子早已落光了，偶尔有乌鸦和喜鹊在桦树和岛上的灌木丛之间飞来飞去，并嘎嘎地叫着。有一种冬天特有的清旷通透的感觉。乌鸦倒是常见。这使我想起了早已绝迹了的白乌鸦。很早以前，白乌鸦曾是当地土著们敬奉的神呢。

那年尽管是个暖冬，但北风还是挺硬的，湿泠泠的，可以煞骨。入冬以来，零零星星，是下过几场雪的。眼前的那个江汊子已经被冰封上了（估计冰的厚度也不会超过半尺）。我看到有人在寒雾氤氲的江汊子上凿冰网鱼，出于好奇，决定过去看看。

我小心翼翼地踩着微微发颤的冰面，到了那几个网鱼人的跟前，才发现他们凿的冰窟窿并不大（有脸盆大小）。凿冰网鱼的，是祖孙三代，爷爷、儿子和孙子。他们都戴着狗皮帽子，身上穿着皮袄或羽绒服，都有很高的颧骨和小而亮的眼睛（果然是一家人哪）。儿子用一个特制的冰钎把冰凿开（网已经在里边了），爷爷蹲在那儿，用一个笊篱舀着浮在上面的碎冰，然后拉绳子，开始起网。透过半透明的冰层，可以看见网逐渐地往这边移。我发现，虽然儿子的手冻得通红，但他依然很有耐心地起着。我觉得他很抗冻。

起上来的网网孔很大，估计是要网大一点儿的鱼。网着了好几条鳊花和鲫瓜子，估计都有一斤半左右重。

儿子说，前些日子，有人网了一条五十多公斤的大鳇鱼呢。早年，鳇鱼还是给皇帝的贡品呢。

爷爷说，那是在机船上撒网打的，后来给放生了，说是这么大的鱼活下来不容易。

孙子则骑着一辆小型自行车在冰面上玩，一圈儿一圈儿地围着冰窟窿转。儿子一边起网一边抬头看他，担心地说，多加小心，别

六　冰雪散记

滑倒了，小兔崽子。

我说，我在海参崴的阿穆尔湾看俄国人凿冰钓鱼，就凿很小一个窟窿眼儿，人坐在马扎子上，不用网，用一个短杆钓。钓的好像是沙丁鱼。

爷爷歪过头看了我一眼，没吱声。

我请教那位老人，那网究竟是怎么从这个冰窟窿拉到那个冰窟窿去的呢？老人在冰面上蹲了下来，顺手捡了一根枯树枝，一边比画一边给我讲。

他说，用一根竹竿，从打好的窟窿眼里送进去，从冰层上就可以看到竹竿顺到哪儿了，然后在竹竿的头那儿打一个冰眼儿，再把竹竿传过去。竹竿的后边拴一条绳，这么几倒几顺，就够三四十米长了，然后再把网拴在绳子上，从绳子的另一头把网从冰层底下拽过去就行了。

江堤上，有两个摄影记者，正用长焦拍摄在江面上凿冰起网的爷儿仨。

七 香喷喷的哈尔滨美食

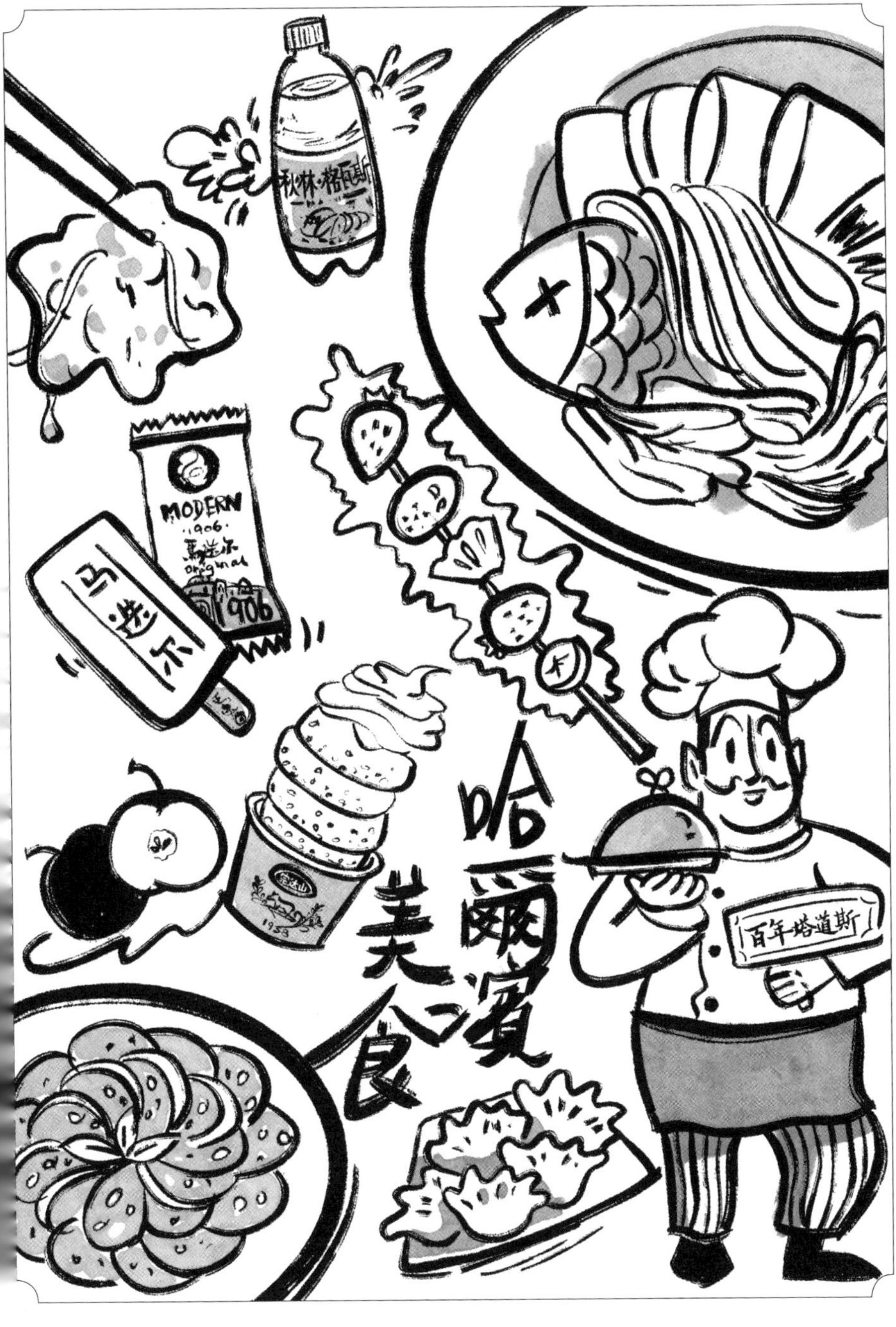
哈尔滨美食
秋林·格瓦斯
MODERN
·1906·
马迭尔
original
1906
马迭尔
百年塔道斯

中央大街洋餐馆逸事

中央大街也是美食一条街。在新中国成立前,哈尔滨的西餐非常红火,主要原因是这里的外国侨民多,中东铁路一建,就更多了。两次世界大战一打,便多上加多,多到满城都是蓝眼珠黄头发的外国人。这么多外国人,得吃、得穿、得喝,所以,这座城市里仅有那么三家两家西餐馆是不够的。

当时,在哈尔滨开西餐馆的,不仅有俄国人、希腊人、波兰人、德国人、英国人,还有中国人。中国人开西餐馆,这在哈尔滨普通得很。不仅有许多餐馆,还有许多跟欧洲文化相关联的茶食店、咖啡店、冷饮厅,等等。外国餐馆的进入,使得哈尔滨一下子出现了不少中国西餐名师,像做俄式大菜的名师赵希舜、李帮庆、林丕基、鹿其先、张裕荣、史文鞠、李兆梦等;做法式大菜的名师李鼎铭、吴云高、张春山等。当然,俄国西餐和厨师队伍的迅猛发展,和我们黑龙江物产丰富有直接的关系,如果他们到塔克拉玛干大沙漠去办西餐馆,那就是痴人说梦了。

哈尔滨有名的西餐馆很多,像大家熟悉的马迭尔。在1934年1月1日,马迭尔在《国际协报》上刊登广告:"午饭1汤1菜1杯咖啡,哈洋3角。晚餐3菜哈洋1.25元。宴会每人自3元起码,菜价(凉热随便)每菜哈洋5角。酒肴3种,哈洋3角。"当年,马迭尔名师很多,无论是花拼冷盘、热菜点心,都非常讲究,当然也不是一般人能够进去的。

七　香喷喷的哈尔滨美食

除此之外，还有铁路俱乐部西餐厅。民国初年出版的《哈尔滨商业指南》载有铁路俱乐部广告："本店备有欧式上等厨房，定做宴席外卖，与店内无异，每日自一点至四点半由妓伶吹拉，自晚九点半至三时为跳舞。本店菜蔬之价目，较市内非常低廉。"

还有凡达基。凡达基也是一家带舞厅的夜总会，号称"远东第一流"。原来的地址在田地街，1930年移至军官街，是高加索人阿莱盖鲁开办的。到了军官街，新建了一个大楼，规模宏大，还有一个能容500人的剧场。餐厅设桌18张，从夜间11点开始舞蹈表演，通宵达旦，爵士乐队伴奏，"舞姬十名，艳丽芭蕾"。

地处南岗区松花江街8号的格兰德旅馆西餐厅也不错。

马街16号的美国饭店，也是一个带舞厅的高级西餐馆。《国际协报》1935年12月5日广告："美国饭店每日开售午饭：一汤4角；一等菜（肉及鱼）5角；二等菜（一汤、一肉及咖啡）7角；三等菜（一汤、一肉菜、鲜果带咖啡）8角；四等菜（一汤、一鱼、一肉菜、鲜果带咖啡）1元。每夜聘有管弦乐队弹奏动人的音乐，并有婀娜美丽的舞会伴舞，全晚舞费只收5角。"

米娘阿久尔吃茶果子店，大家是耳熟能详的。都知道哈尔滨有个米娘阿久尔。1934年出版的《哈尔滨和奉天》载："吃茶果子店米娘阿久尔，按莫斯科式制果法制出的果子、煮的咖啡，独特的朝食、中餐、夕食，其他各种食料，价格最为低廉。"

白俄古鲁塞洛夫兄弟开的"扎朱熬威"西餐馆，专门经营高加索风味的西餐。名店"依力"西餐馆、"塔道斯"西餐馆、"基度亮"西餐馆，还有希腊人开的"爱勒密斯"西餐馆，以及太阳岛上的"米娘阿久尔"餐厅，在当年都非常有名。除此之外，还有伦敦饭店、欢迎饭店、迎春饭店、密斯饭店、埃达姆饭店，等等，它们经营的烤外脊、烤小牛肉、烤小鸡、烤沙半鸡、烤树鸡、烤小鸭、馅小猪、馅大鸡、馅狗肉、馅茄子、馅青椒、香油酱大虾、奶汁鲇鱼、柠檬汁哲罗鱼、炭烤鲤鱼、葡萄酒鲤鱼、罐焖鲑鱼、罐焖大蟹、酥炸小牛蹄、土豆泥牛舌、烤原汁山鸡、烤原汁乌鸡、串烧山鸡、罐焖野兔、罐焖狍子肉、罐焖鹅，以及奶渣包、煎饺子、奶渣饺子、牛奶大米粥、黑面包火腿、清煎胡萝卜、清煎西葫芦、酥炸西红柿、烤苹果，以及牛奶鸡蛋冰糕、咖啡冰糕、可可冰糕、柠檬冰糕、马林果冰糕，等等，加上黑咖啡、格瓦斯、酸牛奶。都说外国人在中国流亡，其实是到中国过美食节来了。你看，哈尔滨的这些外国人的生活多好。这些外国人回国以后，也不宣传宣传。我们中国人到了外国，不行了。做买卖也不行，开餐馆也不行，什么都受限制。

中央大街上的塔道斯西餐馆，是1920年开业的，这家馆子在哈埠很有名。它位于中央大街与商市街的街角处，主要经营高加索风味的鸡块、沙司、烤羊肉串、串烤鱼等。1947年后改为金角饭店，由当地的中国人接手经营。

中央大街与十二道街拐角处的米娘阿久尔餐厅，中央大街老秋林斜对面的扎朱熬威西餐馆前文已经介绍，在此不再赘述。

从这些情况当中，你会发现，在饮食上还没有一座城市像哈尔滨一样，并存着多元的文化。其实，哈尔滨在骨子里是一座很前卫的城市。

由于当年黑龙江的生态环境非常好，好到了连今天的人想都不敢想的程度。所以，当年西餐里的野味也非常火，像飞龙、熊掌、

七　香喷喷的哈尔滨美食

罕鼻、鹿肉、沙半鸡,并由此派生出来的纸包熊掌、西米旦飞龙、奶汁沙半鸡、罐焖鹿肉、酥炸罕鼻,都非常有名,几乎是顾客盈门。今天像雨后春笋,哈尔滨出现了多家西餐馆,遗憾的是还没有去过,听说不错,而且就餐得排队。有空去品尝一下。

流亡的侨民

八月的秋水,又在松花江宽宽的河道里日渐膨胀起来,浮浮流流,翻滚而东去,真壮观也,这几乎成了秋日里最美的景观了。我散步时,照例要看一看江水涨了多少,江中的舟楫又升"高"了多少。是啊,江水潺潺兮向东而逝,而魂魄们却在生命的航行中逆流而上。

十年前的松花江,两岸还十分荒芜,其云势如大海之涛,而江水却似脱缰野马,嘶鸣而东骋。尽管当年在靠近城市的一线尚有英式的江灯、俄式的铁扶栏与俄法风格的浪漫建筑小品,乃至几尊小天使的雕塑,但个中野气的宁静,仍能给寥寥无几的游人留下终生难忘的印象。

这是一个永恒的梦啊。

我曾经在一篇小文中说,哈尔滨是一座国际流亡者的城市。是两次世界大战之后出现的侨居热,使这座小小的渔村与游牧者的天然牧场,迅速地城市化、欧洲化了。这些流亡的洋人,在我童年不经意的记忆中,留下了花一样可爱的印象。

我第一次看到吃生鱼的体验,便是从一位流亡的俄籍垂钓者那里获得的。我也喜欢钓鱼,主要是缘于一种儿童式的贪婪,企望多钓些鱼,企望得到父亲的表扬。儿童的梦,常常是与贪婪和褒扬扭结在一起的。

当年松花江的鱼虾极丰富。钓者几乎一律用大鱼钩。目的就是

七　香喷喷的哈尔滨美食

钓大鱼。我旁边刚到的那个俄人，很快就钓上一尾一斤重的鲤鱼（这在当时是不足为奇的）。这个俄人从鱼钩上摘下那尾鲤鱼，取出鱼刀，将鱼按在江石上，刮掉两面的鱼鳞，然后，刃下一片来，仰头将这片白嫩嫩的鱼肉放到嘴里——嚼吃了。

我当时都看傻了。

俄人刮净了鱼身上的肉，便将残骸扔到江里，开始专心致志地钓鱼。不可思议。

我曾到乌苏里江去过，并在沿途的赫哲族乡和抚远乡野的小酒馆里吃过杀生鱼。做法同样是将活鱼的肉刃下来（再切成丝），但要佐以盐、辣椒末、醋、味精之类，还要加上一点黄瓜丝。这样拌着吃。单是俄人的那种任何作料都不用的生吃与活啖（除了小鱼虾之外），在我的记忆中还是第一次。

听说日本的打鱼人和因纽特人，也这样吃鱼。但总觉得他们火烤鱼的一景，更为令人信服。

…………

关于肥肉生吃的回忆，是来自另一个俄国的流亡者。那是一个面目狰狞，有一脸浓密大胡子的老人。

亲睹这一幕，是在哈尔滨中央大街上的一家俄式的小餐馆里。那个俄国老头要了一大杯烈性白酒和几片黑面包（燕麦的），然后，将自己带的一方新鲜的肥猪肉取出来，放在餐桌上，用一把极锋利的猎刀，将肥肉切成薄片。小餐馆里的手摇唱机里正播放着一支俄人的歌曲，听上去有一种遥远的忧伤感。有吧台的小餐馆不大，老板娘是一个胖得像啤酒桶似的俄国妇女。她的乳房像奶牛的乳房，大得惊人。描眉画眼，有一双蔚蓝色的大眼睛。她也是一位流亡者，但她身上却有着白种人的优越感。

我小的时候被寄托在哈尔滨的红十字幼儿园里，那里发统一的、带有红十字袖章的列宁式制服。在那里工作的，几乎清一色的俄国人。因此，我到这家小餐馆吃早点，从来都受到特殊的照顾。

洋人都很喜欢儿童。当时的中国人却不，他们多数都讨厌孩子。是众多的孩子拖累他们，使他们过着贫困的生活。

还说那个生吃肥肉的俄国人。那个满脸胡子的俄国餐客切好肥肉片之后，将餐桌上盐瓶里的盐面儿撒在盘子上，用手将肥肉的两面蘸上盐，过一会儿，再抖掉肥肉上的盐末儿，之后，放到嘴里嚼吃（并补上一大口白酒）。我在另一张桌子上呆呆地看着他的时候，他还冲我眨了眨眼。这时，那个肥胖的老板娘立刻走过来，抓住我的肩膀，让我换了一个位置，背对着那个俄国人。可我仍然忍不住好奇地偷偷地回头看。

这之后的许多年，我倒是吃过生牛肉。那是将精牛肉切成片，然后用料酒、糖、盐、醋、味精、胡椒粉等，佐料煨上。煨好以后夹着吃，一点也没有生牛味的感觉，而且非常鲜美好吃。当然，这也是在一家西餐馆里收获的体验。

生吃，在流亡者当中倒是司空见惯了的。大约是风俗所系的缘故吧。譬如洋人烧的牛排和猪排之类，从来是烧得半生不熟的（甚至还带有血筋）。我在俄国就吃过这种半生不熟的菜，要佐以洋葱，蒸熟的苹果块、梨块（该生吃的却蒸上了）吃。另外一个原因，可能是流亡者的窘境所致，如此吃法，是在吃一种回忆，吃一种苦难，吃一种怀念与悼念。

我还知道洋人喜欢吃牛油和奶油。小时候，我曾看到流亡在这

七　香喷喷的哈尔滨美食

座城市里的穷洋人因吃不起牛油,用猪大油代替的情景。这种吃法我也试过,尤其是将猪大油拌在高粱米饭,或者大米饭里,吃着非常香。我小的时候由于肚子里长期寡淡,也背着母亲用手指头偷偷地在她用来烧菜的大油碗里抿一点儿,放在嘴里解馋,真香啊……

松花江水一涨一落,某些儿童时的记忆就会被翻腾出来。

当年的那些外国流亡者魂系何处呢?是啊,只要您来过这座城市,您就是这座城市经常牵挂的人。

来一大杯啤酒

走进哈尔滨这座城市,到处都可以看到喝啤酒的风景,故而,哈尔滨被称为"啤酒之城"。

外地人到这座城市观光也好,公干也好,有两个区是不能不去的。一个是拥有着中央大街的道里区,另一个则是拥有果戈里大街的南岗区,此外还有隔江相望的松北新区。这三个区恰恰是喝啤酒的好地方。

如追源溯本,据说最初,欧洲的教堂和修道院是制造啤酒的主要场所。复活节前斋期,修士们不能吃肉,则以啤酒为流食也。啤酒也的确是"液体面包"。

啤酒厂的诞生,使得哈尔滨城里出现了许多啤酒馆。啤酒馆的招牌很有特点,也很别致,是法国式的。在啤酒馆的门外,用铁架子、铁链子横吊上一只生啤酒的木桶。你远远一看就知道这是一家啤酒馆。自此,当地人也渐渐地开始喜欢喝啤酒了。德国人伯特·嘎梅施拉克对喝啤酒的人曾有过这样的描述:露天啤酒园的第一批来访者就像第一批下池塘的鸭子,慢慢地,他们有了跟随者。闲坐的圈子越来越大。酒开始成为闲聊的陪伴。人们来到栗子树下的碎石上,坐在椅子边。"这里有人吗?"来人问坐着的人。没有等级,没有阶级,没有强者或富人的特权。如果德国巴州州长霍斯特·泽霍费尔来了,或是宝马集团的董事长诺伯特·雷瑟夫,抑或西门子总裁皮特·罗旭德,每个人都得问"打扰一下,请问这儿有

七　香喷喷的哈尔滨美食

空座吗?"如果答案是否定的,就不得不离开。若坐定便可以开始轻松地交谈。你也可以一个人拿着一杯啤酒沉默地自饮。不管是谈天说地,还是沉默,一旦坐在这里,似乎就拥有了自由的空间,能够挥去一切烦恼、遮掩,灵魂在端坐和畅饮中得到净化……

在20世纪60年代,中央大街不像现在有这么多人,还比较清静,就在那座有名的巴洛克建筑下——哈尔滨教育书店旁边有一家啤酒馆。这家啤酒馆不大,有趣的是,它像欧洲一样,所有喝啤酒的人都在啤酒馆外面的人行道那儿喝(行人寥寥嘛),人行道上摆着原木色的桌子和凳子。这种景象而今在欧洲的城市里还可以看到,在哈尔滨已经看不到了。只有马迭尔宾馆外有一个露天的大棚,棚下有顾客数十人喝啤酒,兼有烧烤之类。但在20世纪初,去马迭尔或者国际旅行社那样的餐厅喝啤酒是很气派的。那里的客人通常喝瓶装的啤酒,并专门有一个开啤酒用的"池子",池子的上方是一大块镜子,男服务员将啤酒瓶斜对着那面大镜子,用起子猛一开盖,啤酒沫一下子喷到镜面上,然后,顺着镜面往下流,瀑布一样,一直流到池子里——要的就是这个劲儿,显示着一种气派。之后,再给餐客斟上。

早些年,在中央大街上不是只有这一家露天啤酒馆,据老一代资深啤酒客回忆说,至少有四五家呢,在中央大街两侧的十道街、八道街、五道街和头道街,都有露天啤酒桌。在松花江两岸也有几处专门喝啤酒的地方,其中比较有名气的、绅士的、环境优雅的像江畔餐厅和太阳岛上那座被烧掉的江上餐厅,都是知识分子和小资们喜欢光顾的地方。

早年,送啤酒有专门的马车,由洋车夫赶着,车上装满了木头啤酒桶，在城市中辚辚而行，吸引着一些行人尊敬的目光——生活，就是在这种柔和的目光中变得温馨而又梦幻起来的。马车到哪家啤酒馆一般都有固定的时间。那些喝啤酒的客人也早早候在那里，等着喝一天中最新鲜、最煞口的生啤酒（因为生啤酒隔了夜就变酸了）。这些人当中有工人、知识分子和性格开朗的胖女人。后来，运送生啤酒的马车改成了罐装的啤酒车，这种车多是用大卡车改装的，看上去像城市中的洒水车，或运液化石油气的车。啤酒车开到某餐馆，此时餐馆也安装上了装啤酒的储酒罐，从啤酒车上拽下粗粗的胶皮管子，安装在餐馆的啤酒罐上，就可以输送啤酒了。

早年最地道的啤酒桶是橡木的，而后改为铝制的。工人们把啤酒桶从卡车的跳板上滚下来，推进啤酒馆里。啤酒馆有专门的设备，把它插到啤酒桶里，像小巧精致的机井那样，往外压啤酒。盛啤酒的杯子也是最传统，最欧洲的那种大玻璃啤酒杯。空杯子就很沉，粗粗大大，杯壁上布满了凸凸凹凹的圆形花纹，冒着白沫子的啤酒杯端起来就有一种欧洲感、绅士感和豪爽感。尤在盛夏槭树荫下喝这种啤酒，特别爽口、开怀。早年喝啤酒的冷盘都很简单——这似乎成了不成文的规矩，像卤花生米、五香干豆腐丝，高级一点的如红肠、茶肠，更高级一点的如干肠、熏骨架，等等，很符合哈尔滨人的口味。星期天最棒了，三五个朋友聚在一起，青年人、中年人，也有风度翩翩的老者，在这儿喝上几杯，非常开心，美妙不可言。那个时候，哈尔滨市民们聚在一起喝啤酒完全没有功利目的，绝对不会利用啤酒搞什么社交、公关，或者是有求于人的事情，因此大家喝得都很开心，心里没有任何杂念，舒服得很。正如德国人说的那样："啤酒带来的是灵魂的安宁。"

七　香喷喷的哈尔滨美食

在哈尔滨的一些大酒家还设有"啤酒屋"。啤酒屋里备有世界各种啤酒的配方，顾客可以自己择好配方——到酿好的时候，邀请自己的亲朋好友到这里来品尝。只是啤酒的价格比较高。但不管怎么说，哈尔滨的啤酒年销量一直居全国首位，在世界上也名列前茅。

哈尔滨人喝啤酒与欧洲的德国人、意大利人、法国人、捷克人、俄国人相比，也毫不逊色，可以称之为"豪饮"的。两个小伙子，在三伏天，在一家小酒馆里，喝一箱二十四瓶的啤酒，是一桩极平常的事。

哈尔滨人喝啤酒一般都要先抿上一小口，惬意地、叹息似的"啊"一声，然后，再用手背揩净嘴唇上的啤酒沫子。放笨重的啤酒杯时，没有轻拿轻放的，那样没有气派，都是"咣"一声，放在餐桌上，然后，眼睛自信地望着一泻千里的松花江，看着江面上的帆船、汽船和运送货物的大驳船，喝啤酒的客人会觉得自己很绅士。如果喝啤酒的朋友对路，彼此又就人生啊、爱情啊、金钱地位啊，甚至国内外形势、城市中流传的花边新闻谈得投机，就可以豪饮了，你一大杯、我一大杯地干，女服务员兴致勃勃地往上端啤酒。一个基本功过硬的服务员，一只手可以端五大杯，两手就是十大杯——练的就是这种基本功。而且，这种技能，当时哈尔滨的服务行业还经常举行比赛。当然，现在是没有了。但我从电视上看到，在欧洲的一些国家还有。

记得有一次，我去哈尔滨所属的一面坡镇给自己的脑子"充电"。自由人就是自由人，自费，自由，自在，自己的事情自己做主，自己想写什么就写什么。那正是个大冬天，又在正月里，正月里乡镇的饭馆一般是不开门的，招待我的朋友是坐地户，有人脉，饭馆特意给我们炒了两个菜。朋友竟吩咐老板把冰凉的啤酒放在热水锅里热一热，这让我吃惊不小。那是我有生以来第一次喝加热的啤酒。同时，看官也足见哈尔滨人对啤酒的狂热了。

喝啤酒的人不像喝红酒的人，喝红酒的人有许多幻想。虽说喝啤酒的人也有幻想，但对现实的踏实追求还是占更大的份额。所以，无论在什么年代多结交喝啤酒的人没错。

逢年过节也罢，亲戚朋友聚会也好，哈尔滨的普通人家可以没有茅台，没有五粮液，没有法国的上等红酒，但是，绝不能没有啤酒。即便是处在低保水平的人家，也必须准备啤酒。这就是草根们的寻常生活。

在哈尔滨这座城市，常常把青春和啤酒混为一谈了，把生活的乐趣和啤酒放在一块儿进行品咂。我想，哈尔滨人喝啤酒是作为一种美的享受，一种精神生活，一种自我形象的塑造，或豪饮，或浅呷的。在这样的感觉里，再俯瞰周围发生的一切，您就会有完全不同的感受。

七　香喷喷的哈尔滨美食

大列巴

　　秋天到了，城市里的街树色彩斑斓。秋天是一座城市最好看的季节，尤其在北方城市。断不可以在家里枯坐。我喜欢漫步中央大街，先前，街两边都是糖槭树，秋天的时候，树的叶子被染成了金黄色或者朱红色，加上老绿色的叶子，像油画一般好看。当年，这座城市像花园一样，外国人也很多。

　　先前，我所说的先前是指20世纪五六十年代，那个别致的时期，侨居在哈尔滨的外国人，特别是俄国人当中的犹太人还特别多。"民以食为天"这句话适用于全人类。不过，这些侨居者对面包、红肠、啤酒、牛奶的需求量很高。这些品种是他们平平常常的食粮。这自然促使了哈尔滨大面包、红肠、啤酒制作工艺的提高或者说保持相当的水准。

　　在七八十年前，有占总人口将近一半的外国人在这座新开发的城市侨居。这样一来，不仅仅洋房多，卖大列巴、红肠、啤酒和牛奶的商店、饭馆也很多。像秋林商场、莫斯科商场，大面包、牛奶和红肠随处可见，到了20世纪四五十年代，城市里已经有专门运送这些食品的高头大马车了。在这样的饮食环境当中，在洋人的影响与恩惠下，渐渐地，许多中国人，包括我和我的父辈也开始品尝这些食品了，学洋人的样子，也不知缘由地在大列巴上抹上奶油、果酱，奢侈一点的抹上大马哈鱼子，边吃边喝着啤酒，或者牛奶，或者格瓦斯。渐渐地，爱上它们了，有感情了。恋人似的，分开久

165

了，想念它们。

在那个迷人的时代，做这些食品的师傅大都是俄国人或者法国人。当然，他们的徒弟就不一定全是俄国人和法国人了，其中有相当一部分是当地的中国人，都是少年，青年都少，不知道为什么。当这些外国人陆陆续续离开这座城市回国之后，他们的徒弟仍然继承着他们的手艺，满足那些喜欢大列巴、红肠、啤酒的中国人的需求，也满足那些在哈尔滨援建的苏联专家和外国游客的需要。这样一来，这些洋食品的品质、特色和水平就一直健康地被传承、被保持着。

年轻的时候喜欢下西餐馆儿，喜欢吃的是罐焖羊肉、铁扒鸡、白菜卷儿、苏波汤、酸黄瓜，喜欢喝的是生啤酒、朗姆酒。记得在南岗副食品商店看到了龙井茶，20块钱一斤，是最好的，买了一两。那时候我的月工资45块钱。我至今还记得，在秋林公司对面的窗台上摆着工夫茶，6块钱一斤。当年秋林公司卖苏合力、色克、大面包、小列巴、枕头列巴、果酱、黑豆蜜果酱、黑豆蜜酒、奶昔，等等。当年的秋林商店的女服务员全是俄式打扮，戴着白头巾，穿着绣花的围裙。

后来，这座城市和全国的其他城市一样也经历了那场古怪的运动，但哈尔滨却依然保留着零星的几家西餐厅，像红肠加工厂、啤酒厂，这样一些洋食品的加工业、餐饮业。毕竟在这座城市里还滞留着一小部分无国籍者和侨民。因此，要满足他们这方面的日常需求。外交无小事嘛。

截至20世纪90年代以前，这座城市几乎所有的原住民都在西餐馆吃过西餐。这几乎成了该城市的一个不成文的传统，他们会不

七　香喷喷的哈尔滨美食

定期地光顾这些地方。老哈尔滨人对这些洋食品仍然是有感情的，商家也正是看准了这一点，还仍旧保持着秋林、马迭尔的老式面包的风味。只是买这种老式风味的面包，即用木桦子烤的大列巴和塞克，需要早一点儿排队，货是有限的。

　　白露后的一天，我恰好从这里路过，看到排的队伍并不长，就也加入了进去，我的前面大约有20个人。自然，队伍中有一部分是外地人，他们打算买一些哈尔滨的特产带回去给亲友。只是他们不太知道是大列巴好，还是塞克或者果脯面包好。我注意到，他们喜欢的那种果脯面包，即小甜列巴。其中有一个外地人问，大列巴是不是有点酸啊？排在我前面的那位老妇人冷冷地说，不酸就不纯了。接着，我们聊了起来。她说："我家就住在外国二道街，住了32年，后来才搬走的。"我说："您是老户了。"她说："我到这儿排队买大列巴，我老头在家做苏波（汤）呢。事先把大头菜、柿子、土豆都弄好。"我说："做苏波汤恐怕还得加点儿洋茴香和桂叶，是吗？"她说："桂叶好，但洋茴香现在不好弄了。"老妇人说："现在西餐馆卖的苏波汤也不那么纯了。"我说："恐怕在汤上面还要加点牛奶皮儿。"她说："是啊，我老头就在经纬街那边买，还在那里买的奶酪、奶油、红肠、果酱、甜酒。我们两口子年轻的时候常在西餐馆吃，有感情。对面的马迭尔原来叫马尔斯，也是个西餐厅。"我说："还有一种小糖列巴是啵，4分钱一个。"她说："不对，5分钱一个。"我说："那可能是涨价了，我记得一帘儿四个，四四一毛六。还行，只是个头小了点。"她说："前些日子大列巴卖15块钱一个，现在18块钱一个了。现在连成本都涨了，涨点儿正常。"我说："我在德国看到卖大面包的，馋得不想走哇，列巴的蜂窝眼像枣子那么大。"这时，排在我后面那个外地的年轻人说："那我就买大列巴。"我问："你是送人吗？"他说："不是，在火车上吃。"我说："那你还是买小糖列巴，又软，又甜。"那个老妇人不屑地说："过去只有小孩子才喜欢吃这种。啧。"

轮到我了，我买了1个大列巴、3个塞克、2个小糖列巴，都尝尝吧。一个人能够利用食品回忆过去的美好生活，难得，也难碰，得逮机会，当然也得有好心情。

七　香喷喷的哈尔滨美食

漫话老都一处

"老都一处"是一家饺子馆,是新中国成立前的老字号,曾是一家集哈尔滨三鲜饺子之大成者,并有"天下一品"之美誉。过去的经理叫李保增。李保增这个人很有经营头脑,也是一个讲究服务质量的老板。客人到这家饭店就餐就感觉很舒服,如饭前有热毛巾擦手、擦脸、擦脖子、擦胸脯(现在,好多饭店热毛巾要钱了),还备有品相不错的茉莉花茶(东北人喜欢喝茉莉花茶,口味重,香气袭人),而且这些都不要钱。为什么都不要钱呢?傻吗?瞎大方吗?肯定不是。耐人寻味。

老都一处的餐具也很讲究,银吃碟、银酒壶、银酒杯,银光闪烁,一一陈列在你的面前,让你有一种贵族感(普通人当"贵族"的机会不多)。夏天的时候还用青草铺地,让客人感到特凉快,特清香,特有食欲。餐桌上还备有酱油、醋、油炸辣椒、芥末、蒜泥、香油,各种作料是一应俱全,顾客可随己之好任意选用。而且,不论您吃一碗饺子还是半碗饺子(那时吃饺子论碗,现在论两,一两六个。济南那个地方论斤,半斤饺子相当于哈尔滨的二两。怪怪的),一律免费上高汤(高汤由香菜、紫菜、葱花、味之素与热饺子汤勾兑而成。黑龙江食客讲究"原汤化原食",不是摆谱,是民众的养生之道)。你看,又不要钱了,我都边写边糊涂不适应了。老都一处的蒜泥最棒,淡青色的蒜泥细腻且辣,很爽口,特别开胃。饺子粉均为上好的砂子面,馅是三鲜的(配方保密),

水嫩嫩的，味道不同寻常。有一种很温柔的感觉。

而且，老都一处的饺子馅是按时令而变化的。初春的时候放关内的那种叫"野鸡脖"的韭菜，到了阳春时节改了，放本地的鲜韭菜，入夏的时候，放嫩小西葫芦，入了伏天儿热了之后，改用冬瓜，一立秋，再用秋韭菜。韭菜是切成末的，西葫芦、冬瓜都切成丝儿，这叫内行。肉香、海鲜，加新菜的清香，那叫一绝。饺子的皮儿是用双合盛1号砂子面擀的，筋道、透明、羊脂玉似的。早年的老都一处就40个座位，一律是现吃、现包、现煮。

老都一处的京式酱菜，像熏鸡、熏肠、熏肚、酱口条、酱心、酱肘子、酱猪头肉、酱猪手等，同样美不胜收。老都一处的卤酱名厨叫王银山，人称"王老五"，技艺高超，手把利索。有资料介绍说，他制作的松仁小肚，切成极薄的薄片也不碎，凉着吃不觉得硬，热吃也不淌油；他制作的香肠，干美浓香，瘦肉紫红，肥肉沉实；他制作的酱肉、酱肚，软嫩适口，香而不腻；他制作的烧鸡，香烂嫩实，很受顾客欢迎。著名京剧演员李少春、袁世海到哈尔滨演出，常到老都一处品尝三鲜饺子和烧鸡，走时还要把老都一处的香肠带回北京去。

1966年"文革"时期，老都一处被改为"太阳升饺子馆"，1972年又改成"哈尔滨饺子馆"，1979年11月恢复"老都一处"的老字号。听说，美国乐琪公司总经理李其成、加拿大森林专家雷丁·莱特到哈尔滨公干，吃过老都一处的饺子后赞美说，是"美妙的食品"。1985年秋天，相声大师侯宝林品尝老都一处的饺子后，欣然写道"果然不差"。还有原国务委员王芳为老都一处题写"古今南北，味高一品"，漫画家英韬题"方知各种味"，日本美食家小

七　香喷喷的哈尔滨美食

林守题"天下一品，名不虚传"，等等。

年轻的时候我常去老都一处吃饺子（基本上是一个人款款享用）。我觉得老都一处的饺子不仅是一种上佳的美味，还是一剂调剂精神的良方。吃过之后感到精神面貌特别好，胃肠也舒服，俨然有热水澡的功效。

吃饺子，好吃是一方面，名店也很重要。同样是吃饺子，同样的价钱，在小馆吃和到名店吃，感觉是两回事。前者为果腹、解馋，后者还有文化与品位上的精神享受。

听说，老都一处又有了30多个新品种的饺子，还有盛大的饺子宴，酱菜的品种也增加了许多。

雪都冰棍史话

当年哈尔滨最有名，最好吃的冰棍是源茂冰棍厂出的冰棍。这是个老字号的冰棍厂，始创于1946年。这个冰棍厂是林文坤会同林俊山、王主山、荣子贤、姜子奇等几个志同道合的同人，审时度势，并结合洋气的哈尔滨的实际，合资兑下"满洲冰棍厂"的房舍和机器设备开设的。

当年源茂的冰棍有5分钱一根的和7分钱一根的两种，吃的人基本上是外侨和他们的小孩子，贫穷的中国小孩子只能站在一边看。为了照顾穷孩子们，为了把这些小孩子从"站在一边看"中解救出来，源茂冰棍厂又特意增加了3分钱一根的冰棍。然而，3分钱一根的冰棍就是冰和棍加糖精，是名副其实的冰棍。当时的小孩子似乎不需要解暑，主要是解馋。3分钱一根的冰棍，即使是在数九寒天下大雪的日子也是好吃的东西，嚼得满嘴都是冰碴子，舌头麻麻的，那种感觉真好，包冰棍的牛皮纸也非常好看，特别漫烂，像冰一样透明。而5分钱一根的冰棍就是有质量的冰棍了，是用优质的牛奶做成的，也有咖啡做成的。其品质高于现在的1块钱一根的冰棒。在20世纪60年代，源茂厂好像还出了一种小红豆冰棍，非常好吃，非常漂亮。至于7分钱一根的冰棍，大概许多人已经没有印象了。7分钱一根的冰棍被当时的老百姓称为"香蕉冰棍"。这种冰棍不加水，几乎全是奶、蛋、糖凝结而成，就是把这种冰棍弯成香蕉状也不会断。到了后来，源茂厂又增加了一毛钱一根和两毛

七 香喷喷的哈尔滨美食

钱一根的冰棍。那时候，小孩子看电影《马兰花开》才一毛钱，一两毛钱一根的冰棍，可够贵的了。恐怕科级以上干部才吃得起。

当年不少外地游客都嚷着要吃源茂的冰棍，主要是因为它的质量非常好，鲜蛋、鲜奶，包括咖啡粉，都选的是质量最好的，鸡蛋、鲜奶一天一进，以保证其新鲜，其味道甘美。

今天，最有名的是马迭尔冰棍。马迭尔冰棍现在已经闻名全国。到哈尔滨没吃马迭尔冰棍，无论如何是一件遗憾的事情。而且马迭尔冰棍又出了许多新品种，如各种卡通人物造型的冰棍，等等，我有机会也要去尝一尝。

范记永饺子小传

离道外区的北三道街不远,就是那条分岔的"人"字形的天一街,过去叫"裤裆街"。怎么起这么一个街名呢?看来,旧行政单位真的是不作为呀。在天一街上,专营饺子的"范永独一处",非常有名气。

这家馆子的老板叫范先庚。绝的是,在红红蓝蓝的"幌"遍布黑龙江的哈尔滨的那个古怪的年代,他的馆子却从不挂幌,范老板自己扎个围裙往门口一站,既是"礼仪小姐",也是"门童",一句话,他就是"幌"。独特得很。似乎也含着范老板不忘本的意思。一个饭店老板需有两种意识,一种是外在形式的别致,一种是内在品种的独特。

虽说"范永独一处"的堂面不大,但却颇有款式,餐桌面儿上铺着瓷砖,座儿是瓷龙墩,坐上去感觉稍有一点点凉,但是,吃热饺子坐凉墩,爽。周围的环境,餐桌餐具的风格,盘子里的饺子,一壶温酒,两碟冷荤,特别滋润。

开始的时候——就是刚创业的时期,范老板也没个地儿,没铺子,就在马路口边,一锅一案,边煮边卖(类似现在的大排档——这也是老城区的一道风景),后来,有了原始积累了,盖了个小二楼,这才真正地神气起来了。范老板也是名副其实的老板了,不再是食客对他善意的调侃了。

范先庚老板没儿子,他就把手艺传给了跑堂的王凤魁。"一花

七　香喷喷的哈尔滨美食

独放不是春,万紫千红春满园"嘛。再说,传统的德行你不能丢哇。这个王凤魁和另一个叫汪凤岐的人,各出 8000 元伪满币,买下了一个平房,合资在这个新地址开办了"范记永"。新"范记永"一开张,也火起来了。所以,老哈尔滨人都知道有两家"范记永",而后辈们只当是一家。但是,饺子的风格、滋味是一样的。要知道,早年,平民百姓到"范记永"撮一顿,无论如何,是一次破格的享受。

品尝范记永水饺

某一日,天气正好,江水将化未化。古人说:"大好春光,何不一游?"故与女儿驱车去道外。三件事:赏春光,逛花市,然后再去尝尝范记永的饺子。

无怪乎外国人称哈尔滨早年的道外才有真正的中国味儿。车进入道外便进入繁华,进入民俗了。到处都是融化了的雪水,到处都是灿烂的春光,到处都是擦肩接踵的行人。商店摊位连绵不绝,尤以花鸟鱼市为甚。这几乎是一个集天地精华为一处的迷人之地,卖狗的、卖鸽子的、卖猫的、卖鱼的、卖花的、卖各种烟叶的、卖熏羊蹄的,乃至各种真假古玩、民俗摆件、风筝玩具,包罗万象,林林总总,而且是清一色的草根人物。到这里方能悟到哈尔滨的老百姓,即便是清贫者,也是有乐子的、滋润的、开心的。这源自渔猎时代的种种传承与把玩,都可以从买家与卖家的讨价与还价、评说与抬杠、内行与外行的交流中看出端倪。

根据导航,范记永在道外五道街。然而,南五道街和北五道街根本没有范记永。询问一环卫女工,伊讶然道:"名字熟啊,在哪儿呢?"继而问一三轮车夫,方知道在南勋头道街。改地儿了?这一路可不好走啊,两侧的人行道已经被两侧的商家全部占满,两侧有停车,中间有积水,加上女儿又是一个开车的新手,觉得道外的路俨然迷宫,转过几个弯,终于看到"范记永"招牌。

早年我曾经写过范记永,不过文章里的范记永是旧社会的范记

七　香喷喷的哈尔滨美食

永,似乎到了这里,仿佛还能看到当年范老板当街支个大锅,带个围裙现煮现卖的情景。而今的范记永已经是青砖瓦房,门脸不错,纯粹的中式。推门进去,招待员用抱拳的中式招呼(不是打千),且一律称老板。闻之不禁哑然失笑。选了一个阳光好地,安坐下来。环视四堂,食客多为老人——老哈尔滨人怀旧哇。看来,哈尔滨是一个不忘旧情的城市哟。继而打开考究的菜谱,先浏览了一遍前言,其中的挂一漏万且不说,似乎还能看到先前点菜的方式,各种熟食一律论两卖,那就——牛腱子二两、口条二两、肥肠二两。三缺一呀,再加上一卷五香干豆腐,拼成一盘。然后,要一个老式熘肉段,吃的就是这个"老"字,品的就是传统嘛。我想,点老式菜肴的人大都是美食达人,业余考官。想必厨子心里也一定知道这一点。继而又点传统的家常凉菜,两个人用,可以了。再来一盘三鲜水饺,一盘十六个。女儿又要了一盘梧桐花韭菜水饺,请了一壶白开水。

　　熟食上来,逐款一品,不错。果然是老味道,浓香可口。绵软筋道,是喝烧酒的好菜。口条也好,干爽而不失温润,味道浓淡恰好。五香干豆腐不说也罢,毕竟在下是个吃干豆腐的老手。传统熘肉段上来了,色泽味完全是老款的风格,看着就有食欲,夹一箸放在口中,外焦里嫩,肉质松软,这一口便吃出泪来了,仿佛又回到三十年前,品尝老一代厨师的精良制作,真的不错。连下几箸,欲罢不能,毕竟是美食爱好者。既然做到如此高超水平,就不能不挑剔一点了。比如老式熘肉段里应有胡萝卜片和青辣椒配置,而此款配的是黄瓜片,不知是灶上缺货还是另有创新。传统的家常凉菜,味道也不错,辣甜咸爽,浓汁里透着蔬菜的清香味,就不容易。但

177

上述两款都有一点过咸，但往深里一想，老一代的菜不恰是如此吗？但为健康计，还是盐少一点的好。

说心里话，我心里对范记永的饺子是没底的。哈尔滨的几家饺子店的饺子我是吃过的，虽良莠不齐但也有佳品。不知范氏水饺能否略胜一筹，对此无论如何是有点担心的，尤怕坏了品菜的好心情。但上来一品，果然不错。水嫩香滑，香气萦口。而且饺子包得大小适中，面揉得也恰到好处，不禁赞不绝口。方知哈埠城内此为饺子第一家。

未能食尽的全部打包，待黄昏时分再慢慢品咂，并在留言册上写道：范记永哈埠的老字号，果然名不虚传。

七　香喷喷的哈尔滨美食

实惠的得莫利鱼

听说哈尔滨的"得莫利炖鱼"深受外地游客的欢迎。它不单是实惠、好吃，而且它极富东北地方特色。甚至它是黑龙江人品格和饮食特色的缩影，想了解哈尔滨人，想了解哈尔滨的美食特色，绝对不能放过得莫利炖鱼。不过，要想吃正宗的得莫利鱼，就是从省城哈尔滨出来，也还要走几百公里的路呢。

几个"文士"决计驱车去那里吃正宗的得莫利鱼。

得莫利，是一个清明秀气的小村子。小村儿的背后，借了一轴古画中疏朗翠颜的小山，静在那里。从小山身旁走来的，就是千里之遥的松花江，远路的大驳船，短途的小客轮，都从这儿走。他们在船上就能看见得莫利。夜间，村上是一片迷人的灯火，自有一份东北人的温馨、东北人的梦。

得莫利所有的饭馆，都做"得莫利鱼"。这"鱼"的名气，已经出了山海关，到了大邦之都的皇城脚下了。听说还到了在吃上挑剔的上海人那里。

几位不及门槛儿，早有健壮照人的乡野姑娘笑盈盈、热乎乎地迎了出来款让几位，叫我们"大哥"。听说，南方人不喜欢别人叫他"大哥"或者同志，觉得把自己叫得没文化，没档次，叫俗了。"大哥"，在东北女人的心里，就是条汉子，可依赖，可依托，值得爱，值得敬重。大哥是让女人坐在自己的肩膀上走路的。

饭馆不错，干净。在林区，在茫茫林海之中，桌子、凳子，都是厚厚的木头打制的，一千年也坏不了，紫光锃亮的。几位一坐，立刻有一种刚刚打下天下的感觉，兼有一种指挥人间一切行为的欲望。如此看来，人世间的有些交椅是坐不得的，一坐，灵魂就变化了，连自己不学无术的本质也一点儿不知道了。

刚坐定，茶水就上来了。茶一般。卑下毕竟是一个业余的茶博士。但味道也还不错，"热"本身就是一味。慢慢地品吧。

点菜。就要得莫利鱼！

几位抽烟，聊天儿，等着上鱼。

有人问老板为什么此地叫"得莫利"呢？老板搓着手说，就是这么叫下来的——一个名呗，还真不知道为啥。

我说，就是一个地名。古书上称"德墨里"。既然你这儿的炖鱼有名，就像五常的大米有名，叫五常大米。平山的干豆腐有名，叫平山干豆腐。克东的豆腐乳有名，叫克东豆腐乳。齐齐哈尔的烤肉有名，叫齐齐哈尔烤肉。哈尔滨的大列巴、红肠有名，叫哈尔滨大列巴、哈尔滨红肠。

同行的朋友调侃道，阿成的小说有名就叫阿成小说。

老板吃惊地说，你就是作家阿成啊，待会儿你给我签个名呗。

朋友调侃道，你是让他签名啊，还是让他签单啊？

我说，你这儿得莫利炖鱼有名，自然就叫得莫利炖鱼啦。

老板说对呀，我得找个本儿记下来。

得莫利炖鱼上来了！是搪瓷的铁盘子，直径足二尺，相当于一个小茶几的面儿，放在桌上，让几位文士的身子直往后仰。几位也算是业余美食家了，几乎吃遍了全中国了，可也从未见过如此之大的盘子！

七　香喷喷的哈尔滨美食

是两条大鱼，被大豆腐和粉条子、红辣椒等簇拥着。灿然锦色、粗犷实惠，为天地间一大珍品！造吧！几双筷子下去，一尝，一品，一嚼，阔死了！太棒了！粉条子、豆腐也非常好吃，耳边奏起了一派粗野无忌的咀嚼声，那几个做招待员的乡下小姑娘，掩着口，哧哧地笑着，看着我们几个所谓文士的吃相。

此时此刻，倘若有一匹骏马，那我就骑上去，星夜驰骋千里，去把这一感受告诉我所有的朋友。

迷人的大馇子

不知为什么,黑龙江人似乎特别喜欢吃大馇子。过去并非这样,《清代通史》记载,黑龙江人主要是吃铃铛麦(小米)、黍(大黄米)、高粱、荞麦和小麦。而黑龙江的少数民族则"是以鹿肉为主食,米面副之"。当然也吃野鸡、飞龙、沙鸡、树鸡、野猪、熊、灰鼠,等等。大馇子是后来才在黑龙江大地蓬勃发展起来的。

我年轻时,职工食堂经常把大馇子,写成"大×子"。若是海外华人看了还误以为是一种前卫的吃食呢。很有趣。我这一代人基本上都是吃大馇子长大的。那首《家在东北》,唱道"满山遍野的大豆高粱",自然是不全面的。那种景观可能指的是辽宁、吉林一带。我去过这两个兄弟省份,苞米在兄弟省份那里长势不好,很矮,但高粱长得很好,亭亭玉立,漫至天边,鸟鹰与仙鹤齐飞,高粱共晚霞一色。

大馇子,就是将玉米粒晒干后碾成的碎粒儿。当然要脱皮,不脱皮的玉米,精明的黑龙江人是能够看出来的。过去,黑龙江人的主食就是这个。不过,玉米成粮的品种并不单一,大馇子只是其中的一种,还有小馇子、苞米面儿等。是一种有潜力、有创造力和想象力的粮食。如果说,八路军是靠着小米加步枪打败了日本侵略者——这大抵指的是南方,东北的抗日联军主要靠玉米、高粱加步枪赶走的小鬼子。

尽管大馇子属于粗粮类,但是做也是有章法的。一般会过日

七 香喷喷的哈尔滨美食

子的黑龙江妇女,除了像《诗经》上说的那样"释之溲溲"(淘米)之外(最好用开水淘,"用开水淘之,犹不夺饭之正味"),为了省火,大都事先将大馇子用水泡一泡。泡多少小时为好呢?可根据一家人嘴急的程度,但最少也得泡上两个小时。如果能泡上一夜最好不过了。因为泡过一夜的大馇子,水一开就见熟了,香味就出来了。所谓"饭之甘,在百味之上",非常好吃。袁枚先生说"往往见富贵人家,讲菜不讲饭,逐末忘本,真为可笑"。另外,这样做也非常省火。省火的本质是什么?就是省钱。虽然这是个很俗的作为,但骨子里却是很悲怆的。

但无论怎么说,单一地煮大馇子吃,多多少少有点不像话,似乎对生活没有激情,一般人家都要再加上少量的芸豆。一红一黄,一配,太阔了,吃着香,口感也非常好(可以根据个人胃的情况,少加一些碱,黏糊糊的,味道更绝)。

我还要解释一下。所谓的大馇子饭指的是粥,不是干饭。当然也有做成干饭或者是蒸饭的,只是这种做法极少,一是太奢侈,二也不是很好吃(有点硬,吃一嘴小石头子儿的感觉)。还是做那种"见水不见米,见米不见水,使水米融洽,柔腻如一"的粥好。大馇子粥做好了,如果不讲究加点什么菜就着吃,那不好,吃瞎了,我不太赞同袁枚先生的"遇好饭,不必用菜"的说法。还得有菜,而且佐餐的菜还是有点讲究的。高档一点儿的,可以用煎的咸刀鱼。对咸刀鱼的选择,不宜选购最好的刀鱼,尤其是那种被称为"特刀"的刀鱼。最好的刀鱼或特刀,肉太宽太厚,有喧宾夺主之嫌。弄得吃客不知道是品大馇子粥还是品刀鱼了。要想相辅相成,相得益彰,最好选择那种菜市场半处理的窄条的小刀鱼儿。喜滋滋地买回来后，收拾好，洗净，切成一寸半长的段儿，撒上盐（也可以少撒一点花椒粉、味素）。倘若不是很着急吃，可以先晾一晾，晾干它，这样再上锅煎。不但省油而且效果也好。

还有一种干炸刀鱼的做法多少复杂一点，但多炸不费油。将切好的刀鱼，加酱油、盐浸泡之后，用鸡蛋、米粉搅成糊，以鱼蘸之而后炸。记住，要炸透！注意，鱼、粥，这两种吃食都要趁热吃。所谓"宁人等粥，毋粥等人"。鱼脆饭香，满额的热汗，不是皇帝胜似皇帝。这样的饭吃饱了，可以推倒一幢楼。

我提到用刀鱼佐餐自然是蛮霸道了一点。穷人之家怎么可能一吃大馇粥，就吃煎刀鱼呢？要败家是怎么着？因此，寻常百姓吃大馇子佐餐的，大都是咸菜。自然，选用的咸菜也是很有讲究的。最好是芥菜丝儿。如果能炒点瘦肉丝放里头最好，没有也行，不是那么讲原则的。再加一点儿辣椒油、味素，一定一定要少点一点儿醋，提味。大馇子是软的，芥菜丝儿是硬的，一软一硬，吃起来颇有节奏感和快感。

那么，没有芥菜丝儿行不行？也行。可以佐以朝鲜辣白菜、咸青萝卜丝、咸胡萝卜块，都行。那么，啥佐餐的咸菜都没有，还想吃出滋味来怎么办？我认为这种提法不过分，有办法解决，可以在粥里放一点酱油，再撒一点味素，然后，潇洒地用筷子一搅，呼噜呼噜一吃，照例很香。

除了"大×子"，还有一种"小×子"。小馇子是碾得更细碎的一种。现在的超市里也可以见得到，好几块钱一小塑料袋。小馇子主要是做稀粥。不算主食。主食可以是馒头，也可以是面包之类。喝这种小馇子粥可以嚼，也可以不嚼。总之，它不是太受黑龙

七　香喷喷的哈尔滨美食

江人的欢迎。只因它事实存在，我介绍几笔。

另外，大馇子粥的稀汤也很好的。假如你在朋友、领导、亲爱的那里喝高了，醉醺醺的，回家喝几碗大馇子的稀汤，绝对解酒。我亲自试过。是一次朋友的父亲没了，出完殡后，大家都喝多了。回家，恰好炉子上煮着大馇子，唇焦口燥的，我便把其中的汤全喝了。结果这一宿睡得非常好，一点罪也没遭。这里介绍给经常喝高了酒的朋友，不妨一试。

还有就是苞米面粥。流亡在黑龙江的山东人及其后裔，都喜欢用手拧着碗喝。这种粥也可以称为"药粥"，可以调中开胃，益肺宁心，还主治反胃、利大肠，而且对动脉硬化症、冠心病、心肌梗死有一定的防治作用。而且玉米中含有大量的镁可以抑制癌细胞的发展。总之，多喝，至少果腹，何况还有益呢？另外，大馇子可以做水饭，用冰凉的井水把煮熟的大馇子淘几遍，再对上冰水，可以解暑。古人认为可以"解热解渴，除烦"。这很特别，甚至会让人终生难忘。

听说现在哈尔滨不少饭店的大碴子粥是免费的，很贴心。

阿城杀猪菜

阿城市是哈尔滨的卫星城，也是杀猪菜最有名的地方之一，他们每天早晨都要杀一头猪，所以，肉及内脏之类都是新鲜的，而且是全东北做法。这对东北人来说不仅是一种亲切，也是潜在的一种热盼。特别是对那些曾经在东北下过乡的老兵团战士来说，就更有巨大的诱惑力和亲和力了。加上吃的是那种用新杀的猪做的"杀猪菜"，那种美美大吃的状态不亚于过大年。

这一行文人被拉到一个庄稼院。本以为吃新杀的猪就行了，可以了，但是，陪同我们的女市长说，各位老师，今天咱们吃的是笨猪。当时在座的有来自南方的作家和学人，他们便问什么是笨猪。女市长耐心地讲解道，所谓笨猪是对高科技而言的，高科技即是聪明的东西，用聪明的东西养的猪就是聪明猪，或者叫科技猪，那么它的反义词呢，即那种用传统的方式，喂粮食啊，喂泔水啊，喂猪菜啊，用这样的方法喂的猪显然很笨，这样的猪便被称为"笨猪"。当今"笨猪"绝对不是贬义词，是土名。笨猪的大名叫"绿色猪"。

走进一个农家院里，院子里果树上的果子已经被几拨先客摘得溜光。因为这儿的果也是笨果，是用传统方法培育的果子，一点化肥也不上，客人来了总要摘几个笨果吃，店家自然不好阻止。院子里有两三棵笨果树，而枝头上一颗果子也不见了，可见有多少人来这里吃笨猪吧。在院子里还有一口笨井，就是传统的手压井，不是那种电动井，压出来的水自然是笨水，喝着十分舒服。只是，这

七　香喷喷的哈尔滨美食

水并不是用来喝的,是让客人洗脸,凉快凉快,好爽爽快快地吃笨猪。

南北客人围着一张桌子紧紧凑凑地坐好,上的第一道菜是酸菜炖肉,就是我们传统说的那种五花三层的肉,在座的东北人首先开荤,边吃边叫好,南方人直愣愣地看着,矜持不住也加入进来,一吃,到底还是笨猪啊,味道奇香。接下来是猪的护心肉,好吃,要蘸大蒜吃才好。有道是"五常的大米,阿城的蒜,双城的姑娘不用看"。这儿的大蒜也是笨蒜,非常辣,味道纯正。然后,上来的是手掰肝,这道菜我还是头一次吃,就是把猪肝煮好,然后用手掰成块儿,蘸鸡蛋焖子吃,也不错。跟着又上来了大块肉,大块肉蘸大酱,这个吃法很古老了,吃的时候最好加一点大葱,这样吃才会有一种力的美和一种冲击力,能吃出一种英雄气概来。接着是鸡蛋炒蕨菜,蕨菜自然是绿色食品了,它是野生的,但鸡蛋就有讲究了,在农家院吃鸡蛋必须吃"笨蛋"。所谓笨蛋就是自己家养的鸡,是用传统的喂鸡方法喂,喂小米儿啊、草籽啊,以及让鸡在草丛中觅小虫,等等,这样的鸡生出来的蛋被称为笨蛋,道理与笨猪相同。用笨蛋炒出的菜,重要特点是蛋清特白,蛋黄贼黄,吃起来,香死你,而且让你一下能回到20世纪五六十年代的吃的体验中去。聪明蛋和笨蛋当然不同,聪明蛋炒出来蛋白发灰,软叽叽的,像腐烂的鱼肉,蛋黄也不能称为蛋黄,只是有那么一点点的黄,吃起来,软软的。50年代出生的人吃这种高科技的蛋,并不大适应。所以,笨蛋炒蕨菜很快被一扫而光。然后是小鸡炖蘑菇。这个菜也很叫座。鸡照例是笨鸡,肉非常香,有弹性,回味绵长,养人,你吃一次可以保持三天的好精力。紧接着又端上来大葱、大酱、烀土豆、烀南瓜、烀豆角，蘸鸡蛋酱吃。在座的所有文士都有点东北农民的意思了。饭是大馇子芸豆水饭和油炸玉米面大饼子。评论家何老先生是带着他的外孙女来的，小丫头问我这是什么，我告诉她，这叫东北汉堡包。她说，真的吗？我说，这种东西你可以夹着肉吃，也可以蘸白糖吃，还可以蘸炼乳吃。她说，好吃是好吃，不过，叔，吃完以后一个礼拜也不用吃饭了，太扛饿了。

总之，这一桌"笨菜"，被矜持的南方人、豪爽的东北人，以及当代的小外孙女一扫而光。吃过以后，女市长说，明天咱们吃玉泉的黏豆包，玉泉的黏豆包全国有名。一位天津作家问，好吃吗？我说，好吃。他说，那好，明天咱们就疯狂地吃黏豆包。这是第一，第二，我回到天津，首先要创建一个东北阿城大馇子粥铺，肯定火遍津门。

吃一顿地道的东北"笨饭"，能留下这样深刻的印象，实在是在当代吃的领域当中不多见了。

七　香喷喷的哈尔滨美食

大马哈鱼小传

近年来，哈尔滨的小饭馆推出一种当地人喜闻乐见，同时又很便宜的"套餐"——便宜就吸引人哪（当然，昂贵也同样吸引人）。这套带有时尚性质的套餐内容极为简单，其中主要有大饼子，咸鱼和疙瘩汤，总计 10 块钱左右就下来了。去吃的人不少，尤以中年人居多。为什么中年人总是跟便宜有广泛的联系呢？

套餐中的大饼子，一般都切成片，然后用豆油炸，炸成本地人喜闻乐见的那种外酥里嫩的食品，而且一炸，玉米的香味也飘出来了。

鱼，一般都是大马哈鱼，有干炸的，有腌的，也有蒸的，味道都差不多。一般来说，蒸的好吃一些。

黑龙江是全国唯一产大马哈鱼的地方，这种鱼很名贵，而且近年来，产量日益减少。我去过出产大马哈鱼的地方。

在黑龙江东部的乌苏里江——抓吉镇。每年的十月份，大马哈鱼从遥远的太平洋北部的白令海峡日夜兼程地游回来（但它们绝不会想到大饼子、咸鱼、疙瘩汤这份套餐的），行程一万多公里。它们很可怜。传说它们是一批罪鱼，犯了罪，在麻特哈鱼的押解下，集体到这里处死的。《清代通史》记载"东北海口有大鱼，长二丈，大数围，头有孔，行如江豚之涉波，孔中喷水高一二丈，訇然有声，闻数里，黑斤（即赫哲人）、济勒尔待人，通称麻特哈。传谓此鱼奉海神之命，送鱼入江，以裕我民食。""八月，送答林哈鱼

（大马哈鱼）入江。"又说"答林哈鱼（即大马哈鱼）产于江中，长成于海，复回江河而死，其寿命只一年。每当暮春江河冰解，小鱼即乘流入海，得咸淡混水，长大甚速。立秋后，辄又不食，逆流而上，母鱼啮雄鱼之尾，俗称'咬殉'，昼夜追接，唯值江中滩石，则泳游不去，俗称'殉场'。渔者于此恒多获焉"。倘若是母鱼，还要在这里产下自己的子，然后再死掉。情节，情景，都很悲怆。它们的情况，常让人想到俄国西伯利亚流放地和古拉格群岛。它们自毙的地方，就在乌苏里江口附近。

乌苏里江是中俄界河，这边就是中国的抓吉镇，那边就是俄国的大赫黑契尔山。界河乌苏里江是蓝色的，非常之纯净，但是，这种怡人心脾的蓝色，对罪鱼大马哈而言，则是一个蓝色的墓地。

到了"开滩"的时候——就是捕捞大马哈鱼的时候，必须昼夜挑灯干。堵在大马哈鱼的入口处，一条船一条船地上，像封锁线似的。漏网的很少。而且，镇政府规定，每条船只能打一网。这一网就是几百斤。为什么这么安排呢？我问过当地的负责人，他说，主要是鱼少船多，安排不过来。另外，也得让大马哈鱼有个活路，好产子。

先前，并不是这样。至少在清代不是这样捕鱼，清代的当地土人捕鱼，是"于江边水深数尺处，多置木椿，长二三丈，或四五丈，亦有作米字形，独虚沿江一面者，又曰'闷杠'于水面下击以袋网，日乘小舟取之。每一闷杠可得鱼数千斤，又可以围网，或撒网，一举可得数百斤不等。载回小舟，举家各持小刀，临流割之，鱼分四片，穿以柳条枝，加藏之，作御冬之旨蓄"。

大马哈鱼子的营养价值也很高，有黄豆粒大小，金黄色的，晶

七 香喷喷的哈尔滨美食

莹剔透，玛瑙一样好看。我在西餐馆吃过。在西餐馆里要鱼子酱（听说俄国还有一个专门经营大马哈鱼子的"鱼子酱黑手党"，这个黑手党是全副武装的，是频繁使用暴力的一个有组织的跨国犯罪集团），服务员送上一碟，量很少，几十粒而已，是腌过的。然色泽不变。吃的时候，先把奶油用餐刀抹在面包片上，再用餐刀抹上一层甜草莓酱，之后，小心翼翼地用餐刀铲几粒大马哈鱼子，抹在面包片上，这样用手端着吃，或者，再用一片面包合起来一夹，像美国热狗那样吃，都不显得外行。但鱼子酱到了嘴里，怎么说呢，感觉不出什么特别的好来，反而有一股腥味。为了消除这种令人不快的腥味，一般都弄几条洋葱丝放在嘴里一块儿嚼，这样情况就会好一些。

早在 20 世纪 50—70 年代，中国曾一度大量地向日本出口漂亮的大马哈鱼子酱。出口的时候，咱们都是用大罐头瓶子装的。马马虎虎的样子。所谓又大又傻，东北劲头。货到了日本，情况变了，人家把大瓶子打开，仔仔细细地分装在若干个精美的小瓶子里，一小瓶仅装百十粒而已，再卖，一小瓶的价格比中国的一大瓶子的鱼子酱贵出十几倍。中国人真是憨厚，尤其是中国的东北人，更憨厚。

其实，乌苏里江，还出产另外一种比之大马哈鱼子更珍贵的鱼子酱，就是鲟鳇鱼子酱。这种鱼子酱（其实，鲟鱼和鳇鱼是一种鱼）古书上也解释得稀里糊涂。这种鱼子酱是黑色的，比高粱米粒儿小一点。吃在嘴里，很咸，除了腥，还有一股浓烈的胶皮轮胎味儿。鲟鳇鱼的鱼肉还是很好吃的。清炖最好（做法：将鲟鳇鱼肉切成 7 厘米宽、9.5 厘米长的块，放入盘中，加精盐腌渍 20 分钟。姜、葱均切丝,蒜拍松,红辣椒洗净,切成细丝。下油烧至五成熟,下葱、姜丝煸香。加鲜汤,下鱼块,放盐、糖、红辣椒、蒜瓣、味精,烧开后移小火炖25分钟即成)。

一位在三江平原上工作的女作家曾送给我一瓶鲟鳇鱼子酱。为了尊重人家的好意,我还特意买来了与之配套的燕麦面包、草莓酱、奶油、洋葱并精心做了一大锅苏式的"基辅红菜汤"。效果很好。

大马哈鱼的吃法听说也有很多种,比如"白松大马哈鱼"等等。但实践证明,只有腌的最好吃。新鲜的,吃起来麻烦。

20世纪70年代伊始,我曾开车去过一次佳木斯的兵团总部,拉了一卡车面粉、豆油、猪油,还有不少大马哈鱼。当时,这些东西都是禁运的,要想开出途中的各个卡子,必须有相关的手续。没有的,扣留、没收。记得那次我们一共去了两卡车。拉上货后,基本上都是采取半夜撞卡子的方法,到了卡子了,速度先慢下来,慢慢到卡子跟前,忽一家伙加速,跑掉。一路上用这种方法连着撞了好几道卡子。大抵是因为撞卡子有功,管事员额外给我7条大马哈鱼。

当然,大马哈鱼还有许许多多的吃法。这里我就不一一地介绍了。然而,想知道最原始的吃法,我劝您豁出去,去一趟乌苏里(我称那儿为"天堂"),可以保证您有新的斩获。

七 香喷喷的哈尔滨美食

永远的大拉皮

哈尔滨人几乎都喜欢吃炒肉拉皮。

哈尔滨人喜欢吃这款凉拌菜究竟起于何时,现已无法考证。但是,在哈尔滨上档次的宴席,如果席面上没有这道凉菜是不可思议的,餐客就会觉得少了什么。少了什么呢?哦,炒肉拉皮。

不仅如此,哈尔滨的女性也特别喜欢吃凉菜。不知是什么道理。

说起来,哈尔滨炒肉拉皮的品种有很多,既可以复杂些做,也可以简单而为之。

复杂些的炒肉拉皮,首先须有黄瓜。当然是那种新鲜的顶花带刺儿的黄瓜。而且既不是少年黄瓜——那种细溜溜、苦森森的黄瓜,也不是又粗又糙的老黄瓜,里面挤一下子全是老籽。中青年黄瓜为好,又脆,籽又少,味道芬芳,色泽碧绿,是黄瓜的上品。此外还必须有粉皮。粉皮也分几种,一种是土豆粉皮,一种是地瓜粉皮,还有一种就是绿豆粉皮,三种中的佼佼者当属绿豆粉皮。土豆粉皮也可以,实在没招了,一筹莫展了,才叹口气,放地瓜粉皮。粉皮最好是买淀粉自己家"抡"。勾兑好淀粉后,用一平铝盘浇上汁儿,放在沸水锅"抡",抡好了,连盘带粉放到凉水盆里,小心地揭下待用。如果觉得这么做还是有些麻烦,那就去菜市场买现成的。不过,到菜市场买粉皮要特别注意,别买那种颜色发暗极有弹性的拉皮,因为那种拉皮大多是放了胶的,吃到嘴里有一种吃办公胶水的感觉,会给人一种绝望感。还可考虑买干的粉皮,回来一煮就行了,煮好了切成条放在水盆里待用。

除此之外还要有山东白菜,最好是白菜心儿,切成细丝,再加上青萝卜丝、水萝卜丝、绿豆芽、菠菜、血头丝,以及蒜末、炒好的瘦肉丝、香菜末、麻酱汁儿、海蜇头丝、海米、辣椒油、酱油、香油、糖、盐、味素、醋、芥末,在盆里一拌,就可以了。

若做稍复杂一点的拉皮,还要加上极细的鱼翅丝、黑木耳丝。凡加这些玩意儿的,一定就不要事先在盆里拌,要仔细地码好盘,先将白菜丝儿放在盘子底下,然后是黄瓜丝,要放得一丝不苟,得有顺序,有美感,然后是胡萝卜丝,再就是豆腐丝,之上再加粉条或鱼翅、瘦肉丝及各种佐料。上了桌之后,先请宾客欣赏一下,赞叹一下。然后由大家一起动手,拌。

这种凉菜大都是现吃现拌,拌早了,黄瓜和白菜心被盐煞出水了,就不好吃了。这一点要切记。

哈尔滨人管这种菜叫"大拉皮"。

再简单一些的大拉皮,做法就是将切好的黄瓜丝、白菜丝,加粉丝,加上佐料一拌就可以了。也有在凉菜里加西红柿片或梨片的,或者干脆全部用焯的菠菜、小白菜拌凉菜,都行,我吃过,感觉不错。除此之外,在刚开江的时候——哈尔滨的春天乍暖还寒,黄瓜都是暖窖的黄瓜,价钱很贵,但又急着吃凉菜,怎么办呢?可以少买几根黄瓜,不必切成丝,而是将黄瓜从中央剖开按倒切成

七　香喷喷的哈尔滨美食

片,这样拌着吃,很有黄瓜味儿。如果切成丝,再用盐一煞,黄瓜丝全软了,白瞎了。

炒肉拉皮,是哈尔滨人餐桌上的压轴菜。绝非等闲。

老侯家的杀生鱼

我一直把黑龙江的乌苏里一带称为人间天堂,并为此写过一组小说《人间雅话》。所谓的"乌苏里",广义地说,应当由三个地方组成:抚远、抓吉和乌苏镇。

我是1986年夏天去的乌苏里,先乘长途汽车到的抚远,下榻在抚远宾馆。

抚远宾馆似乎是当年抚远县最高档的建筑了。我们一共三个人住在一个大套间里,面积至少有60平方米,还有一个很大的凉台。据讲,这是抚远宾馆里最贵的房间,可每人只收10块钱,三个人总计30元。不仅如此。这家宾馆位置也相当好。它的北面是蓝色的乌苏里江,悠远而宁静,兼有天然野河的潇洒。南面是极为低矮的小草房,一方面展示着淳朴的大野民风,另一方面让有虚荣心、又"小人得志"的外地旅客,有一种居高临下的优越感。它的东面是一条通往抓吉的公路。这里顺便说一句,去抓吉的公路,其实就是一条弯弯曲曲的土路,土路两边的野草可以把长途汽车都掩盖住。先前,我听古诗说"风吹草低见牛羊"。觉得"见羊"还可以,"见牛"就未免有些夸张。这一点,我当然和汪先生有同感。但身临其境之后,才觉得古人作诗,真是字斟句酌。让人肃然起敬。

西面就是"侯家餐馆"了(我一会儿要讲到它)。总之,宾馆的位置很好,还可以远眺迤逦而西、参错如黛的诸山。

到抚远宾馆次日,我们居然有意外的收获,就是观看到了城市

七　香喷喷的哈尔滨美食

不易看到的龙卷风。当时我正和另一位同人,站在凉台上看光景,突然,从西天的边过来一股乌云,速度十分惊人,几分钟的工夫,乌云便铺天盖地过来了,一时,小巷子里狂风大作,飞沙走石,所有敞开的窗玻璃都被狂风吹得噼噼啪啪地破碎了,并把房草扬上了天空。天也一下子黑了,如同夜晚。我们赶忙躲进客房里,把客房的灯也拉亮了。再去临江一面的走廊从窗户往外看,发现整个乌苏里江上空的闪电,像人的毛细血管一样遍布了整个天空。借着闪电,可以看到展示那条紫色的乌苏里江和沙滩上的那条空舢板船。过去,我读俄国作家蒲宁的小说时,发现他写"紫色的闪电"一句时,颇不以为然,认为尽管是得诺贝尔文学奖的作家,也会有夸大其词的地方。现在我看到了,不仅闪电是紫色的,而且整个乌苏里江都是紫色的,像无与伦比的油画一样美!

尽管美景若此,但吃方面的遗憾还是有的。我们发现宾馆的伙食颇有些马马虎虎。我们以为到抚远了,到乌苏里了,咋也得吃点有特色风味的东西,然而我们错了,发现宾馆的伙食几近城市化,基本上没什么特色。而且非城非乡让人哭笑不得。

于是,我们几个决定到外面的小馆去吃。

出了宾馆,我们几位来到一家小餐馆。

如果这家餐馆不挂出一个极简陋的、写着"侯家餐馆"的小木板(而今已找不到了),外人就会以为这是一户住家。草房有院,院里还种蔬菜,毫无饭馆的样子。我们推开栅栏院的柴门进去,见一个七八岁的小女孩迎了出来,问:"叔,吃饭呀?"我们说:"是啊,开门吧!"小女孩说:"开门,进来吧,叔。"

我们便随着兴高采烈的小女孩进了屋。

到了屋里一看，有两三张未曾油刷的白木桌，桌子上铺着塑料布，上面放着筷子筒。桌子的周围分别有几个凳子。靠墙的一边，立着几只齐胸高的大缸，偶或可以听到里面扑棱棱的水响，知道缸里一定养着大鱼。

窗户开着，与院子中翠色乃至远处的连云叠嶂一脉相连。

接待我们的是一个极老实、极憨厚的中年汉子，他个子不高，见了气宇轩昂的城市客人显得有些不知所措。

我问，你就是老侯啊？

他使劲地点点头。

我说，有有点特色的东西没有？

他问，你们想吃啥？

我的另一个伙伴说，比如杀生鱼什么的。有没有？

他说，有、有。

我问，主食呢？

他说，主食你们想吃啥？

我的同伴问，烙油饼能不能弄？

他说，行。

我说，好吧，一条杀生鱼，6张油饼，一斤白酒，白酒一定要烫一烫啊。其他的菜，再加两个，炒芹菜、炒西葫芦都行。咸菜有吧？

他说，有，不要钱。

那好，好，加一碟咸菜。

我的那位同人嘱咐他说，老板，油饼烙得薄点儿，多放点油。弄好了，我们多给钱。

七 香喷喷的哈尔滨美食

他说,唉,放心吧。

后来,我们几个挪到了老侯的里屋去吃,里面有火炕有炕桌,吃起来舒服,屁股底下热乎乎的,感到特别农村。

我因为天性好奇,便去厨房看老板怎样做杀生鱼。我知道,杀生鱼还是中国古代的宫廷名菜,所谓"鲜鲤之脍"。选用的都是活鲤子,剖杀后,去鳞、去骨、去内脏,再切成薄薄的鱼肉片,装盘。另准备好芥酱、醋等调味品,以备用鱼肉片蘸着吃。《本草纲目》上说:"鱼脍,即鱼生,刽切而成,故谓之脍。凡诸鱼鲜活者,薄切、洗净血腥,沃以蒜齑、醋、五味食之。"另外,鱼脍的佐料亦有讲究,《礼记》中说"脍,春用葱,秋用芥"。但是,黑龙江人都喜欢用蒜和辣椒末拌食。

到了厨房,看到侯老板挽起了袖子把手伸到墙边的大缸里,扑楞楞地抓上来一条直挣扎、直甩尾巴的鲤子鱼。这条大鲤子看上去足有好几斤重。侯老板把鱼放在菜墩上,按住鱼头,用刮土豆的铁挠子,几下子就把鱼身上的鱼鳞刮净了。然后用水洗净,用菜刀横着从鱼身上片过去,片下一片厚厚的鱼肉来。那条被大手按住的鱼头,嘴一张一合地呼吸,无言地呐喊着。然后,侯老板把鱼翻一个身,再按住鱼头,片下这面的一片鱼肉。被他托在手中刚片下来的鱼肉,两头微微地、努力地往上翘着。老板把片下来的鱼肉,按在菜墩上利落地切成片,又一顺推倒,一阵促响,切成细丝,然后,把鱼肉丝放进盆里,浇下醋,醋一洒,鱼肉丝在盆里蠕动起来。然后,他扔下菜刀,竟出其不意地从屋子的窗台跳到院子里去,从院子里迅速摘下两个顶花带刺的黄瓜,又翻身跳进厨房,把黄瓜在水缸里涮了涮,也切成丝,放到鱼肉丝的盆里,再加上辣椒末、香菜

199

末、蒜末、盐、味素等，虎虎生风地一拌，双手端给我说，妥了。

我端过去，放在炕桌上。大家纷纷下筷子，放到嘴里一吃，妈耶，太好吃啦！这时候就是给处长、局长的官儿也不当了。

老侯的油饼也烙得很好，真的很薄，油也的确没少放。除此之外，老侯还用鱼头及骨吊了一个鲜汤，很好喝。据说，这种汤用于治疗妇科疾病，还有安胎、利水、消肿、通乳的功效。

几个人吃得很好。非常满足，觉得人生也不过如此。吃完了，算账吧，老板多少钱哪？

老板垂手而立，说出一个让我们目瞪口呆的数字：5元。

5元？

乌苏里——真是人间天堂呵。

八 过大年

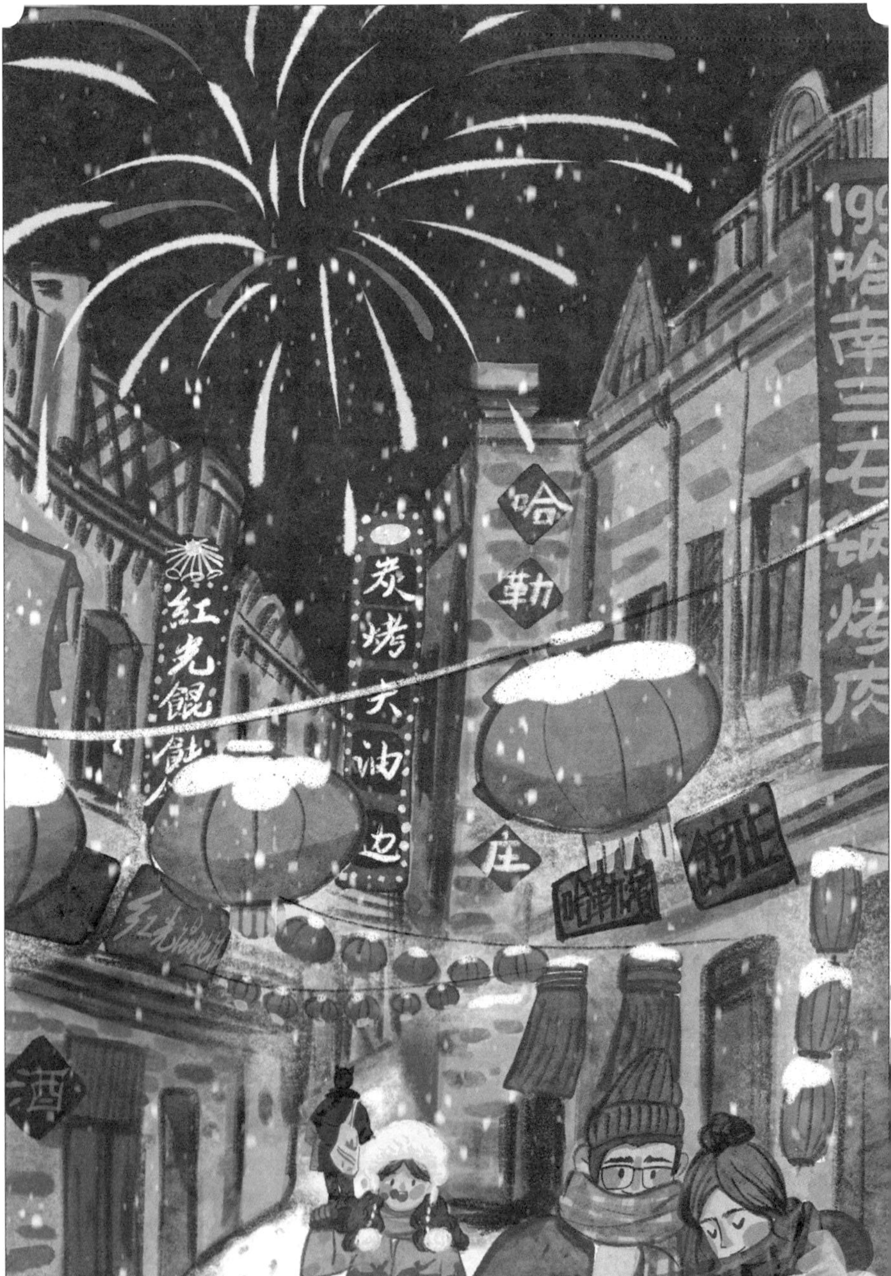
炭烤大油边
哈
勒
庄
酒

八　过大年

吃年

　　有那么一阵子，我常写一些"吃"的文章，这就难免有朋友认为我的"嘴"一定很刁。其实并不是这样的。我平时吃饭很简单，当然并非"领导式的简单"，领导式的简单是"四菜一汤"。对普通的百姓而言，"四菜一汤"还不能算是简单。

　　我之前简单大抵算是真正的简单了，即白水煮面条，既没有佐料，也没有鲜菜，就是白水煮面条。煮熟了，捞出来，兑上点酱油，或者就着点咸菜吃就可以了。对此大人和孩子都不理解，皱着眉头问我"这样好吃吗？"我说"好吃"。她们听后不断地摇头。

　　我当然不排斥更好的面条，比如抻面、麻辣面、担担面、甩面、双菇面、素汤面、鸡丝面、虾仔面，包括炸酱面、刀削面和加州牛肉面，等等，味道都很好。偶尔我也去吃，其中的大部分，我也可以做，但是，麻烦。

　　白水煮面条，是我年轻时经常吃的一种，吃久了，泊入灵魂了，无所谓好吃也无所谓不好吃，而是吃一种回忆，吃一种故情。很舒服。

　　但是，对待家人与亲朋我却不能采取这种个性化方式。你的喜恶就是别人的喜恶吗？所以尽量做得有款式一点，表达得热情一点。

　　每年的春节，除了除夕，我采取的方式基本上是一日一菜。

　　先聊聊除夕的盛餐。我设计的几种菜，除了应具有地方特色，也需包含着传统的、亲情的、缅怀式的意味，比如说鱼，我通常采取的是东北人红焖鲤鱼的方式。取鱼的标准，长一尺五寸，或者二尺均可。烹好置放在巨大的盘子中，再在鱼身上飘撒一点翠绿色的香菜。样子很美。无论是用来敬神、敬祖、敬我已故的父母，还是让家人享用都很合适，也很端庄。当然，鱼如此之巨大，一顿肯定吃不了，于是在一夜更两岁的特别日子里，便又成了"年年有余（鱼）"的象征了。

其他，如酸菜炖肉、炸茄盒、拌凉菜、拌皮冻、芹菜炒粉条、肉炒蒜苗之类，纯纯粹粹是老一套，目的是让下一代过一个真正的、地道的、土得掉渣儿的传统年。

除夕之后，执行的仍是一日一菜。菜自然就要别致一点。比如砂锅鱼头和东坡肉就是这样。为了做好这两道菜，春节之前我就开始准备了。包括鱼头、"两头乌"的五花肋肉，都是我亲自到菜市场仔细选购的。做这样的菜，选料一定要精。马虎不得，更不能稀里糊涂。我专门去了陶瓷店，不惜重金买回一个很有品位的紫砂砂锅。同时，我也将相关配料，如冬笋、冬菇、青蒜、上好的干辣椒之类，一一购置齐全。而且还特地跑了一趟超市，买了一瓶上好的"花雕"酒。

每做一菜之前我都很兴奋，像在起跑线上的骏马，直搓手。

砂锅鱼头的做法，其实不复杂。先将买回来的（新鲜的）胖鱼（学名鳙鱼）头洗净去鳃，然后从中间剖开，再切成一寸半见方的块，放在"花雕"和好品质的酱油中腌半个小时。并顺手将干辣椒用小碗泡上待用。同时，另起炉灶，炖半锅清清亮亮的鸡汤。接着，分别把冬笋、冬菇和猪肥膘切成片。用砂锅，加油，将腌好的鱼块煸一下，呈金黄色后取出来，再在砂锅里放油，将肥肉、冬

八　过大年

笋、香菇炒一下。炒差不多了，出香味了，再放上泡好的辣椒、酱油、花雕、盐、白胡椒粉、白糖和鸡汤及油。开锅之后，倒入砂锅中，并把煸好的鱼块放入。盖上盖子小火焖一小时。之后，再放一点味精（不放也可，更纯粹）。用水淀粉将汁勾得略浓一点，并放入青蒜，这就行了。主食是上好的东北五常大米饭。另有清淡的鲫鱼汤，随便几碟小菜儿不提。酒，当然是白酒和红酒，啤酒自然不可少。

家人围住开始吃。他们都说，呀，真好吃。我听了幸福得不行。

东坡肉的做法更是简单。先将五花肋肉切成大的方块，用沸水煮透，取出，冲干净待用。还是用大砂锅，将一张手工编的、适合砂锅大小的竹箅子放在砂锅底部，然后铺上剖开的葱皮，再把鲜姜用刀拍松，散放在葱皮上面。把肉块儿皮朝下整齐地在砂锅里码好，加上白糖、酱油、花雕酒。最后一项，在肉块上面放上一两个用长葱打成的结。妥了，盖严盖儿，旺火烧。烧开了，再改成小火焖。焖酥之后（其实这时候香味就出来了），用勺撇去浮油，将肉块小心取出，肉皮朝上，放在另一个不大的小陶罐里，盖上盖儿，一并放到笼屉里蒸。半个小时之后，妥了。主食同样是大米饭。喝啤酒最好。打开盖，都以为不能吃，这么大块的肉咋吃呀？但是一吃，呀，不腻！一人最少一大块，多则两块。恰好有个朋友来，一块儿入席。他一人吃了三块，感慨不已，欲学之，我一一告诉他方法种种。他问，有没有更简单一点的。

我说，有，那就是白水煮面条了。

他却像伟人那样，一挥手说，你这是挤对我。

冰天雪地过大年

进腊月门儿，哈尔滨家家户户就开始张罗准备年货了。首先是"冻货"，冻肉、冻鸡、冻鸭、冻鱼、冻豆腐，还有必不可少的冻梨、冻山楂、冻柿子和各种冻菜。把炒好的瓜子也可以冻上，冻瓜子什么时候拿出来吃都是脆的。还要事先包好饺子、黏豆包、年糕、枣馒头、糖三角，等等，准备好整个正月够一家人吃的美食。早年寻常百姓家大多没有冰箱，就把这些年货放在外面的大缸里冻，再在上面埋上雪，这样拿出来吃总是新鲜的，比放在冰箱里冻要强百倍，味道也不一样。即便是今天，在许多人家，这个方式也没有变。

记得少年时，腊月里母亲包冻饺子的时候，邻居的大婶儿们都过来帮忙。和好几盆饺子馅儿呢，今天帮你家包，明天帮她家包，妇女们一边包饺子一边聊天儿，包好了饺子，一帘一帘地放在外面冻上。准备过年的面食当中，还有母亲特地做的面刺猬（刺猬的嘴里含上一枚铜钱）、佛手、枣花篮儿。这些都是年三十儿供奉先祖用的。这都是从我母亲的母亲，一代一代地传下来的手艺。即便是到了智能时代的今天，我依旧做这样的传统面食，不消说这是向母亲致敬，是向中国优秀的传统文化致敬。

进了腊月，家家户户都开始准备春联。哪一个百姓大院儿里没有秀才呢？这时正该秀才大显身手了。七紫三羊，歙砚徽墨，笔走龙蛇为众邻居写春联："梅花开五福，竹叶兆三多""又是一年芳草

八 过大年

绿,依然十里杏花红""春回大地千山秀,日照神州百业兴"。这家家户户的春联哟,处处彰显了诗歌之美。

尽管家家准备的年夜饭,内容上有诸多的相似,但是风骚各领。比如说我家的除夕盛餐固定有红焖鲤鱼、酸菜炖五花肉(里面一定要放冻豆腐,海绵似的冻豆腐,好吃)、小鸡炖蘑菇。这鱼呢,长辈会告诉孩子们不要全部吃光,要留一部分过了除夕再吃。"年年有余"嘛。这几乎都成了我们老王家的铁律,恪守百年而不移。大年夜,老父亲一定会给孩子们做喜欢吃的拔丝土豆和炸土豆条。脆脆的土豆条炸好以后撒上白糖,跟现在肯德基卖的薯条差不多,甚至更好吃。此外还有炸茄盒,这是我家过年的保留菜,香喷喷的,一直传至今天的大年除夕。家人团聚的餐桌上一定要有俄式的红肠,红肠红肠,寓意红红火火、红运长久。男人喝白酒、啤酒,女人们喝秋林公司独家生产的那种甜甜的黑豆蜜酒。即便是到了今天,这种甜酒依然傲立在寻常百姓家的家宴上,已然成了一代又一代哈尔滨女人们的最爱。那么孩子们喝什么呢?"北冰洋汽水"啊。当然而今春节供孩子们喝的饮料就多了去了,我都说不全的。这就是家的味道,年的味道。

除夕,一家人在一起包饺子。年三十儿的饺子有三种馅,一种是白菜馅儿的,白菜者财也。一种是韭菜馅的,寓意长长久久。另一种是芹菜馅的,寓意一家人新的一年,要坚持勤勤恳恳的家风。有的饺子里面要放上硬币、糖和枣。钱是有财运,糖是甜蜜,枣是顺顺当当。谁吃到了,老爸还要额外给个小红包呢。

高堂大人健在的除夕,一家人要围坐在一起守岁。这时候,父亲一边喝茶水、嗑瓜子儿,一边讲他的父母和爷爷奶奶的故事。孩子们要是困了,母亲会把冻梨、冻柿子、冻沙果放在凉水里缓上。

吃一口，又甜又凉，人顿时精神起来了。记得父亲常说的一句话是："一分精神一分财，十分精神抖起来。"而今，父母已经仙逝了，我照例要给我的孩子们讲我父母和爷爷奶奶的故事。这样的交流与传承，让儿女们刻骨铭心，难以忘怀。

快到子时了，哥哥便领着弟弟妹妹出去放爆竹烟花，用这样隆重的仪式接财神，接已故的爷爷奶奶回家过年。放过烟花后，一进家门就嚷着说，我们把财神和爷爷奶奶接回来啦。然后，依次给爷爷和奶奶的神位磕头。现在改成了鞠躬。这时候父母会给我们压岁钱，即压"祟"钱。压住"祟"这个不吉利的东西，保佑儿孙平安健康。

斗转星移。现在很多的年轻人喜欢在年三十儿的晚上，聚在一起逛一逛风情万种的中央大街，去琼楼玉宇似的"冰雪大世界"游玩儿，在一起唱歌、泼雪、拍照、撸串儿、吃冰棍、放烟花，观赏沿街各种各样的文艺表演。今年更是有不少南方的朋友也跑到哈尔滨，体验一下"滨滨和妮妮"们冰天雪地过大年的别样风情。

今之除夕，我领着女儿和外孙去外面放烟花，迎接天上诸神的赐福。这时候全城每一家都挂上了红灯笼，政府、社区、企业和商家，无一例外。许多社区都挂上了"欢度春节""欢迎回家过年"的红色条幅。红灯笼、中国结、星星雨，参差错落，铺天盖地，这不夜的雪国冰城哟，与星汉交辉，与天宫媲美。恰是瑞雪纷飞时，万紫千红的火树银花，把寻常百姓对未来的期许和梦想装点得是那样绚丽多姿。

是啊，千古而来的拜大年从除夕就开始了。首先给邻居的长辈拜年。然后给同事、工友和领导拜年。新时代、新传媒、新风尚，更时兴的是团拜，抑或手机短信拜年。这时节，天地间到处都传送着人们由衷的祝福：过年好啊。龙年大吉啦——

八　过大年

春节买花

南方人和东北人过春节，无论如何是有区别的。比如买花，过节了，买几盆鲜花，或是买一束鲜花放在家里，不仅增加了年节的气氛，也使得满堂春意盎然，喜庆而吉祥。记得小时候，每逢过年，年轻的母亲照例要去花市买一两束花回来，或是迎春，或是蜡梅，或是玉兰和百合，嫣红姹紫，让家里的年味儿浓郁而温馨。然而，东北毕竟是东北，冬天大雪纷飞，北风呼号，哪里有鲜花可购呢？因此，早年黑龙江春节花市之花，多为彩纸扎成或细绢制作，千红万紫，于飘飘洒洒的大雪中招徕生意。那时节，东北人迎到家里的花儿多为人工制作，以慰寻常人家春花之情结。这十几年才有了花窖和鲜花店，喜爱春花的人可以到那里去购鲜花了。有私家车者最令人羡慕，可将鲜花严严实实地包好，三步并作两步钻进车里，飞驰回家，可保鲜花之鲜美。

海南则不同，海南者，四季如夏。便是数九的节气，堂堂的腊月，大街小巷依然是绿树成荫，碧草云连。其间，各色斗艳争奇的野花，越是在东北寒冷的节气越是艳丽茂盛。海岛人也有过年买春花的习俗，在三亚市的下洋田，春节来临，民间花卉应时而设，展馆里，各种姿色迷眼、品位卓然的鲜花接连不断，荡人心魂。这几年由于海岛气候宜人，吸引不少东北人来这里度假过年。自然，北人有百样，喜好呈千种，只以购金橘得吉祥者为众，因此，金橘，几乎占了花市的三分版图，恍惚之中，以为误入橘国。而我则喜水仙。水仙者,傲然秀丽,气度非凡,且有无限生机。《瓶史》上将它列为一品九命,称之为花中雅客,"借水开花自一奇,水沉为骨玉为肌"。亦有"凌波仙子"之称。购一盆十头水仙只要10块钱。捧回家中,清水养,"玉台金盏",一日三朵,一日一新,"玉立小娉婷,脉脉含情愫"。递次开放,直至除夕。除夕夜时为最茂,难怪宋人咏道,"瑶池来宴老仙家,醉倒风流萼绿华"。真是吉祥可爱,心中各样期盼,亦在次第参差的花境之中款款升起。此情已有八年矣,不亦乐乎。

八　过大年

个性化的春节

春节的共性就不必说了，该除夕除夕，该初一初一，该拜年拜年，该回娘家回娘家，该回婆家回婆家，这都没有问题。但是，我们常常于其共性中忽略春节的个性。每个家庭过春节的方式其实是不尽相同的。

比如我的一个朋友，他在除夕吃的饺子是红糖馅的，为什么吃红糖馅的呢？他说他也不清楚，这个家族就是这么一代一代传下来的。我跟他说，早年山里人拜山神爷的时候，就是用红糖馅的饺子上供。因为吃红糖可以生热，抵抗东北的严寒。

年轻时，我的一个邻居，他们家年三十儿晚上吃素馅的饺子。这个比较好理解，因为有吃斋念佛的意思在里面。有的人家除夕夜的饺子要包几枚硬币，或者糖、枣之类，图个吉利，有的干脆什么也不放。

有的人家除夕要吃鸡、鱼，吃鱼比较好理解，年年有余，吃鸡也应该比较好理解，吉庆有余嘛。但有的人家年三十儿晚上不吃鸡，不知为什么。在除夕放鞭炮，这比较普遍，可有的人家，除夕夜在自家的院子里烧柴禾，意思是火烧旺运。有的人家除夕什么也不吃，干脆睡大觉，不仅睡大觉，还觉得那些在除夕守夜的人有些可笑，觉得时代到了今天还整这些事，有点不可理喻。有的人家除夕已经不在家里吃了，要到饭店里订一桌餐，大家热热闹闹，和其他人一起过春节，并且逐渐形成了风俗。我还有一个朋友，他年年春节一定领着全家人和几个同道者,外出旅游。我年年都能接到他从安徽、西藏、山东、海南,甚至国外发来的拜年短信。毫无疑问,他们的过法就更特别了。

这些个性化的过春节的方式,不仅仅父辈一代采用,它们还具有遗传性,可以遗传给自己的子女。子女成家以后,会把自家的个性化过春节方式,变为过春节必不可少的。当然,毕竟是两家合成一家了,因此就得有所取舍,有所兼容,并形成了新的、个性化的过节方式。

个性化过春节还表现在回娘家的日程安排上。有的人是初一回娘家,有的人是初二回娘家,有的人是初三回娘家,有的人更痛快,从初一开始到初七始终在娘家耗着,只是中间抽空到婆家看看。有的整个春节始终耗在婆家,只是抽空到娘家看看。甚至有的更绝,把年三十儿的除夕一分为二,前半夜在婆家,后半夜在娘家。所以,春节的过法不仅千姿百态,而且充满了个性化色彩。

八　过大年

断肠最是春节味儿

　　说来，"故乡的味道"，在很大程度上也是春节的味道。春节的味道对家人来说，就是妈妈的味道。多少年来，贫困也罢，富庶也好，春节的家宴，对我们来说，是妈妈做的炸茄盒、酸菜五花肉和老爸做的拔丝山药。这几款几乎成了历年除夕的标配。此外的其他菜肴，饺子自不必说，鸡鸭鱼肉自然也是烘托春节热烈气氛的菜品。但是，酸菜五花肉和炸茄盒，包括老爸做的拔丝山药已然成了儿女们的期盼。家的味道，家家的年，家家各有的鲜哪。

　　说到极致，春节的味道不单是菜品的香，更是亲情的味道和心灵的慰藉。回家过年——这样的呼唤，这样坚定，这样跋涉，说穿了，这家哟，不仅仅是温馨的氛围，更是儿女们平安静好的港湾。

　　从来如此，春节团圆的神奇，在于这个特殊的节点里，一家人会沉下心，心无旁骛地重温先前时光的温馨与美好。春节团聚的精髓，就是完成对过去的坎坷与委屈，过往苦难与辛劳的美好升华。就在这一年中难得的除夕，你会不由得回忆起，在你生病时母亲冒着狂风暴雨，抱着你跑着去医院就诊。或许你现在才明白，生病时母亲给你做的那碗热汤面片儿，其实并不简单，先要揉面，还要把面团儿放在冷水里泡两个小时，再抻成面片儿。种种的复杂可见慈母的挚爱之心。或许你还记得在外面受挫后，回到家里"疗伤"的时候，母亲对你的安慰不过是寥寥数语，且平俗无奇，但是却声声入耳，字字入心。瞬间让你茅塞顿开，曾经的困苦，瞬间化为树上飘零的一枚黄叶，随风而去了。放下所有的不值后，感到是那样轻松，又活力满满。母亲就是一位举重若轻的"神"哪。

除夕，或许你会回忆起小时候挨母亲的打是因为你不好好学习，母亲的"鞭子"举得不能再高，但从来是轻轻地落下。那时节，咋就不懂母亲的心呢？后来，母亲放弃了，说，儿子，就报半工半读的学校吧，当一名工人真挺好。三百六十行，行行出状元。先要学好技术，听师傅的话。正是母亲的话，让儿子瞬间有了自信。世上对母爱有多种解释，但是，在我看来母爱就是包容。而先父总是在除夕夜一家人守岁的时候，把时光的指针拨到他年轻的时代，讲述他小时候的年，我的奶奶蒸的花馍馍，馅儿里藏着铜钱的饺子，等等。在短短的除夕里，讲述着他几十年来珍藏的记忆精髓。在父亲轻柔的笑谈中，老人家倒也并不避讳眼睛里含着的水色与令儿女销魂的爱。这样的泪水不论在何种场合都是纯洁的、高尚的。是啊，过年讲过年的故事，这几乎成了春节里的一个永恒的话题，也是一种不可或缺的文化传承。讲述中的酸甜苦辣咸哟，款款都是年味中的至味。

但丁说："世界上有一种最美丽的声音，那便是母亲的呼唤。"春节之前，母亲父亲就已经开始和儿女们联系了。母亲照例要问，儿子，回家过年你想吃啥？我说，老太太你不怕辛苦啊？妈说，就怕你在外面山珍海味吃多了坏了胃口。我说，妈，我想吃酸菜炖五花肉，还有你做的炸茄盒。还有，我想吃妈做的皮冻。妈说，是不是我再给你蒸点儿花馒头、小刺猬呀、佛手啊、花篮儿啊。你好上网显摆显摆。我说，妈，花馒头就不用做了，太辛苦了。妈没有言

八 过大年

声,但最终还是做了。老妈做的花馒头啊,在朋友圈居然让那些潜水者也开始纷纷点赞。而今母亲远在天国,我再也吃不着母亲做的这所有的一切了。

是啊,在春节的团聚,一家人的笑谈中,彼此没有丝毫的戒备,也没有算计,更没有矜持与掂量,你读过几本书又怎么样?你不谙"之乎者也"又有何妨呢?在家里摆阔是春节里最大的丑陋,在家里说穷显然也不合时宜。这就是春节里只能说好话的文化传承。须知这里是家呀,家的天空是透明的,家的氛围是干净的,家人的灵魂是朴实的,春节这一时段的家哟,便是天地神明也要高看一眼的。换句话说,一家人里你是高官也罢,平民也好,你或经济拮据,你或家产殷实,在春节的笼罩之下,恪守平等是一家人最高的操守。

春节期间,无论男女老少,敞开心扉的交流,也是一道精神美餐。过年了,人们为啥要带着给家人的礼品千里万里、鞍马劳顿、不辞辛苦地回家?尤其是当今生活好了,显然不单是追寻一家人的团聚,更是为了享受只有在家里才有的那一份儿骄人的温馨和妈妈的关怀、嘱托。罗曼·罗兰说:"母爱是一种巨大的火焰。"母亲的寻常话,从来是普天之下最能打动儿女们心扉的至理名言。你即便是名列三甲,才高八斗,也会为之深深折服,母亲的话已然成为深深地镌刻在儿女们心中的座右铭。是啊,母亲的话是她儿女们的专属,是天底下最大的学问,最高等的文化精髓,一生一世,历久弥新。

春节将至矣。除了对朋友至交、爱人和领导的祝福之外,年的至味对于家人来说莫过于虔诚的期盼与梦想了。对于家人的祝福,譬如升学、升官、发财，甚至到异国他乡去旅游，等等，都可以说是金玉良言。但最牵动家人心怀的，最后还是岁月静好，家人健康、平安。

多少年过去了，我的父亲母亲已经走了。然而，正如鲁迅先生说的那样，旧历的新年毕竟是新年。孔子说："父母之所爱亦爱之，父母之所敬亦敬之。"对于我的晚辈来说，我，就是他们的家。我要守护好一家子，让儿女们在一年的辛勤劳作后，回到家里放松身心，开开心心地过个年，在温馨融洽的家的氛围中，洗掉征尘，痛痛快快地进行一次精神沐浴，在新一年的征途上，照顾好自己，做好自己，健健康康，笑对人生。

聊借王安石的《元日》，以贺新春：

爆竹声中一岁除，春风送暖入屠苏。

千门万户曈曈日，总把新桃换旧符。

九　逸事

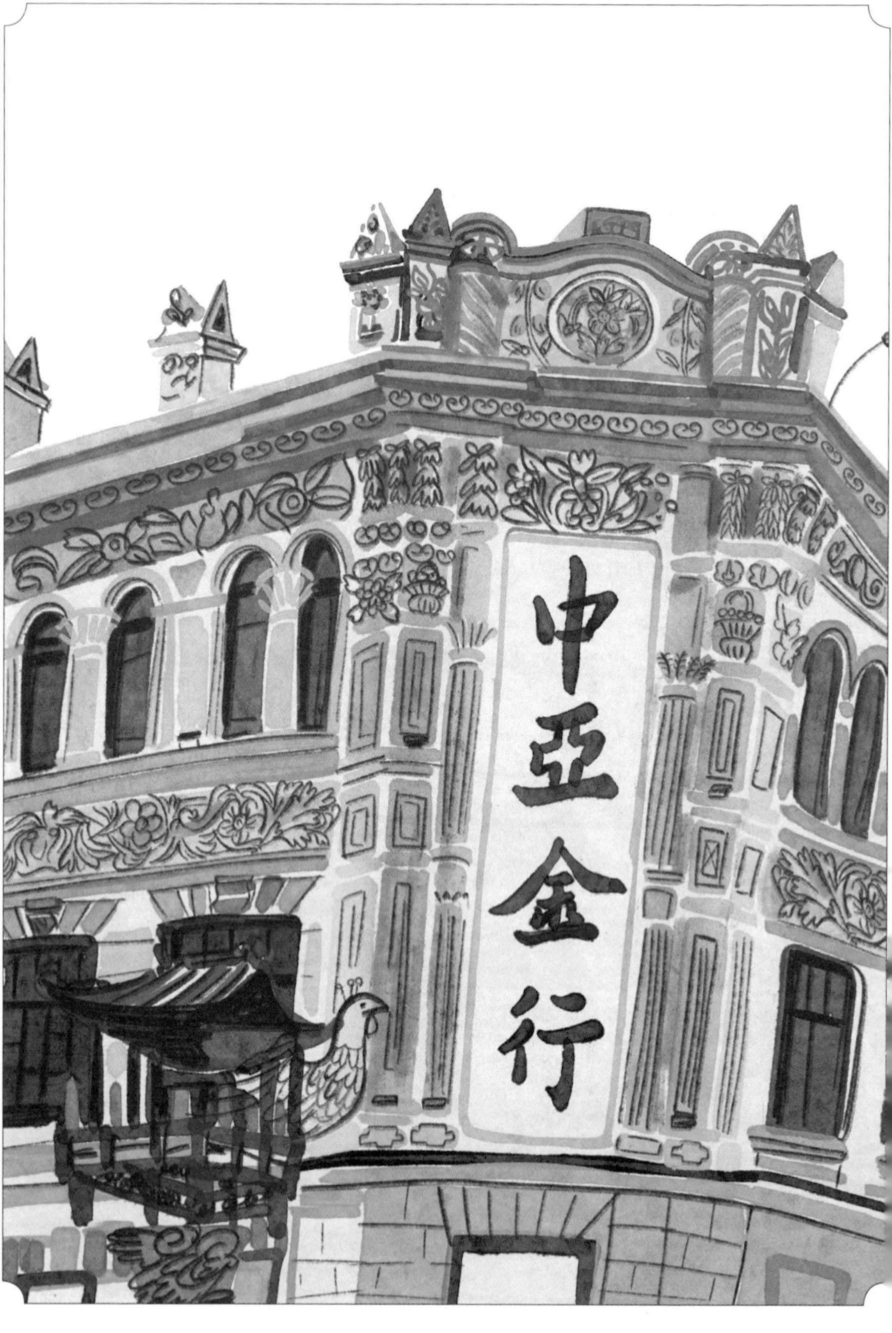
中亞金行

九　逸事

傅神针的传说

在18世纪初,哈尔滨还未形成城市以前,当地的土人称这一域为"马场甸子"。是当地土人牧马捕鱼的地方,隶属阿勒楚喀副都统所辖。当时,荒草迷天,白云如盖。荒野上再点缀上几座流浪汉的孤坟,那该是怎样一幅动人的景致啊。

关于哈尔滨这一称谓的由来,史学家和准史学家,包括个别地方史的专栏作者,还处在"发现"和"反发现"、新观念与反新观念的争论之中。但最早,即乾隆元年(1736),哈尔滨这一带,的确叫"马场甸子"。

这篇笔记里,我讲的是一则与这个地名有关的小故事。故事发生在19世纪70年代清朝同治年间。

傅宝善,是马场甸子一带有名的兽医,他也给人看病。其实,大凡医术高明的大夫,都是事先做过多例动物试验的。傅宝善是一个文化人,念过几年私塾,也认真地学过中医,悟性很好,行医态度严谨,喜欢把长辫子盘在脖子上。在这一带颇有口碑。他有一个小布包,一层一层地打开,取出几根银针,在病人的头上、手上、脖子上、腿上,或拧或扎或弹。不一会儿,好了,浑身松快多了,病人惊奇地说,神了。

傅宝善和做这篇笔记的我一样,祖籍都是山东,都是到这里来谋生的。他来自山东的德平县。我是博平,几乎是同音。只是傅宝善早我近半个多世纪来到这里。因此我与先生是无法相识了。

山东人活着总要干点什么事情,这种鲁国的人生态度已经成为一种文化传统了。傅宝善到马场甸子之前,马场甸子正在闹瘟疫,死了不少马(包括不少准备服役的军马)。大神儿也跳过了,巫医也念过咒了,列祖列宗也都跪拜了,可马还是像英勇的八旗战士那样,一匹接一匹地倒下去。

这时候,从地平线上走来了傅宝善。是傅宝善的"针"和"药",使马场甸子上的马群恢复了生机。草甸子上,又出现了群马狂奔的喜人景象了,又出现了马儿伫立在滔滔而去的松花江边嬉闹、饮水的迷人风光了。傅宝善也因此绰号出、美名传了,当地人称他是"傅神针"。

傅宝善在马场甸子开了一个小药铺,生意很好。半人半仙,生意能不好吗?不久,傅氏的血亲兄弟们也陆续来了,于是,又相继开了小客店、大车店和黄酒馆(山东人喜欢喝黄酒)。

外地来此谋生的汉子,坐在旅馆的火炕上,喝几碗大枣黄酒,唱唱小曲儿,下下棋。这里是穷苦劳工古道热肠的驿站哪。傅家店从此声名大噪。

傅家店的位置,就在哈尔滨现在的道外区。有资料介绍说:"傅家店的地址是现在南头道街一号。过去的道外区,地势低洼,苦于江水泛滥,唯独这一带高燥,海拔在134米以上。1932年大水,道外地区,一片汪洋,裤裆街、天宝巷附近,安然无恙。傅家店的兴隆,可谓独得天时、地利之惠。"

其实也并非完全如此。那几年,清王朝和新的统治者正处在相互渗透、相互取代的特殊年代。在这个年代,哈尔滨可谓多灾多难哪。1902年,哈尔滨及中东铁路沿线流行霍乱,死中国人1945人、

九　逸事

俄国人695人。1919年傅家店铺和茶园发生火灾，延烧三四条街，烧毁600幢民房，损失约百万元。1910年哈尔滨发生鼠疫，病情迅速蔓延，傅家店一日死数人。1910年，傅家店北二道街娼窑青云书馆厨房发生火灾，烧毁民舍200余间，损失2万余元。1911年、1914年、1923年松花江泛滥……

行医的傅神针在这期间，真可谓"生意兴隆"啊。

傅家店的名气大起来啦。1907年（光绪三十三年）11月，滨江厅知事何厚琦，认为傅家店的"店"字，意义狭小，遂改为"傅家甸"。众方家对这一点似乎争论不大。

傅家店与哈尔滨具有同等的意味，是相辅相成的，是母与子的关系。

古人说，人生命运多舛。在1937年农历二月初五，74岁的傅宝善被土匪"解决"在道外南十四道街的傅家大院里。

几十年的辛勤发展，傅家甸在道外阜成房产公司有许多股份。用现在的话说，钱很厚。这是不言而喻的。土匪觉得杀老傅头取钱，值！就合伙宰了他。土匪们没考虑老头子在历史上的作用。只考虑即使是咱不杀他，也有别的"英雄"惦记杀他。所谓兵贵神速，早杀早得钱。

傅宝善出殡那天，去了很多人，也哭坏了很多人。悲伤不是因为他的钱，而是因为他曾经是一名救活过许多贫民的好医生。

傅氏家族的人，自此作鸟兽散。于今，对于傅家的历史，尚有许多存疑之处。

傅宝善千古。

泡澡之乐（1）

哈尔滨人很重视洗澡。当然，仅仅是为了个人卫生而洗澡，就不是什么新鲜事了。据我所知，先前，黑龙江境内的一些少数民族人，总是在开春之后（准确地说是在初夏。黑龙江的春天乍暖还寒，仍然是冰天雪地），骑马或者赶车，跨越几百里，甚至爬高山、过大河，到五大连池的温泉去洗澡。这些少数民族人有达斡尔族人、鄂伦春族人、满族人，他们大多过着渔猎生活。冬天在地窨子里或者山洞里猫了一冬了，他们认定这猫了一冬的身子，包括他们的牲畜已经有毒了，需要解解毒，于是，就千里迢迢来到五大连池洗澡，他们称五大连池"药泉"，不仅人要洗，牲口也要洗。这样的洗澡不单是去病去毒（如皮肤病等），还可以长精神、去疲劳。不仅如此，如果喝了温泉里的水，还能将五脏六腑里的毒去掉。洗过澡后，再去打猎、再去打鱼、再去打仗、再去征服异性，就所向披靡了。这跟南方人那种"早晨水包皮儿，晚上皮儿包水"的滋润是不可同日而语的。前者是一种为生存而战的剽悍，后者是一种市井庶民的软文化生活。

斗转星移。黑龙江大多数少数民族汉化之后，洗澡也悄悄地发生了变化。洗澡不单是为了去病、去毒，其中也包含着类似汉人的解乏、讲究卫生等目的。室内浴室服务业的自身完善与完美，也起到了一定的作用。

浴客到浴池来消费，并没有什么季节之分，他们不仅可以享受

九　逸事

泡热水澡，还可以在这里休息、喝茶、理发，饿了还有小吃供应。进入21世纪以后，服务项目就更全了，除了上述服务之外，还加上了按摩、美容，并有电视机、麻将桌、扑克牌等，并增设了夫妻浴房、家庭浴房、贵宾室，等等。浴池里有冷水浴、冲浪浴、桑拿浴、蒸汽浴。

不少男人，尤其是城市里的中老年男人都是非常重视洗澡的。这已经成了他们生活中的重要内容了。他们为了前途，为了名誉，为了养家糊口，为了进步，更为了伟大的社会主义建设等目标，在工作岗位上战斗、拼搏之后，身心太疲惫了，那么，怎样才能从这个窘境中走出去呢？只有一招，洗澡。

当然，到了洗浴中心，经济上宽裕一点的可以买中档的票，差一点的买低档的。总之，是那种工薪层消费得起的洗浴中心。到了那里，一个人脱光，先去淋浴，然后到小木屋里洗桑拿浴，小木屋很好，燥热得好，社会上、家庭里、工作单位没有这样让人松弛的温度，这样可以裸体（再往烫的石头上淋点水——显得内行些，温度也上来了），坐在木板凳上，歇一歇大脑，歇一歇心，任汗水从身体的各部蜿蜒而下。这时脑子里只残存着一条内容："一个斗士在休息"。桑拿透了，出来往躺椅上一躺，让服务员搓搓澡，搓澡不贵，不仅是讲卫生的需要，更重要的是可进行全身按摩。这些程序都是极为重要的，丝毫马虎不得。

搓过之后，歇一歇，喝口热茶，抽支烟。想一想自己的童年、少年、中青年时代，想一想模模糊糊的未来，不是心太软，也不是心太硬，而是心太乱。想归想，自己还是很清楚自己是怎么回事，还得按着以往的运行轨道去走。因此，也没必要想出个所以然来。

223

这时候，最需要的不是思考与研究，而是充沛的体力与精力，一种无与伦比的"青春"，然后再进到浴池里淋浴、洗头、打肥皂、洗身子，再到冲浪池里用一股股冲出的浪水按摩一下肩、腰和脚心，舒服舒服。在生活中，最易疲劳的也就是这三个部分，需要格外呵护与关照。

都完了，出来去休息厅，在那儿的长椅上躺一会儿，要一壶热茶，边喝边看电视，一会儿就睡过去了，令人烦恼的现实在睡梦中就不存在了。

半个小时或者一个小时后，起来穿衣服，付钱，迈着懒散与轻松的步子回家。

这一天才叫人过的日子呢。自然，这种感受需要有一个大前提，那就是工作疲劳、生活艰辛，少了这两条的洗澡，仅仅是普通的讲卫生而已。然而，哈尔滨这座城市旅游火出圈以后，那些南方来的游客，纷纷去浴池洗澡、泡澡、搓澡、按摩。而今哈尔滨浴池之设施，亮得像宫殿一样。热水泉、冷水泉、温水泉、桑拿房、热石床、休息大厅，有各种热饮、冷饮、绿茶、红茶、花茶等养生茶，以及丰盛的早餐、午餐、晚餐，应有尽有。这已然成为南方游客必选的旅游项目之一。

九　逸事

泡澡之乐（2）

蛰居南岗寓所的时候，我几乎每日清晨都去那个小浴池烫澡。

也可能身体上有什么别样的故事，我不大清楚，只觉得泡过热水澡之后，重重的身子变轻了，头颅也清爽得很，感觉人在年轻的岁月里徜徉。

旧寓所离那家小浴池很近。先前去那里要过一座洋气十足的小铁桥。小铁桥下面是隧道一样的深谷，喷着白色蒸汽的火车从铁桥下通过的时候，大团大团的蒸汽把铁桥淹没了，让人欣赏到一幅虚幻的未来世界的图景。

我曾在我的一篇小说《精神》中描绘过这家小浴池。实际上，它在大都市里并不被人们所注意、所欣赏。这家小浴池的样子也随便得让人吃惊，像一家杂货店似的，门脸很小。我每每想到用心写一篇东西的时候，就一定在大清早去那家小浴池泡一泡。

泡过了，精神了，年轻了，带着一身的新气象、一腔春风，回家了。坐在自家洒满日光的破木桌前，一杯绝对上好的绿茶，一沓白白的稿纸，一支忠心耿耿的老笔，接通宇宙，贯穿历史，漫步人生，一款一款写就是了。

那真是一种享受呵——

至于小浴池的设备，等于无。只有几个类似床的衣物箱子。浴客光着身子坐在那上面歇气，晾神儿。因为我几乎天天去那里，因此和那儿的服务员都混得很熟了。

"来了,兄弟——"

"唉,来了。今儿客少啊。"

"今儿个是星期一呀。"

"哦,这臭脑子,忘了。"

然后,脱掉身上一层一层的"皮",光不出溜,去里间的池子。

…………

出了池子,踱到外间,固定要搓一搓。搓澡的师傅认识我。几乎天天来,脸就熟了。

"兄弟,今儿哪儿不舒服?"

我说,腰。

"妥了。"

他开始为我揉腰。

那真是神仙的滋味,好像揉出两只翅膀来,飘飘欲飞了。

"兄弟,在哪儿高就,在哪儿发财呀?"

"市文联。"

"文联是干什么的?"

"文联——就是一些文人和准文人凑在一起,说事儿。闲差。"

"写书?"

"也写诗,没劲!"

"干这个有什么用呢?"

"没用。就是替闲人解个闷儿。"

"稿费还是不少的吧?"

"够洗澡的了。"

"你在文联具体干什么呢?"

九　逸事

"打杂。不用的时候闲在那儿。"
"哦，也行是吧?"
太行了。还有一点儿小骄傲。
…………
搓过了，一起抽一根烟，穿上衣服，该打道回府了。

维权的道台府

20世纪初,哈尔滨市区被看作中东铁路"哈尔滨驿"的沿线,成为沙俄的租借地。而傅家店即现在的道外区,毕竟与中东铁路搭不上界,故幸免于沙俄的染指。忧心忡忡的清政府便在这一区域设立了"道台府"。

清朝的"道"是介于府与县之间的机构,由相当于府一级的官员——道台治理,兼管行政司法。据推荐人介绍,这个杜学瀛"心术纯正,才识宏通,沉毅有为,刚柔互济",他富有和俄人打交道的经验,尤其明白舆论宣传与发展工商业的重要。1906年5月11日,杜学瀛到任视事,见傅家店街市极不规整,地基狭窄,碍难筹划,遂将滨江署地址定于四家子(现道外北十八道街)原木石税局东侧。

杜学瀛在任期间还办了两件大事:一是资助交涉局职员奚廷黻办了哈埠华人第一张报纸《东方晓报》;二是垫付官股,资助民族资本创办耀华电灯有限公司。

有这样一段文字描述了这个衙门当时的风貌:

滨江关道的官府位于今道外北十八道街,坐北朝南,高墙深院,青砖绿瓦。正门有一高大的影壁,前院主体建筑是公堂,公堂门上有滨江关道的横匾。大堂内除设有公案外,书有肃静、回避的头牌,刑杖等一应俱全。西侧院落是监狱,高墙铁网,壁垒森

九　逸事

严，让人望而生畏。大堂后是飘着粉香的官眷的宅院，女眷深居简出，偶尔有红绸绿缎在门内晃动，点缀得这森严的衙门流露出几分妩媚。每天出入道台府的，除戴着红帽子，穿着马蹄袖官服，表情严肃的中国官员外，也常有些穿着西服，系着领带，戴着白手套，拿着手杖的洋人来这里办理交涉，滨江关道成了当时重要的外交机构。

前些年，哈尔滨城建方面召开一个研讨会，除了论证犹太教堂、中央大街的辅街改造，以及恢复圣·尼古拉教堂之外，道台府的论证会也落到了文联的头上。不知为什么，我成了哈尔滨"千年文脉、百年设治"这个活动的副主任，所以没有理由不参加这个活动。其实，我对于论证当中的有些事情的确是不懂的，或者是模糊的，但是，既然"论题"出现了，那就得去研究它，去翻阅有关的资料，从而获得一个接近真实的"结论"。

在翻阅有关资料当中，我发现所谓哈尔滨的"道里区""道外区"含义，和我以前的理解并不同。以前的理解是，道里为"铁路里面"，简称"道里"，道外为"铁路外面"，简称"道外"，而且恰好在道里和道外之间有一条铁路专用线，它也的确是道里区和道外区的分界线。但事实上，这样解释道里和道外是不对的。在20世纪初，沙俄建成中东铁路以后，根据1905年《东三省事宜条约》的"规定"，铁路沿线的哈尔滨地区为沙俄的势力范围。换句话说，归中东铁路当局管辖。那么，傅家店，即中东铁路当局所辖范围之外的区域，被称为"铁道外"。原来道里和道外，这里面还含着一种被殖民被瓜分的耻辱。

229

既然哈尔滨被强行划归沙俄的铁路当局管辖，那么，道外地区就必须迅速地建立一个中国的政权机构。因此，清政府于1905年便批准在道外设立了一个级别颇高的道台府——滨江关道。滨江关道主要是负责管理土地、通关、征税、司法，包括交涉与洋人相关的事宜。表面上是一个收税的地方，调节洋人和中国人利益的地方。说白了，骨子里却是作为一个主权象征的中国衙门。

哈尔滨"滨江道署"，有人说它是中国最后一个道台府。据此，哈尔滨才有了"千年文脉、百年设治"这样一个相对合理的提法。其实，在这之前，哈尔滨已具备"城市"的雏形和城市的某些功能了。不过是中东铁路当局的渗透与染指，使它迅速地更加城市化起来而已。

绕了这么一大圈子，过了半个多世纪，哈尔滨人似乎才把"百年设治"这件事搞清楚。只是，这个中国最后一个道台府早已经淹灭在道外区鳞次栉比的平民区里了（1945年8月15日，日本投降后，原道台府房舍空闲2年，其建筑损坏严重）。

这幢滨江道署老房子是在北十八道街和十九道街之间的民房改造当中被发现的。市政府和区政府立即采取了积极的措施，保护了现场，并迅速组织有关方面的专家研讨重修、重建道台府的可能性。这个任务就落在了道外区政府和市文联的头上。我去道台府的时候，其已经恢复和修建得差不多了，挺好看的。真的是一个衙门的样子。而且，这个道台府的占地面积也不算小，当然也不算大。不过，过去的"府"与"县"，与今天的已经很不一样了。当年道台府的景观可以从老照片上看到。这幢道台府完全是中国式的

九　逸事

建筑风格的大屋顶、红漆柱、格窗、石兽、牌楼，而且这种建筑式样已经是中国地方衙门的一种定式，一种固定的模式。同样是坐南朝北，同样是灰色的砖墙，同样有影壁、大堂（大堂上有滨江官道的横匾）、吏户礼三房、兵刑工三房、书房、杂项房、监狱、茶房，等等，不同的，就是多了一个会洋官厅。因为这个衙门的一个重要的功能，就是要解决跟洋人之间的某些问题。可乐的是，这个洋官厅的设计是半中半西的那种样子，虽然看上去有点不伦不类，但很有趣。要是没这样一个地儿，洋人进了中国式的厅堂，他们不知道往哪儿坐。

当年，出入道台府的人都是清朝官员的打扮，马蹄官服、红帽子，女眷也是清朝女子的装扮。出门是八抬大轿，有衙役鸣锣开道。不过，在洋风颇盛的哈尔滨，这一举动看上去有点像演戏，其实，这里边是含着一种大严肃的，那就是用这些类似戏台上的装扮，来证明这个地方是中国的国土，这里归中国的官员所管辖。

那个时代已经有小汽车了，所以，道台府官员出门不总是坐八抬大轿的。除非情况特别，日子特别，仪式特别。

我去的时候，道台府所有的堂屋都还是空空的，不过，勤奋的道外人和文联的工作人员都特别努力，据说已经收集与道台府相关的"文物"有上千件了，一俟道台府修复完毕，所有的物件都会摆上去，重现道台府昔年的风姿。

2005年10月31日，我也接到了一份参加道台府百年设治的庆典活动。警察瞅我也不像个领导，没让我进去。既然我应邀而来，走了也不好，于是，我就站在警戒线外面的人群中踮着脚看，有领导在讲话，开始是一个女同志，然后换了一个男首长讲，再然后，放了好多鸽子。总之，场面很热闹，彩旗翻飞，鼓乐齐鸣。是啊，哈尔滨有了这个"生日"，有了这个平台，有了这个起始点，研究个啥事，写个论文啥的，那可就方便多了。多好啊，高兴啊。

九　逸事

江帆之城

徜徉松花江边，蓦然回首，见江帆忽来，不胜感慨。

遥想这一张张的江上风帆，曾是年轻的哈尔滨遗失的一种风度，一帧优美的风景，一种约定俗成的民间风情。

早在百年之前，那些侨居在这座城市的俄国人，就在松花江的南面成立了划船俱乐部。每逢夏日的周末（冬天改为冰帆），江面到处都是如蝶的风帆畅游与竞赛的场面，斯时，观者如潮，常与弄潮儿欢呼互动，场面的博大与通透，气氛的俊朗与热烈，成为假日里野餐人眼中最令人开心的风光。

的确，弄帆沧浪上，全忘是与非呀。这如此放怀的水上运动，如此健壮的体魄，如此高超的技巧，如此美丽的姑娘，手风琴伴奏下欢快的歌声，不仅让侨民们忘记了离国的忧愁、对战争的恐惧和生活的压力，也使得情侣之爱更加甜蜜，青春之聚更加浪漫，并成为终生难忘的珍藏。或者，正是因为这别致的美景，诗般的情致，似可称哈尔滨为"浪漫之都""江帆之城"了。

是啊，运动与健康从来就具有永远的魅力。这一别样的风情自然也影响到了渴望健美、追求活力的中国人。

曾几何时，哈尔滨松花江之江段上常可以欣赏到江帆与龙舟交织，赛艇与汽船竞技的场面。这水上的优雅，江上的比拼，或在玫瑰色朝阳的辉耀之下，或在夕阳投下的万道的金光里。这的确是一幅自晨至昏，充满健康和青春气息的人间好画。日晚江南望江北，片帆挂破残阳影。这迷人的风光哟，不仅醉了江水，也醉了游人。

然而，在过去几十年的时间里，顾此失彼，竟让这哈尔滨所独有的江上美景悄然地消失了。多情之人，恋旧之君，只能在朦胧的记忆和发黄的老照片里，一遣思念之情。江水空流，夏日虚抛，逝者如斯了，让几多临流者不胜惆怅。

我沿着江堤缓缓地走，款款地行，一点点的彩色江帆和飞速掠江而过的龙舟又神奇般地出现在江面上了。瞬间，夏日的松花江又恢复了往昔的活力与浪漫，且又多了别样的呈现，当代的气质。一时间，城市年轻了，人也年轻了。此刻我多希望走下江堤，登上风帆，在碧色妖娆的江面上，如风如舞、如燕如鸥，肆意畅行一番。

九 逸事

迷人的铁路小二楼

哈尔滨最初的建城理念是"以铁路为主,以城市为辅"。既然以"铁路为主",或者说建一个为铁路服务的"铁路城",那么,毫无疑问,在哈尔滨这座城市里,有相当数量的"俄罗斯田园式建筑风格"的铁路职工住宅。这种房子被当地的老百姓称为"铁路房",而且直到今天仍然这样称呼它们。不幸的是,这种铁路房差不多都被扒光了,成为一种记忆了。

哈尔滨的铁路房,大多是平房,而且,家家都有一个俄式的、低矮的、用木板拼成的篱笆院,它看上去非常宁静、通透、舒展,整体造型也颇为美观、富有情趣、富有诗意,甚至还蕴含着一种开放的、交流的姿态。这与中国式的高墙大院有本质的区别。有人说,哈尔滨是全国唯一一座没有城墙的城市。这种自豪的说法虽然未必准确,但是,哈尔滨城市始终没有过城墙,这倒是事实。

一般来说,这种俄式的铁路房的举架都非常高,相当于现在的二层楼高。房门前照例有一个木制的人字形雨搭门斗。不像现在的民宅,一开门就进屋里了,把屋里的人吓一跳,显得特别突然,设计上没有缓冲的余地与空间。非常不好,使到访者显得很没礼貌。

房子里面除了走廊、会客室、卧室之外,还有地窖、储藏室、厨房、卫生间,等等,就是现在看,这种档次的布局也是很现代的。而且房门外的侧面一定会有一个木制的,15~20平方米的玻璃窗花厅。外面的院子里肯定有果树,通常还会养一只狼狗,或者好看的猎狗。这种美观、看上去比当代的私人别墅还坚固的俄式建筑，在当时不过是非常普通的铁路职工住宅。因此，在这座城市里，在铁路上班的人都是很神气的，就好像今天某些人在航天飞机工厂工作一样。

除了这种普通的铁路职工住宅之外，还有一个比较高级一点的铁路宅第，像红博广场南北两侧的俄式住宅。这个住宅最早是东省铁路局局长斯特洛乌莫夫的私人住宅。这个看上去有点像哥特式建筑的小二楼，造型非常漂亮，建筑专家称这种建筑是"俄国新艺术风格"的建筑。这两幢隔街相望的俄式洋楼，靠南边的一幢，看上去有些破旧了，维修似乎也不到位（估计是资金有问题）。或者是维修工人的工作马马虎虎，没有精心地进行修缮。或许他们并不知道这是一座极其珍贵的建筑艺术珍品。小楼有木质的雕花凉台、哥特式的屋顶、半弧形的雨塔、二层上的玻璃花厅，等等，小楼的砖墙是米黄色的，窗棂和凉台是黑绿色的，整体造型一气呵成，有一种天然成就之感。当地的哈尔滨人似乎并没有想到，这样的建筑在全国只有哈尔滨才有——的确，我们对它过于草率了——这也是一个相当有韵味，相当别致的景观呵。

在央视拍摄《一个人和一座城市》的时候，我曾经领着第一拨央视的摄像师去了这个小楼。这幢小楼虽然从外面看并不大，但里面却有许多房间：会客厅、卧室、餐厅、书房等，可以说是功能齐备、布局合理。小楼已被几家或公或私的"公司"租用，尽管从外观上看，有些残破了，个别之处甚至有些"惨不忍睹"，但仍然可以从中透视出某种贵族气派。

我询问了租住在这里的几家公司、快餐店服务等部门的主人，

九　逸事

遗憾的是，对于这幢房子，他们什么也不知道。

我们一直登上了小二楼顶部的那个尖顶小凉亭，我不知道当年的斯特洛乌莫夫是否在晚霞满天的黄昏经常坐在这里，一边喝着俄式红茶，一边凝视着前面不远的圣·尼古拉教堂。但是，历史使得这一切瞬间消失了。据说，斯特洛乌莫夫在这里住的时间并不长，仅仅四五年的时间。但是，这座造型别致的建筑艺术精品，却给哈尔滨这座城市增添了许多欧式的风韵。那位同行的央视的摄影师似乎从这历史的流逝当中悟到了什么，特意绕到这座宅子后面，拍了一下老榆树落在墙面上的影子，在摇曳的、不那么清晰的影像当中，斯特洛乌莫夫的面孔也不那么清晰了，他们生活的场景也变得模模糊糊起来。我无法知道，曾经走进这座小楼里的客人，当初都怀着怎样的目的，停泊在这座小楼前的俄式轿车里坐的是什么人，那些从这幢小楼前走过的侨民和中国人是怎样的一种感受。虽然无法走进斯特洛乌莫夫的生活，但是，无论如何，我们捕捉到了他的灵魂，即他的理想，他的理想是永远停留在这里的。可是，历史总是残酷的，所有的遗产都不是留给个人的，而是永远留给那座城市，成为一座城市的精神的体现。

那位央视的摄影师特地抱着摄影机蹲在小楼前，俯拍着男男女女、老老少少，来来往往的行人的脚步，是同期声制作：匆匆的步履、嘈杂的声音。我知道他是怎么想的，并想达到怎样一个效果。对此，我很欣赏。

现在这两座俄式老房子依然矗立在哈尔滨最显眼的主干大道——中山路上。我同央视的同志离去的时候，隔街遥望，仍能感受到这幢俄式私邸的豪华气派。而今，它像一出历史剧，结束了它的演出，落下了帷幕，空留下一个舞台。

在哈尔滨还有几座类似的铁路高级职员居住的俄式小二楼。像文昌桥北面的那座小楼，那幢小楼一点也不亚于前面我所介绍的斯特洛乌莫夫私宅。它同样有一个哥特式铁盖雨塔，而且是紫色的，而小楼整体为灰白色，一紫一白，非常漂亮。所有的凉台、窗与门、弧形的雨塔，都给人一种浪漫的情调，让人感到舒服、恬静。

另一幢在北京街上的那个俄式小楼，似乎更具某种前卫性。它的二层竟是木结构的，显现出常有的西伯利亚式建筑的风韵。而二层上的"小塔楼"，却是平顶的，看上去更像一艘轮船的驾驶室。似乎为了增加这样的效果，小楼上的窗、门，都做了"圆角"的处理——真的有一种航行感——那么，是在这里永远地停泊下去，还是潜藏着一种回乡的欲望呢？

总之，大凡二层楼的铁路住宅，居住者大多是一些铁路高级职员。这样的住宅基本上是一家一栋。而且每一栋的造型都不一样，但是，幢幢都是精美的建筑艺术品，点缀着这座充满诗意的城市。遗憾的是，而今这样的老房子保留的也不多了，有些是在夜间被人悄悄地拆掉的。第二天，人们再经过那里，糊涂了，以为自己走错了路呢。

多么狡猾的拆房人哪。

九　逸事

仰望教育书店

哈尔滨中央大街上的教育书店,先前是一位叫水上俊比左的日本人开的"松浦洋行"。这是一幢典型的仿巴洛克建筑,该建筑的设计师是一位俄国人,叫 A. A. 米亚科夫斯基。中国台湾出版我的那本《哈尔滨人》的封面,就选用了这幢建筑作为背景。

凡是到哈尔滨来旅游的人,导游员一定会指给你看这幢洋建筑。很显然,它在哈尔滨的建筑历史中很有代表意义。

"巴洛克"是一个有趣儿的、谜一样的术语,在西班牙语中,它是指"不规则的、奇形怪状的珍珠",在意大利语中则是"缺乏辩证价值的迂腐而扭曲的辩论",而在绝大多数欧洲语言中,它是过分、反常、怪异、荒诞和不规则的同义语。所以我们还是从源头说起。

巴洛克建筑是在17—18世纪意大利文艺复兴建筑基础上发展起来的一种建筑手法和装饰风格,它一出现,就迅速地影响了欧洲和中南美洲的大部分地区,从一个国家蔓延到另一些国家,并蔓延到哈尔滨。尽管巴洛克艺术有着共同的渊源,但各国表现出来的地方特色却千差万别,流行程度也不尽相同。

巴洛克时期——可理解为一个特定建筑式样盛行的时代。巴洛克时期的建筑师,其特质既像诗人也像画家,他们热衷于在自己的建筑作品中追求意外,追求某种特别的效果。就像戏剧舞台上所表现的那样,通过灯光的配置,从而实现自己预先设计的光影效果——巴洛克建筑就特别注重这种光影效果，这是巴洛克建筑的一个标志。意大利文艺复兴晚期，著名建筑师和建筑理论家维尼奥拉设计的罗马耶稣会教堂，就是由手法主义向巴洛克风格过渡的一个代表作，有人称它是第一座巴洛克建筑。不知道巴洛克建筑师们是把人生当作了舞台，还是把城市当作了他们的表演场地。但不管怎么说，我们把哈尔滨巴洛克建筑之"源"找到了。

这座落成于1918年典型的巴洛克风格的建筑，是目前哈尔滨保存得最好的一座仿巴洛克式的建筑之一。尽管是被称为保存最好的建筑，但是，我仍然看到它还是受到了不同程度的损伤。比如说，一、二层的磨角大型方窗，现在已经被巨大的广告牌、门脸装饰"画"所遮挡，使得先前那种宽大、明亮、透明，以及对整个建筑物烘托的效果荡然无存。换句话说，就是作为巴洛克建筑之灵魂的"光"没有了，那么，没有"光"之特质的建筑还能算是巴洛克建筑吗？要知道，每一座建筑的设计，包括每一个细部的构想，都倾注了建筑师的心血和智慧，他们的每一笔都有目的。所以，当它的一、二层被商业性广告牌所遮掩的时候，这座建筑的美学价值就必然受到极大的损伤。

准确地说，我们现在看到的"教育书店"是一幢保存较好的，但受到一定损伤的仿巴洛克建筑。

关于哈尔滨教育书店这幢巴洛克建筑的"来历"似乎是很情绪化的。据说，当年建造这座建筑的日本人为了显示他们的强势与富有，决心与沙俄建筑一争高下，建了这幢华丽的"五层"建筑。日本人在侵略这座城市的时候，举头四望，看到这座城市到处都是沙俄的建筑，他们感到在这样的建筑群下实施自己的殖民统治，在行

九　逸事

为上和情感上都有一种文化上的压抑感。为此,"大日本帝国"的侨民有意把松浦洋行建得更加华丽,更加高大。无论是贯通三、四层的巨型悬空壁柱、大幅的橱窗、红色铁皮的孟莎式屋顶、半球形的俄式"洋葱头"穹顶,还是自由涡卷状的断折山花、外凸铸铁曲线栏杆、老虎窗上精致的浮雕,以及出挑的半圆形花萼状阳台,连同蹲在花叶上的青蛙浮雕,等等,都干得出类拔萃、富丽堂皇,比俄国还俄国,让俄国人见了也"自惭形秽",自叹弗如。目的就是消除那些几乎占全城人口一半以上的白俄和无国籍者的文化上的优越感,使他们无条件地归顺"大日本帝国"的统治。

松浦洋行的内部装饰也极致豪华,水磨石台阶上镶嵌的深色三叶草花纹,以及铸铁的曲线栏杆、宽敞的走廊、连续的拱门、明亮的大厅、深栗色的楸木的墙裙、豪华的家具、雕花的天棚,还有天棚上石膏浮雕的灯环和华贵的吊灯,等等,无不精工细作,显示着奢华的气派。特别是外立面二层转角主入口上方的那一组大理石人像柱,它们几乎成了中央大街上最亮丽的风景。

其实,在公元前 7 世纪中期之后的某个时候,希腊人开始用大理石雕刻巨大的人像了。据说,男子立像可以是表现神的雕像,也可作为美好的物品奉献给神,或者用它作为一个人的"纪念碑"。总之,它们不仅具有令人费解的宗教色彩,也体现着一种民族精神。

有人说:"在只有少数人能够阅读或书写的时代,教会大多依赖绘画和雕塑向它的成员和潜在的皈依宗教者传达信息。因此,在教堂内部的墙壁和穹隆上频繁地展示着宗教意义的绘画。雕刻家在柱头即圆柱的最顶端部分和窗间壁上创作了一些小规模的雕塑品。

但最集中的形象化的陈述还是在人们进入教堂前所看到的大门入口处的雕塑。"

我相信，日本人是把这一组人物作为日本铁蹄下的"欧洲奴隶"看待的。但是，正是由于这两尊大理石人像柱的出现，把中央大街的洋滋洋味推向了极致。

在20世纪中叶，典雅的松浦洋行就已经是一家书店了。年轻的时候我经常到这家书店去看书，然后到附近的那家生意兴隆的小酒馆喝啤酒。这幢建筑的生动造型、丰富的轮廓，总是给人一种舒畅的、雅致的感觉。站在这幢建筑面前是一种享受啊，是对这座城市建筑历史的别一种阅读。

是啊，建筑文明对灵魂而言，是复杂而别致的，它深深地刻在记忆里，彼此相知相爱，瞭望终生。

在哈尔滨还有一座不那么出名，但同样非常优秀的巴洛克式建筑，就是现在的兆麟小学。这所小学校原来是日本桃山小学，也称东本愿寺附属小学。这座建筑竣工于1923年，是由当年哈尔滨的建筑权威尤里·彼得洛维奇·日丹诺夫设计的。这座建筑从正面看，与教育书店十分相似，不同的是，它的两翼则呈现出古典主义风格。也有人称这座建筑是文艺复兴时的建筑风格。但是，准确地说它是一座折中主义建筑。因为在这座建筑中我们看到巴洛克建筑、古典主义、新艺术运动建筑风格等的迹象，而且彼此达到了完美的融合：高大的科林斯巨柱，房檐上吊环式的山花，二层和三层上拱形的巨窗，连同两翼排开的墙面装饰，都使得这幢建筑显得豪华、宁静、卓尔不群。

其实，我们的建筑业就是顺着相互模仿这条路走下来的：从古

九 逸事

罗马"模仿"古希腊开始,巴洛克、哥特、浪漫主义、古典主义,包括现代建筑,它们从来就像一群吸血鬼一样相互模仿、相互吮吸对方的血液。

日丹诺夫还亲自设计了另一幢巴洛克风格的建筑,这幢建筑就是当年的日满文化协会,竣工于1933年。优秀的建筑设计师永远不会重复他们以往的作品。因此,这座建筑又有了新的变化,它的房顶和女儿墙是一种法国文艺复兴建筑风格的再现,尽管没有塔楼式的圆顶。但是,高大的拱形窗户,拱形窗上的椭圆形老虎窗,以及两侧颇具古典主义风韵、并用三角形山花装饰的大门,使得这座建筑看上去颇为神秘,具有强烈的吸引力。

早年,巴洛克建筑在哈尔滨建筑中占据着很大的比重。像省邮电局、市图书馆的侧楼、江沿小学、哈尔滨文化协会,以及具有代表性的南岗秋林,等等。这些建筑至今都是后人临摹的范本。

颐园街1号

在哈尔滨南岗区的颐园街（过去的"医院街"）与健民街的街口北侧，即现在的颐园街1号，有一座仿法国路易十四时代的古典府邸式的建筑。这幢豪宅被列为全国重点文物保护单位，这本身就很不寻常。

颐园街1号上的这座欧式建筑，原来是波兰裔俄罗斯林业资本家格瓦里斯基的私邸。在20世纪初，他来中国的黑龙江经营木材，并在海参崴、一面坡、穆棱等地拥有多处林场，在哈尔滨还拥有一个大型的木材加工厂，是东北地区颇为有名的洋木材商人，而且也是哈尔滨首屈一指的巨富。

1919年，正是俄罗斯国内相当混乱的年代，格瓦里斯基开始在哈尔滨筹资兴建这座造价昂贵的花园别墅，在当时，这也是一座规模极其宏大的豪宅。这座近乎宫殿的花园别墅占据了颐园街最抢眼的地带，而且，在豪宅的四周还修建了巨大的广场、花园、方形街道，在它们的环衬之下，更加突出了这幢住宅的不凡气度和高贵。

的确，古往今来，古今中外，很多人都是以建豪宅来显示自己的成功的。这几乎是有钱人的"规定动作"。

岁月如风，现在，我们已经无法从众多的现代化摩天建筑的遮掩之中，领略它当年的风采了，但我们仍然能感觉到格瓦里斯基的这座豪宅是那样卓尔不群。站在这幢建筑面前，你甚至无法理解一

九　逸事

个外国商人的私宅会建造得如此宏大,即使是在21世纪今天的哈尔滨,也很难找到这样的私人豪宅。

格瓦里斯基的私人豪宅,实际上,是一幢折中主义的典型之作,装饰华丽的女儿墙、古典主义的科林斯高大廊柱、法国梦幻式的屋顶、阁楼上梦幻般的老虎窗、檐口上装饰着的漂亮的山花,以及造型别致的半圆形花厅和宽敞的晒台,连同围栏,等等,都显现出整个建筑的那种巴洛克式的奢华气派。

不仅如此,这幢建于1919年的私人宅邸还有一种先锋姿态,起到了"率先垂范"的领头羊的作用,对哈尔滨这座城市房舍风格产生了潜在的影响。总而言之,这幢在周围的草坪、花坛的簇拥之下的浅灰色的宏大建筑,让外人望而生畏,望而却步。

这座仿法国路易十四时代的古典主义建筑风格的府邸建筑,工程耗资巨大,施工技术要求极其严格。一位建筑专家告诉我,这座建筑的设计,是以当时法国颇为盛行的复古主义思潮——折中主义风格为基础的,并且广泛吸取了巴洛克等欧洲各种建筑风格的某些优点,并将各种风格融会贯通,兼之设计师自己的独创,使之浑然一体。

在这幢建筑的左侧有一个近2000平方米的花园。花园内有水池、花坛,铺设了甬路,栽植了高大挺拔的钻天杨及松、柏、柳、榆、桦等50多种乔灌树木,并种植了多种花草。花园和庭院之间以榆树矮墙间隔,使得环境别致,景色幽雅。每逢夏季,花园里绿树成荫,花香四溢。花园和庭院外侧砌有别具特色的欧式围墙。花园与私邸配置协调,相映生辉。

该建筑的设计为意大利设计师Bernadatti设计。他的设计得到格瓦里斯基的高度赞扬。这位博学多才、作风严谨的意大利建筑设计师是私人豪宅的设计专家，是哈尔滨赫赫有名的建筑绅士，也是上流社会贵妇人的追逐对象——好像所有的意大利男人都是情种和风月场上的高手。

前面我只是简略地介绍了格瓦里斯基的职业，面对如此豪宅，恐怕还要再详尽地加以介绍一下他的背景。要知道，房子和主人总是相匹配的，房子是主人的躯体，主人是房子的灵魂。前面我说过，格瓦里斯基曾经是哈尔滨的一个木材巨商，但这还不够，因为他的身后有非常强硬的后台——中东铁路管理局——更进一步说，有白毛将军霍尔瓦特的支持。格瓦里斯基是受中东铁路管理局的"委托"，才拥有中东铁路沿线上众多的林场采伐权的。想想看，当年这一带的森林是何等的茂密，简直是到了神话里的"太阳山"了，格瓦里斯基要是不发横财反倒是咄咄怪事了。所以，格瓦里斯基发了令人难以想象的大财（白毛将军难道不是其中的一个主要的受益者吗）。因此，他才能有足够的资金在颐园街1号建这样一座豪宅。

事实上，对格瓦里斯基来说，建这座房子是一个普通的行为，一个轻松的动作。的确如此，格瓦里斯基在哈尔滨还拥有一个具有相当规模的胶合板加工厂，他生产的胶合板源源不断地从哈尔滨运往国外。同时，在博家店，格瓦里斯基还开了一家以他的名字命名的面粉加工厂、一所学校……

那么多工厂都建起来了，盖一幢私宅又算得了什么呢？

至于后来格瓦里斯基为什么离开了哈尔滨，他离开哈尔滨之后又去了哪里，我翻阅了许多资料，都没有找到他的踪迹。只知道，

九　逸事

在1932年9月25日，日本近藤林业公司出资收买了格瓦里斯基的林业公司，亚布力、横道河子、穆棱等林场……也许，这座城市的史官觉得一个商人的行为不值得记录下来，也许，我们这座城市的人太过于大手大脚，将这位掠夺了中东铁路沿线大量森林资源的俄籍波兰人"遗忘"。或许是这个留着大胡子的身材魁梧的汉子，像当代的某些巨商那样保持低调。因此才少有他的文字记载。

总之，这幢楼像它的造型一样，充满了许多繁杂的思考，这既有格瓦里斯基享受生活、张扬财富、浪漫虚荣的一面，同时也隐藏着他的欲望、贪婪、计谋和忧虑。

这座城市里的事情总是这样，不管这幢老楼、老公馆何等漂亮，何等珍贵，当他的主人离去的时候，负责养育和保护它的，是这座城市。城市总是以它宽容的胸怀、文化的姿态、高尚的境界呵护着它，让它逐渐在历史的岁月里脱尽污垢，走向纯洁，达到唯美的境界。

有趣的是，这幢颐园街1号上的欧式建筑，作为大富商格瓦里斯基私人宅邸只有短短的几年时间。世界上的事常常是这样，前人种树，后人乘凉。在中国，胡庆余堂就是一个典型的例子。1931年前，格瓦里斯基这幢私宅成了苏联交涉中东铁路问题的日方代表在满铁理事的住宅。"九一八"事变之后，该建筑被日本特务机关强行收买，成为日本关东军特务机关长土肥原贤二的特务机关所在地。日本帝国主义强购中东铁路后，该建筑又改为铁路俱乐部（实际上是日本特务机关的伪装）。

1945年日本投降后，苏联红军进驻哈尔滨，该建筑成为苏军元帅马林诺夫斯基的司令部。哈尔滨解放后，该建筑立即被人民政府作为敌伪房产没收，成为东北民主联军的交际处。1948年，东北民主联军将该建筑移交给地方，改为松江省委和哈尔滨市委接待处。

从1948年至"文革"期间，毛泽东、周恩来、刘少奇、朱德、张闻天、宋庆龄等党和国家领导人来我省视察时，都曾在这座老房子里工作、居住过。1950年2月27日，毛泽东主席在访问苏联后回国途中，到黑龙江省视察，就工作和居住在这座建筑里面。有资料记载，那天白天，毛泽东主席一行视察了哈尔滨车辆工厂，观看了哈尔滨市容；夜晚，毛泽东主席在这里接见了松江省委和哈尔滨市委负责人，听取了汇报，并作了重要指示。毛泽东主席就在这幢老房子里为松江省委、哈尔滨市委和哈尔滨召开的第二次团代会题词："不要沾染官僚主义作风""学习""奋斗""发展生产""学习马列主义"。

…………

我第一次停下来认真地欣赏"颐园街1号"的时候，还是一个少年，那时候我正在读中学，正在利用寒暑假拉小套挣钱。一天恰好帮着车主拉车从那里经过，拉的什么记不得了，但显然是一车很重的东西，这使我有足够的时间欣赏两边的建筑。当时，我并不知道"颐园街1号"是一个什么地方，里面住着什么样的人，只觉得它像一座洋人的宫殿。车主看到我在注意这座建筑的时候，就说，小子，歇一歇吧。于是，我们把手推车停在了这幢建筑门前不远的地方，我们两个人一边擦汗一边看这座建筑。当初这座建筑给我的感觉只是绅士、洋气，至于它究竟属于哪种建筑风格，我却一无所知。

九　逸事

伊万的秋林公司

南岗秋林公司在哈尔滨人的心目中一直占有很高的文化地位。尽管近几年来这种很高的地位已经开始动摇，但它似乎仍然保持老市民对它的尊敬与信赖，仍然在亲切目光的注视之中。

南岗秋林这幢老房子整体呈墨绿色，有一个类似白宫式的半圆形穹顶。早年，正是这个半圆形的穹顶，成为秋林公司的形象标志。

先前，秋林公司的装饰与布置纯粹是欧式的，服务员也是欧式打扮，其中不少是俄国妇女。洋楼、洋售货员、洋货、洋广告、洋泾浜的"毛子话"，以及一半以上的洋人顾客，外乡人冷不丁到了这里还以为走进了国外的商店呢。

20世纪70年代的时候，我经常光顾这家商店。那时候，由于我受到了一些西方文艺思潮的影响与腐蚀，觉得逛这家商店就等于去上一堂西方文艺思潮的实践课了。的确如此，在这家商店里，我买到了欧洲小说中常提到的兰姆酒、茴香酒、小肉肠和香槟酒。这本身对我来说就是很大的精神满足。要知道，作家体验与深入生活的方式是多种多样的，有的方式甚至有点匪夷所思。当年，哈尔滨就有很多像我一样的年轻人喜欢到秋林公司去。其实他们兜里并没有多少钱，不过是为了满足一下他们梦想当绅士的欲望而已。这种行为，也是早期哈尔滨青年文化人之精神风貌的一个有趣的缩影。

秋林公司的老板叫伊万·雅阔列维奇·秋林，他是俄国西伯利亚地区的伊尔库茨克人，也是一个犹太商人。简而言之，是中东铁路的修筑使他有机会到中国来经商。从1900年开始，他先是在哈尔滨的香坊建立了秋林跨国公司，用自己的名字命名"秋林洋行"，1902年又在道里的中国大街上增设了秋林支店，1904年才在南岗的这个"制高点"上开始建造秋林洋行百货大楼。1908年9月正式投入使用。当时，哈尔滨还没有发电厂，无论办公楼、民居，夜间照明全部点蜡，是一座点蜡烛过夜的城市，即所谓的"蜡烛之城"。但秋林公司可以自行发电，它有自己的发电厂。到了晚上，秋林洋行百货大楼灯光通明，人们在远处驻足观赏，秋林洋行百货大楼，宛若天上的宫殿一样，使得秋林公司出尽了风头。

秋林洋行这座老房子，横看竖看，总觉得有某些拜占庭建筑风格的味道，特别是房顶上那个半圆形的穹顶。除此之外，我想，整幢建筑之所以呈俄国人最喜欢的墨绿色，毫无疑问，他们是考虑到哈尔滨那几万个俄国流亡者，因为这种建筑形式，这种俄国式的墨绿色本身就是一种亲近、一种召唤、一种信赖。

事实上也确是如此。到这家洋行去的人绝大多数都是俄国老百姓。而在那些营业员当中，有不少是讲俄语的中俄混血儿。洋建筑、混血儿，他们之间是有一种必然联系的。

那个年代很特殊，城市居民也是多样化的，杂交的"品种"很多。那时候的哈尔滨挺有意思的，非常好看。

就我本人而言，对秋林公司的印象大部分在吃上。像秋林公司烤得像锅盖一样大的大列巴（面包）就是我欣赏的美食之一。早年大列巴的个头要比现在大一圈儿，差不多就像洗脸盆那么大，现在小很多了，像艺术家戴的那种贝雷帽。不过，秋林百货大楼的大列

九　逸事

巴与其他商家的大列巴确实不同,秋林的大列巴是用木柴烤制的,而其他商家的大列巴则是用电炉子烤制的,两种面包吃到内行人的口中,味道会有明显的不同。我知道有很多外地朋友喜欢秋林公司的大列巴,不过请记住,一定要吃新鲜的、吃刚刚出炉的那种(馒头也是吃刚出锅的好),如果凉了,最好用烤炉热一下再吃,切成不太薄的片,用餐刀抹上奶油(秋林公司的奶油很纯,不像北京卖的那种,稀稀的、贼甜,要吃那种用餐刀用力抹才能抹匀的黄油),然后佐着大茶肠、酸黄瓜(酸黄瓜必须切成块吃,我看到有切成条或片的,那就外行了,让外国人看不起咱们),呷着热热的印度红茶吃才地道。记住,吃大列巴是不能喝啤酒的,如果忍不住一定要喝,也只能喝伏特加或者甜樱桃酒。

我所说的秋林大茶肠指的是粗粗的那种(粗得像婴儿的腰),胖嘟嘟的,被油绳勒成一节一节的巨藕状,一片切下来像一张娃娃的脸,可以清晰地看到里面的肥肉块、胡椒粒、蚕豆,味道香极了。现在秋林公司卖的大茶肠也还可以,还算地道。但不知道为什么,我总觉得不如先前的好吃了。这可能是生活水准提高之后的一种错觉吧。

秋林公司经营的独家饮品,是黑豆蜜甜酒,每逢节日的时候,这种酒就会大量地上市。秋林公司是论斤卖这种他们自酿的甜酒的。这时节,普通百姓人家都会去秋林公司买上二斤,过节了,喝一喝,回忆一下往昔与俄国人交往的那些有滋有味的日子。

但是,萧红在介绍这座城市的俄国人时却这样写道:"侨居在哈尔滨的俄国人那样多。从前他们骂着:'穷党,穷党。'连中国人开着的小酒店或是小食品店,都怕'穷党'进去。谁都知道'穷党'喝了酒，常常付不出钱来。可是现在那些骂着穷党的，他们做了'穷党'了：马车夫、街上的流浪人、叫花子，至于那大胡子的老磨刀匠，至于那去过欧战的独腿人，那拉手风琴在乞讨铜板的，人们叫他街头音乐家的独眼人……"

萧红讲的是沦陷时期，我讲的是新中国成立以后。

秋林公司吃"特产"还有列巴圈儿、古斯龚拉克（一种夹白葡萄干儿的小面包），黑面的苏合力、古力斯以及毛巴合水果糖，等等，都很受当地那些或多或少已经被欧化了的市民欢迎。

今天的秋林公司变化了，但是，只要你静下心来，仍然可以从这幢老房子上看到早年秋林公司的那种不俗的风度和老牌绅士的傲慢。

九　逸事

中华巴洛克式的老房子

哈尔滨的中式老房子，除了泥墙草盖和中西参半的木板房之外，还有相当数量的青砖、青瓦的平房，二、三层的楼房（红瓦的少，怪怪的）。据1937年9月20日《滨江时报》"哈尔滨四十年回顾史"载：

哈尔滨建筑以全埠论，各区建筑比较宏壮，市街整齐者，当推埠头区（道里区东部）、秦家岗（南岗区），若以繁华论，则傅家甸、四家子尚焉。埠头区最著名的街市，南北平行者，有炮队大街（通江街）、中央大街、新城大街（尚志大街）、水道街（兆麟街）、买卖街等，均楼宇雄壮、商店栉比、建筑坚固、街道整齐，盖新区多为当时俄国人所筑，街市楼宇均有西洋之风。但是傅家甸、四家子之建筑物，则楼宇边互，光彩夺目，终不脱中国之固有式。

这一番话说得多好。

哈尔滨的纯中国式的老房子大部分集中在道外区。而道外区的大部分中式民宅，又是那种带有浓重的江南色彩的青砖瓦房。纯中式的老楼房自然是用青砖砌就的，但平房少，多为两层，楼体呈"口"字形，中间"自然"形成一个天井。天井当中肯定会有一个泔水窖和一眼水井（后来改成自来水管），院子当中挤满了各种杂乱的煤拌棚，堆满了自行车。前面我曾经说过，哈尔滨极少有那种用大墙圈起来的院子，所谓道外区的"院"，实际上是这种口字形的楼给"圈"起来的。楼的临街一面有大门洞，有的"圈楼"三面有门,到了晚上,准时准点,更官儿会把它们关上。通常,大门的上方会有一个短的匾额,叫什么什么大院。大院里住的人彼此都认识,有的就是在这个大院出生的,都处得很亲近,有老有少,一家有事,全楼帮忙。这大约就是哈尔滨早期住宅小区的基本形态。也是改写古代"城墙"的一个范例。

那时候,住在这样的院子里,没人觉得活得孤单,天天走家串户,人来人往,老婆喊、孩子叫,一家放"戏匣子"(收音机),全楼人都听得清清楚楚,从早到晚没个消停的时候。想孤单也孤单不了。现如今,不成了,一个楼道住好几年了,彼此还不认识呢:

"您是哪儿的呀?您找谁呀?"

"找谁?您认识呀?"

一问一答,听着滑稽透了。

因此,这老宅门有老宅门的好处、妙处,不能光一味地贬。

....

据说,道外区就保留了这样的一条街区,取名叫"中华巴洛克建筑一条街"。这种"中华巴洛克建筑"的院子,我倒是经常去的,我的几位"形散而神不散"的朋友就在这样的院子里住。

所谓的中华巴洛克建筑,大都是明楼梯、明走廊,住在二楼的人,要上一个斜下来的木楼梯,穿过一个木制的回廊,才能回到自己的家里去,你上楼,我下楼:

"吃啦?"

"还没呢。你吃啦?"

"吃啦。后娘打孩子——又一顿。"

"哈哈哈。"

九　逸事

　　挺热闹的。家家都可以在二楼的回廊那儿倚着栏杆聊天，楼上楼下喊着打招呼。所以，我理解的"中华巴洛克建筑"，是一种既封闭又开放式的民居建筑，与所谓巴洛克的原义相比较，除了对其建筑风格有少许的借鉴之外，中华巴洛克建筑更注重的是贫民精神生活的丰富性。

　　不知道我说得对不对？

　　我的一位住在中华巴洛克建筑里的朋友，父亲是一位了不起的名人。当年哈尔滨有名的大买卖"同记商场"四个字就是他写的。他曾就读于京师大学堂，是刘师培先生的弟子，学易经的，也是早年哈尔滨的十大名人之一，不但毛笔字写得漂亮，篆刻、绘画也都不错。这个人应当是中华巴洛克民居里的一个值得提一笔的人物。

　　一位曾经当过吉他手、英语教师和木匠的美国朋友凯文，曾跟我说，他认为哈尔滨的道外老房子（中华巴洛克建筑）是非常独特的。他说，你到那里会感觉到时间停滞了，在那里能看到100年前的哈尔滨。他觉得那儿的古老的中国式街道、民宅都非常有趣。他认为道外才是真正的哈尔滨。我跟他讲，哈尔滨这座城市有两个出发点，一个是铁路，另一个是水路。道外的码头就是这座城市的另一个起点。外地人从这里下船，并在这个地方建房子，开始了他们新的生活。所以说，城市的诞生常常是从水路的码头开始的。哥伦布发现新大陆是这样，道外也如此。

　　在道外拆旧房子盖新居的时候，凯文听说后专门开车去了那里，捡回了一些青砖和老式的门窗来装饰他在哈尔滨的家，使得他的家看上去非常有中国味。他曾经拿出一块古老的砖，跟一位当医生的中国朋友说，你看，这块砖头上还有当年制砖人的手印呢。

这应当是一个动人的镜头。我觉得他更像一个诗人。

好了,还是到文化味十足的"巴洛克咖啡馆"去喝一杯热咖啡吧。听说那里还有一台音质极好的老式钢琴,南来北往的客可以亲自弹奏一曲,高歌一曲。而且那里的书也不少,咖啡客可以随便找出一本书,充满激情地朗诵一段儿。

九　逸事

马迭尔的传说

马迭尔宾馆始建于1906年，至今100多年了。

"马迭尔"是摩登或时髦的意思。这座宾馆属于法国新艺术运动的建筑风格，整体造型简洁明快，窗户、阳台、女儿墙、穹顶等姿态，都相当丰富，我非常欣赏该建筑的阳台，感觉它设计得十分别致。

吃与住，是宾馆酒店生死存亡的两大主题，丝毫马虎不得。马迭尔的厨师大都是来自圣彼得堡和莫斯科王宫的家厨。到这里来消费的有王公贵族、军政要员和豪富巨商，主要是看好了马迭尔豪华的装修、舒适的客房、一应俱全的各种服务设施，以及皇家厨子和名酒名菜。正因如此，这里也成了外地政要经常下榻的地方。资料显示，曾经在这儿居住的有，中国人民和毛泽东同志的好朋友埃德加·斯诺，有1949年出席世界和平大会的中国代表团成员郭沫若、许德珩、郑振铎、丁玲、陈家康等。有从海外归来参加第一届政治协商会议的李济深等。他们几乎无一例外都在这家宾馆里品尝过哈尔滨的啤酒。在某种层面上说，他们认识哈尔滨就是从喝啤酒开始的。

我们回到正题。

1938年，德国人斯特恩一家不堪忍受法西斯迫害，流亡到哈尔滨，就曾在马迭尔宾馆有过一段零打碎敲的乐手生涯。

马迭尔饭店的创办人是俄籍犹太人约瑟·开斯普。马迭尔原名叫哈尔滨旅馆，这座有小凡尔赛宫之称的酒店，是由一个叫斯维利多夫的设计师设计的，承建商是日本近藤林业公司。

据曾侨居在哈尔滨的意大利间谍万斯白说，日俄战争时，在沙俄军队当骑兵的约瑟·开斯普，在战后做了"哈尔滨最上等饭店——马迭尔饭店的股份老板"。当1932年哈尔滨沦为日本帝国主义的殖民地后，担心财产被日本人掠去的约瑟·开斯普就开始设法把财产转移到已加入法国国籍的儿子名下，法国国旗也高挂在马迭尔饭店的屋顶上了。

1933年4月惨案发生了，约瑟·开斯普的儿子被日本特务利用的白俄匪徒绑票了。当时正住在马迭尔饭店的美国著名记者斯诺说："我们住的马迭尔饭店的主人正在忧愁着他的失踪的儿子，一个有才能的钢琴家西蒙·开斯普。他是一位法国籍的钢琴家，他被俄国匪徒绑去，要求他父亲交出30万元的赎金，否则要砍掉他的手指。结果，被割去耳朵而且害死了。"儿子的惨死，使约瑟·开斯普于1934年离开马迭尔前往法国。

20世纪30年代初，马迭尔饭店不仅"专门"招待国内外名人，而且还接待过国联李顿调查团。1932年9月9日下午，国联李顿调查团下榻在马迭尔宾馆。资料表明，该团有李顿爵士和美、法、意、英5名委员，随员26名，中国方面有顾维钧等5名，日本方面吉田等19名，日军部5名，伪满外交部大乔中一等3名，以及其他人员共百余人。当国联李顿调查团到来的这一天，哈尔滨车站戒备森严，沿途"加岗戒备，非常严重"。日伪警察当局在调查团下榻的马迭尔、格兰德、新世界等旅馆布满了暗探，绝对阻止外人接触调查团。

九　逸事

日本特务机关往马迭尔饭店派出了大量的日探，并通过东省特警处的日本顾问，派遣伪警察装作普通旅客占据了调查团卧室的邻近房间。3个伪警察冒充饭店的职员，扮作茶房、侍应生、房间侍役、大厅侍役和其他杂差。哈尔滨的日伪警察当局还特别雇用了3个日本女子扮作女侍监视调查团卧室。其余几十个探员都分散在餐室、阅报室、会客室和饭店四周。至于像格兰德旅馆和新世界饭店等住有调查团成员的地方，也如法炮制，做了严密的布置，绝对阻止任何人接触调查团。

作为国联调查团顾问的中国老资格外交家顾维钧先生回忆："事实上我们一到达，中国军队就是要向日本人进攻，要和日本人战斗到解放东北为止。"同时，顾维钧几乎通宵可以听到清晰的枪声，因为在松花江北岸已发生了中国军队进攻哈尔滨的战斗。

在哈尔滨市内的各国爱国人士也想方设法接近国联调查团，表达不愿做亡国奴，要独立、求解放的心声。据当时被日本雇用，并从事间谍活动的意大利人万斯白说，国联调查团逗留哈尔滨期间，就有5个中国人和2个俄国人因为想递信给调查团而遭到逮捕和枪杀。一个工艺学校的俄国青年学生，因为想递信给李顿爵士，抗议他想要求学的那所学校被封，就在调查团所居的马迭尔饭店的二层楼上，被日本人杀死了。

国联调查团离开马迭尔饭店半年多之后，才发表了一个隐讳其词的《国联调查团报告书》。日本于1933年退出国联调查团，妄图把中国东北变成它"万世一系"的殖民国土。

马迭尔宾馆在90多年的历史磨砺中，六易其名，1987年1月1日恢复"马迭尔"原名。1945年前马迭尔是以外文名称与世人见面的，初是俄文，1932年随着马迭尔老板改变国籍和升起法国国旗，店名也随之改为法文，在日伪占据期间，又填写了日文店名，汉字的马迭尔不过是汉译名。1993年8月23日，马迭尔宾馆在国家工商管理局正式注册中文名为"马迭尔"、英文为"MODERN"的商标，商标号为779933。

只要你到哈尔滨来，马迭尔宾馆还在，你不妨进去看看，参观参观。

九　逸事

梦中的江沿小学校

哈尔滨江沿小学，先前并不是校舍，是俄国商人伊·雅·秋林经营的秋林商行道里分行，后来又改为秋林公司五金日杂用品商店。这座建筑始建于1914年，到了1931年4月28日，市教育局在这幢建筑里创办了"江沿小学校"，是哈尔滨一类保护建筑，也是中央大街上保存完好的折中主义建筑之一。这幢小学的正面校门在商铺街上（今为"花圃街"），它漂亮的侧面在中央大街上。

我小的时候就在这所小学念书，一直读到二年级，因为搬家，才离开这所学校去了另一所学校读书。这条街，这所学校，差不多就是我人生的一个起点。而许多人的人生起点，大都与一幢或多幢老房子密不可分，成为一个人永远的精神驿站和宝贵"财富"。这就是为什么至今仍然有那么多的人为保护老房子奔走呼吁。这是一种深情的、永远割舍不下的感情。

这座折中主义建筑风格的小学，是一幢2层楼。墙的立面装饰着多条腰线，底层宽大的窗下部为"石块"砌就。二层窗户上贴饰着欧式石膏花，檐上为间断的女儿墙，并饰有巴洛克风格的浮雕。在我的记忆之中，这所学校的院子不大，靠着南面有一个木制的"司令台"，上课间操的时候，体育老师就是站那上面领操的。我已记不得自己是哪个班的了，好像是"一年一班"，教室在一楼，西面的大窗正好靠着中央大街，橘红色的阳光透过树影从玻璃窗户射进来，使得宽敞高大的教室有了某种舞台效果，让我这个置身其

中的小学生觉得非常神奇,有一种非凡的感觉。当时我正在看美国作家马克·吐温写的一个童话故事,书中所描绘的那种情境和我在教室里的情境是一样的。这使得我从很小的时候就很佩服马克·吐温,并萌生了一种对文学的尊敬与挚爱之情。

我的母亲曾经是这所学校里的一名教员。但是她并不教我。因为我的家就在这条街上,所以还记得学校下课的时候,有不少小学生跑到我家来看望生病的老师。遗憾的是,这些叽叽喳喳的学生,包括该学校的老师,我一个也没记住。是啊,一个人在他的一生中要遗忘掉多少人哪。

我的家是一幢很漂亮的俄式建筑风格的小二楼,北面有铁栏的雕花凉台,造型非常浪漫。特别令我难以忘怀的是西面的木制阳台,那个宽大的阳台俨然一座木雕工艺品,无论是透雕的木围裙,还是顶檐四周的雕砌花饰,以及多棱的木柱,都呈现某种宫廷的风韵。我经常在这个阳台上写作业,站在这个阳台上可以将江沿小学操场上的"情况"尽收眼底。

多年后,我们一家离开了这里,搬到了另一个地方。搬家的决定是母亲做出的。可我觉得这可能是一个错误的决定。要知道,我很喜欢那个地方,那个学校,那个洒满阳光的教室。后来,每当我经过这幢折中主义建筑的时候总要深情地看上一眼。它作为建筑是优秀的,它作为学校是优秀的,它作为一种记忆也是优秀的。的确是这样的,一座建筑一旦进入一个人的生命史和情感史,它就会变得不平凡起来。所以,在某种意义上说,建筑不仅仅是作为一种建筑存在的,也不仅仅是作为一种建筑艺术呈现给它的后人,它们同时也是一段历史的见证,是我们前辈人生命的见证、欲望的见证、

九　逸事

情感的见证，也包括幻灭和理想的见证。倘若我们只欣赏其建筑的艺术，我们就在认识的层面上失败了。我们应当看到建筑里面的灵魂，至今还活着的灵魂。

尽管这所学校还在，但同在一条街上那幢我家的老宅却被扒掉了。其实，在它被扒掉之前我是知道的，那幢小楼里的住户已经全部迁走了，旧情使然，我还特地进去看了看，并抚着落满灰尘的楼梯扶手上到了我家曾居住过的二楼。我想回去取来照相机把这幢小楼照下来，但是，觉得明天也来得及，结果今日复明日，当我揣着照相机再到这里的时候，小楼已经被彻底扒平了。

江沿小学的西头一面，现在已经成了一家肯德基快餐店。那些食客就餐的地方就是当年上课的教室。不同的是，这里不再传播精神食粮，而改成洋式快餐了。江沿小学校的南面"部分"，是一家西餐酒吧。

这就是历史。狭义地说，也是建筑的历史，或者建筑的"命运"。你能判断一下，这一"命运"中的哪个阶段更好些吗？

多少年前，在这幢建筑里，我还是个一年级的小学生。我至今还记得在这所学校里上的第一课的课文，就一句话："一、开学了。"

路上，我反复地复习着这篇课文："一、开学了。开学了。"

直至母校在我的视野中消失……

哈尔滨市花

哈尔滨是一座喜欢丁香花的城市。每在寒冬北去,春风浩荡以后,全城的丁香便尽数地怒放起来,锦龙也似,绕城三匝而婆娑不绝。丁香花怒放时,的确花香袭人,让行人与看客在浓香袭击之下,不免有陶醉之感。

在欧洲人眼里,丁香是思念与谦逊的象征。将丁香定为"市花",把哈尔滨喻为"丁香之城",是当之无愧的。

然而先前呢,最夺百姓心灵的花,竟是街头小贩儿叫卖的那种阔叶的、乱乱地开着一簇簇白色小铃铛的花,俗称铃铛花。它是幸福、宁静与纯洁的象征。这种花被生活在寒冷地带的哈尔滨人看作春的使者。每当铃铛花一上市,人们就知,姗姗来迟的春天已经到了黑龙江、到了哈尔滨了。

记得小贩儿卖这种花,都是一小捆一小捆地卖。最早,一扎只卖5分钱,而后1角,再后2角、5角、1元不等。但无论怎样的价钱,它总是卖得最好。在江边的早市里,几乎人人手中一束。女孩子、小媳妇及诗人似的男人,买回去养在家中,几乎等于是把春神、把幸福与宁静接到了家里,家的世界立刻清气荡漾,春意盎然。

其实,还有一种被当地人称为春的使者的"花",那是一种俗称"毛毛狗"的植物。记得早年流亡客居哈尔滨的外侨,到了冰雪消融、大江敞开的日子,一定要舟渡松花江,去江之北岸,折些长

九　逸事

着灰白色"毛毛狗"的枝条，养在家里的花瓶里。秀枝硕芽，疏疏然，参差在花瓶中，春之魂灵，春之活力，乃至春的希望与憧憬，构成了他们超凡的享受。

日本人喜欢樱花，所谓"人则武士，花则樱花"。法国人喜欢"郁金香"，将法国式的浪漫展示得一览无遗。韩国人喜欢金达莱，乍暖还寒中簇开的一片片火红的冷艳，让他们激动而骄傲。而哈尔滨人呢，则喜欢寒冬过去，最先绽放在黑土上的每一枝花。因为它寓意着新的希望又重新开始，人的生命走向了新的旅程。

去萧红故居

冰封的松花江,在严冬的朦胧之中,呈现出一种迷人的气度与神韵。这种景象总是能让生活在东北原野上的人们生出自豪感来。

中巴拉着一行作家驶过松花江大桥之后,便上了去萧红故居的"哈呼"公路。公路两侧的雪原上,零星的别墅和洋楼,像大都市的先前部队一样盘踞在那里,在伺机扩散。城郊外的乡下正在迅速地城市化,今天的乡野已不是先前的乡野了。这种故景的消亡让人难过,也让一车的看客默默不语了。

萧红女士的故居,在呼兰小城的一条寂静的街上。故居为秦砖汉瓦,格窗飞檐。这样的建筑在江南寻常而普通,但在此地的乡下,就有点大户人家的气派了。加上前庭之雪地,后园之冬草,故居中无一不透着那种闲适的品性。我想,一个青年女性离开这里,去过一种流离颠沛的生活,大抵就是对这样的闲适的反叛吧。然而,在离开故乡的日子里,她又对故土风情表现出弥大的依恋之情。身在天涯而心在故土,这就是一个作家的潜质。

我知道,这一行的作家对于萧红的敬仰,大约是因了她的文字中有一种天然纯净的品质,并从这一点淡淡地洇开去,自由而舒展,真真切切,如同观赏过江之鲫,不伪饰、不造作、不表演。走在她的文章里,总能激发我对家园的深情,引起我对乡人之爱的共鸣。足见萧红是何等不同凡响。难怪大先生鲁迅对她如此赏识。

萧红的故居我曾去过多次,每次到了这里,总有一种暗自神伤

九　逸事

的心情。这样一位才气弥大的女士，为自由之故，为文学之故，抛富贵而甘贫穷，足以让人看出她品格的不俗和意境的高远。只是天不假年，让她早离尘世，成为千古一叹。

记得十几年前，哈尔滨市作家协会曾组织几名小作家去呼兰，去萧红故居住宿，睡在萧红曾睡过的火炕上。那时候，他们只是十几岁的孩子，如今，他们或为作家，或为诗人，或为电视编导，或在美国做传媒的记者了……

难道这一切都是无缘由的吗？

在故居的亭院中，塑着萧红女士的全身坐像，尽管比之萧红的血肉之躯逊色得多，但毕竟借了她魂灵的神采，再现着她的音容笑貌，让人有活化的感觉。

…………

从萧红故居返回呼兰河时，我建议停车下去看看。

行人走在冰冻的呼兰河上，由远及近，冻船、铁桥、沙洲、冬树，一一奔入眼底。冥冥之中，我觉得萧红就在身边。

这时候，覆雪的河沿上，几百只乌鸦兀然地一齐射上天空，满天的呱呱声不绝于耳，苍凉成一派严冬里的奇观。

呼兰河从此不朽。

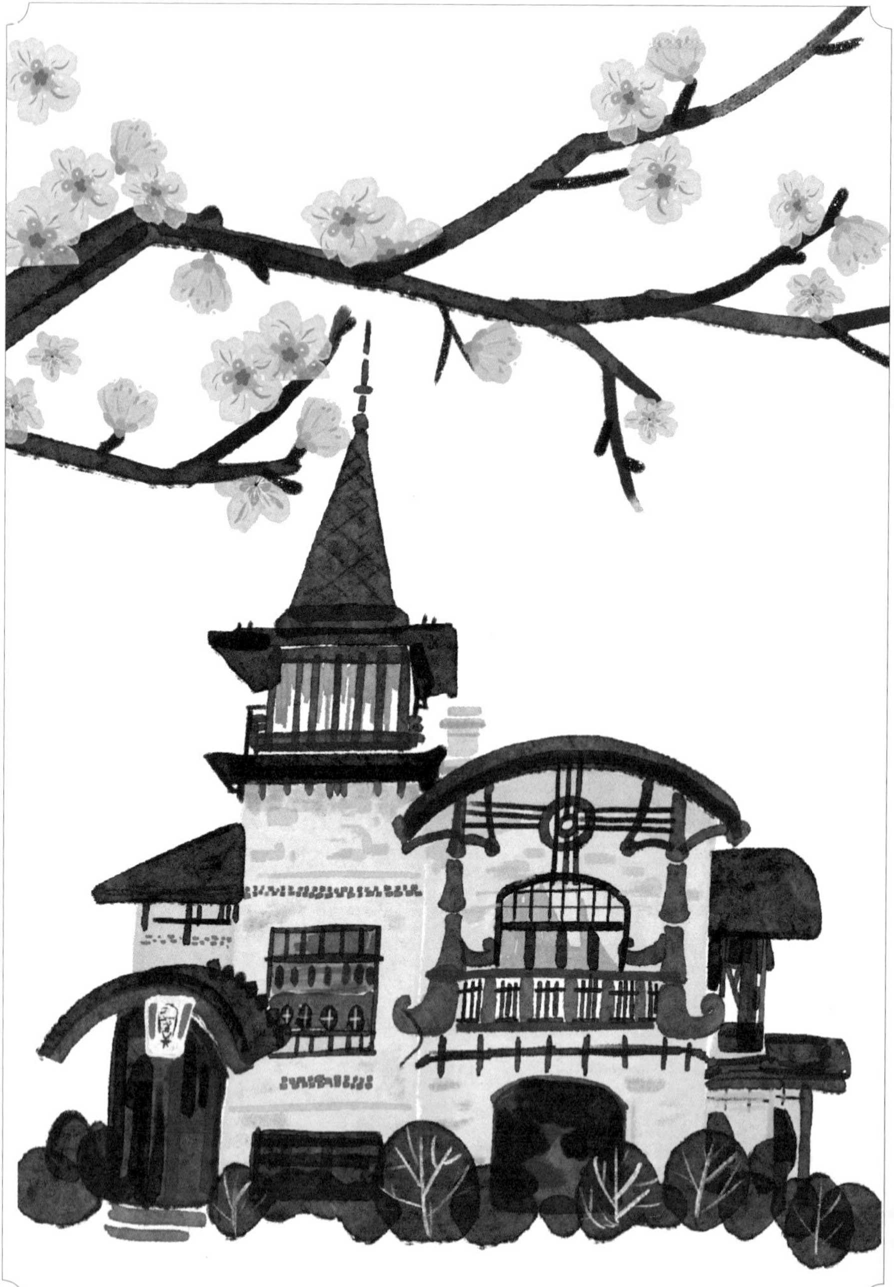

后会有期（后记）

又是新一年的腊月了，家家户户又开始忙年了。而我之忙的，是在哈尔滨冰雪节火出圈儿的态势下，应《人民日报·大地副刊》《人民日报·海外版》《光明日报》《长江日报》《天津日报》等报刊之约，相续写了《冰天雪地过大年》《故乡好滋味》《纸短情长话冰城》《冰城雪都诗话》《年嚼果》等文章。于是有朋友建议我何不出一本书呢？想到这些年来，我陆陆续续地写了一些有关哈尔滨风土人情和地域文化的文章，也曾被人们许多次地引用或改写过。中央书城的经理也曾经跟我说："我们这儿有关你写的哈尔滨的书都卖光了，能不能帮我们联系一下出版社再进点儿？"既然读者有这方面的需求，这才决定结集出版这本《冰雪与烟火：漫步百年哈尔滨》。因为出版方要求的时间比较紧，所以就忙了起来，这也算是一个人别一种忙年的方式吧。

其实，关于哈尔滨方方面面可写的东西很多。只是，对于一个写作者来说时间总是不够用，可讲的故事，可倾诉的感受，可以介绍的新的风土人情，新发现、新美食、新景观和尚未亲临的、吸引人的、未发现之地，等等，等等，这些话题一旦开了头就有说不完的话了，尤其是那些憋在肚子里特别想说的话，也只能先忍着把它们压回去。比如，我想说一说今年火出圈儿的哈尔滨，包括常年行走的黑龙江，还有《哈尔滨之春》《哈尔滨之夏》《哈尔滨之秋》，等等。这些话题一旦打开，就不是这本书装得下的了。

说句心里话，这本书能够如此迅速地出版发行，真是托了哈尔滨的福。在这里，我还要特别感谢福臣先生和北京联合出版公司。也格外感谢帮助我整理相关文章的夫人于秋月。我辈何德何能受此恩泽？真是感激不尽。《水浒传》里有一句话叫作，"青山不老，绿水长流"。咱们后会有期。

阿 成
2024年元月于海岛